出版人书系

ALBIN MICHEL
le roman d'un éditeur

阿尔班·米歇尔
一个出版人的传奇

Emmanuel Haymann

〔法〕埃玛纽艾尔·艾曼 著　　胡小跃 译

人民文学出版社
PEOPLE'S LITERATURE PUBLISHING HOUSE

著作权合同登记号 图字 01-2024-0973

Emmanuel Haymann
Albin Michel: Le roman d'un éditeur
©Éditions Gallimard, Paris, 2006
Simplified Chinese edition copyright ©2024, Shanghai 99 Readers' Culture Co., LTD.
All rights reserved

图书在版编目 (CIP) 数据

阿尔班·米歇尔：一个出版人的传奇 /（法）埃玛纽艾尔·艾曼著；胡小跃译. -- 北京：人民文学出版社，2024
（出版人书系）
ISBN 978-7-02-018605-1

Ⅰ．①阿… Ⅱ．①埃… ②胡… Ⅲ．①传记文学－法国－现代 Ⅳ．① I565.55

中国国家版本馆 CIP 数据核字（2024）第 069171 号

总 策 划	黄育海
责任编辑	卜艳冰　何炜宏
封面设计	钱　珺

出版发行	人民文学出版社
社　　址	北京市朝内大街166号
邮政编码	100705

印　　刷	山东临沂新华印刷物流集团有限责任公司
经　　销	全国新华书店等

字　　数	150千字
开　　本	889毫米×1194毫米 1/32
印　　张	7　插页 2
版　　次	2010年5月北京第1版
印　　次	2024年5月第1次印刷

书　　号	978-7-02-018605-1
定　　价	59.00元

如有印装质量问题，请与本社图书销售中心调换。电话：010-65233595

目 录

第一章　奥德翁书摊的小伙计　1

第二章　《野心家》　13

第三章　于让街　33

第四章　《木十字架》　52

第五章　《亚特兰蒂斯》　76

第六章　猎手的直觉　107

第七章　弄到了雨果和罗曼·罗兰的书　120

第八章　《黑与白》　147

第九章　在德国人的铁蹄下　168

第十章　一个出版人的精神　192

参考文献　208

第一章

奥德翁书摊的小伙计

据我们的长辈回忆，布尔蒙，那是上马恩省正中心的一个小镇，长期以来只有三个医生。他们既是接生婆，又是全科医生和外科医生，忠诚地充当各种角色。可以说，他们足以应付各种情况，因为最偏远的地方也有人赶到这里来看病。为了完全负起自己作为地域中心的责任，这个小镇还得关心周围民众的健康。

1863年，当地的镇政府人满为患：三个医生死了一个，必须尽快另外找个医生来替代他。巧得很，车匠尼古拉说，他的表弟是个年轻医生，附近勒韦库尔人，愿意到他并不陌生的这个地方来行医。

之前一直在孚日山区行医的弗朗索瓦·米歇尔医生，也许正等着命运的召唤，他身穿黑礼服，手提小皮箱，前来这座童年时期生活过的小镇。他洋洋得意地向妻子艾米丽和儿子乔治介绍这个地方。布尔蒙蜿蜒起伏，地处一座高山的斜坡上，下面就是层林叠翠的山谷，平原就像撞碎在悬崖下的海浪，突然断在了岩石跟前。古老的圣母堂庄严地耸起灰色的钟楼，如同平静的草原之海上的一盏航标灯。

在十九世纪的时候，这座有七百五十人的小镇显得相当重要，人们从四面八方赶到这里来参加每年定期举办的集市，活跃着全省的商业和农业生活。小猪集市、马集市、牲口集市，布尔蒙人那么喜欢集市，该地区的人干脆把他们叫做"集市佬"！可居民们毫不理会这种嘲笑和嫉妒：他们自豪地冠以这个头衔，同情地望着在远处挤来挤去的人群。

米歇尔医生慢慢地熟悉了他的病人，当然，主要是农民，也有几个拿年金的人，还有一小群警察和制蜡工。活儿可一点都不少，如果说布尔蒙的生活是惬意的，却也发不了财。病人大多很穷，他们往往送医生一只鸡或一只兔，权当医药费。善良的艾米丽马上就把这些东西拿到炉子上去烤。

这位新来的医生住在镇中心圣尼古拉路一座方方正正的大宅里。他很快得知，这座房子与当地的历史紧紧地联系在一起：人们激动地回忆说，夏尔·博杜安将军就诞生在那几堵寒冷的灰墙后面。这个出生贫苦的人在第二帝国时期建立了军功，让家乡的名字传遍欧洲。在布尔蒙的小酒馆里，人们常常围着酒瓶，讲述他在塞巴斯托波尔河的一座小桥上大败俄罗斯人的故事。大家津津乐道地重复麦克马洪元帅把这位勇敢的战士介绍给拿破仑三世时说的话："像博杜安这样刚强的男人，不应该在宫中浪费光阴，而应该让他们在战场上大显身手。"

现在，将军出生的屋子里充满了孩子的叫声，继乔治之后，又诞生了费迪南和路易。米歇尔医生很快就成了一位显要人物，进了镇议会，与他的两位同事洛蒙医生和科林医生平起平坐。在他1915年去世之前，他一直是镇议员，严肃认真地研究林间小道、公共预算和路面滚压等问题。1908年，七十六岁的他甚至被选为镇长，当了两年后，他给省长写了这么一封信："我年事已高，不再适合管理这座城的财政和镇里的事务。"他在布尔蒙镇长任内的最后一个决定，是购买美丽泉的源泉，美丽泉现在还在给当地供应饮用水。

1873年，镇议会曾讨论一件重要的事情：镇政府打算提供帮助，让死于阿尔及尔的博杜安将军的骨灰回归故里。这样光荣的任务，大家当然不会不同意。为了让英雄的亡魂能在家乡找到安息之地，可以不惜一切代价。老兵的遗骸将被埋葬在村口，紧挨着其家族的农场。这对小镇来说可是一件惊天动地的大事，镇上的人都觉得站在高处就能感到远处吹来的历史之风。

这一切，打乱了布尔蒙人平静的生活，却没让米歇尔医生操太多的心：就在1873年的7月29日，他的太太给他生下了第四个儿子，取名为阿尔班-儒勒。在同事科林医生和药剂师维尔曼的陪同下，当父亲的去镇政府申报了户口，圣尼古拉路的生活恢复了平静。几年后，又降生了第五个孩子，这回终于是个女孩，叫玛丽-路易丝。

季节更替。冬天的雪把布尔蒙四周的草地从秋天的枯黄变得一片洁白，春天到来，又是绿草如茵。现在，米歇尔的孩子们每天上午都要经过崎岖的小巷，前往山下的男生学堂去读书。几个大孩子显得挺有出息：乔治已经像爸爸那样对科学感兴趣了，路易和费迪南呢，他俩迷上了数学。只有阿尔班坐在乡村学校的课堂里感到厌烦。他透过教室里布满灰尘的玻璃窗，好奇地望着外面似乎充满了希望的世界。远处，可以看见龚古尔，就是那两位著名作家的老家；再远一点的地方，隐约可以看到巴黎公社女英雄路易丝·米歇尔诞生的弗隆库尔，她说不定还是家里的远亲呢！因为在那里的乡下，每一个村里都有米歇尔的远房亲戚。这些名字让人想起文学桂冠和政治运动。与那些隐约可见而其实多为想象的沸腾生活相比，布尔蒙的日子似乎太单调乏味了。

不过，家里有时会接待一位可敬的先生，他一头波浪形的头发，胡子又浓又密。这就是埃内斯特·弗拉马利翁。这位著名出版人的老家在蒙蒂尼-勒卢瓦，离布尔蒙二十五公里，他很小的时候就离开了上马恩省，但常常回老家。由于思乡念旧，他经常回来拜访亲戚，看望留在当地的几个朋友。他喝着猪油汤，重温着乡村的快乐。他很小的时候就熟悉布尔蒙，当时他的外祖父母住在伊鲁德，离山谷只有一箭之遥。他多次到过外公位于山腰的葡萄园，永远不会忘记秋天的庆典，那是他童年最开心的时候："人们收获着让你牙齿发颤的葡萄。收获葡萄的那个星期是多么快乐啊！接着，路易外公开始榨葡萄、煮烧酒，蒸馏的味道让我们一个个都醉醺醺的。做出来的烧酒主要还是外公自己喝……"①

埃内斯特·弗拉马利翁……阿尔班常常在图画书的封面上看到这个名字。他如饥似渴地阅读那些书，晚上，父亲给他讲述，在离这里非常遥远的巴黎，那个严肃的人是怎样出版当代大作家的著作的：埃米尔·左拉、欧仁·苏、阿尔封斯·都德、埃克托尔·马洛……于是，这个常常盯着寸草不生的平原梦想的人，他脑海里的那个世界似乎越来越清晰。这位平和的客人给布尔蒙带来了一丝巴黎的骚动，他走了之后很久，人们还能在屋子里感觉到泰莱斯·拉甘②、流浪的犹太人③、达拉斯贡的达达兰④的影子。阿尔班知道，所有这些文学人物的父亲，可以说就是这位严肃朴实的弗拉马利翁先生。

---

① 埃内斯特·弗拉马利翁的回忆，1931年2月5日《摩纳哥报》。——原注（本书注释如无特别说明，均为原注）。
② 左拉的小说《泰莱斯·拉甘》中的人物。——译注
③ 指欧仁·苏的小说《流浪的犹太人》。——译注
④ 都德的小说《达拉斯贡的达达兰》中的人物。——译注

1890年，阿尔班十八岁了。这些年来，从布尔蒙到新堡，他上中学时一直感到很烦闷，艰难地试图通过中学毕业会考。这个年轻人在这座小城里苦苦地等待，他知道生活在别处等待着他。多年之后，罗兰·多热莱斯抱怨说，在新堡找不到一本他的小说《木十字架》。这个已经成为出版人的旧学生，在回答中爆发出自己对那座副省会城市的怨恨，他的青春年华就是在那里荒废的："我对新堡了如指掌。我在那座城市的中学里度日如年，在凳子上磨破了短裤。实话告诉你吧，我从来没有在那里卖掉过一本十八法郎的书——连三个半法郎的书也卖不掉。不过这也不是实情，有个叫博科林的书商，愿意接受所有的库存图书，如果人们愿意处理给他的话，他会急急忙忙以十分低廉的价格把人们给他的书卖掉。当然，没有一个出版人从这个阴险的家伙那里得到过钱，他是那个城市里唯一的书商。"①

　　阿尔班的三个哥哥成绩优异，带着各种荣誉离开了新堡。乔治进了医学院，费迪南进了巴黎工科学校，路易准备考法兰西银行。春天的一个夜晚，他们聚集在布尔蒙。弗拉马利翁先生在场，父亲自豪地向他介绍自己的家人。米歇尔先生觉得他们每个人都前途光明，但介绍到最小的儿子时，他的话有点缺乏底气了……"这个呢，你准备让他干什么？"巴黎来的出版人问，语气中带着点嘲讽的意味。

　　父亲犹豫了，迟疑不决："天哪，我不知道……"然后，他大笑起来，一句玩笑话脱口而出："你想要他吗？"

　　当然，几个星期后，阿尔班就要参加中学毕业会考了，成功的希望非常渺茫。没关系，埃内斯特·弗拉马利翁知道得很清

---

① 1939年11月4日的信。

楚，没有大学文凭，在生活中同样也可以很成功，他自己就可以作为例子。而如果是帮助上马恩省的同乡，那他从来都义不容辞。所以，他没有犹豫，而是耸耸肩，迎接了挑战，说："为什么不呢？"

为了让善良的米歇尔医生放心，他将在暑假后雇佣阿尔班当伙计。在这之前，小伙子要努力拿到毕业文凭。不过，无论如何，命运已经决定：不管能不能通过考试，书店都会雇佣米歇尔的小儿子。

初夏，阿尔班去南锡参加可怕的考试。笔试通过了，口试却没过关，一个名叫蒂奥库尔的老师毫不犹豫地给了他一个零蛋，他被淘汰了。但这场失败对阿尔班没什么影响，当天晚上，他还和同学们寻欢作乐。一小群年轻人喝得微醺，在南锡的大街上晃悠到天亮，他们在蒂奥库尔父亲的家门口先后按了四次门铃。这是为了报复那个侮辱人的零蛋。坚决，无情，用骚扰的方式。

9月份，阿尔班·米歇尔终于可以离开布尔蒙了，离开它岩石遍布的山冈，离开它的山谷和森林。妈妈哭了一会儿，看到小儿子要去首都，去那座诱惑和沉沦之城，她有点担心。她很想把儿子留在自己身边，但孩子的父亲做出了不同的决定，必须服从。在火车站，父亲盯着儿子的眼睛，对他说："现在，班班，你得靠自己闯了！"

由于供几个大的孩子读书，当医生的父亲早就变得拮据，可怜的班班只能靠自己翻身了。父亲尽了最后的努力，给了儿子一沓三百法郎的钞票，小心地夹在一个旧钱包里。年轻人背着一个灰色布包，里面装着他喜欢的几本书，踏上了火车。

阿尔班的心中充满了希望。东站的这个月台，对他来说就已经是巴黎了！埃内斯特·弗拉马利翁没有忘记自己的承诺，但他无法马上雇佣这个年轻人。几个星期以后，几个月以后……这位出版人向他保证。在这之前，要耐心等待。回布尔蒙是不可能的了，阿尔班只好靠父亲给他的积蓄过日子。当那笔钱不够用时，他便把自己的书一本一本地卖给河边的旧书商。但巴黎的生活费太高了，票子去的速度快得让人心惊肉跳。他的灰布包很快就空了，钱包里面只剩下了三十个苏。幸亏，年轻人绝望的求救电话终于感动了弗拉马利翁，他把这个新来的年轻人交给了另一个上马恩省人奥古斯特·瓦扬。瓦扬的地方口音很重，非常刺耳，弗拉马利翁看在老乡的分上，过去曾雇佣过他，瓦扬后来成了老板的妹夫。

阿尔班很快就熟悉了他的新世界：奥德翁剧院的走廊。剧院的后面，拱廊之下，就在卢森堡公园对面，木架上排列和堆放着许多图书。人们可以在这里翻书，向摊主咨询，然后什么也不买就走开，接着又回来。奥德翁剧院周围整天都有许多活动，人们从烟雾弥漫的咖啡馆出来，消失在书的森林中，然后马上就钻进另一家小酒馆，又聚集在冰镇啤酒周围。在拉丁区正中心的这个露天的永久书市，人群熙熙攘攘，附近学院里的大学生和教授、前来采访最新消息的新闻记者和来寻找绝版图书的作家混杂在一起，而诗人们却对这种文学的嘈杂充耳不闻，他们绕着剧院转来转去，心里在默默背诵着自己的诗歌。甚至议员们从附近的卢森堡宫出来之后，也会在拱廊下停歇一会儿，然后才会走进"福约"咖啡馆椭圆形的玻璃门，继续讨论他们的政治。

过去，弗拉马利翁也是在奥德翁剧院的拱廊下接受职业培训的。狂风呼啸着从石拱门里钻进来，他至今记忆犹新，"早上，卢森堡公园带有香味的微风有时会变成狂风,把勒克吕①的《地理》以及《自然》《大众天文》吹得哗哗作响,这三根大柱是插图丛书的先锋"。提到那些艰苦的条件时,他往往陷入对过去的回忆之中,"那些威力巨大的穿堂风来自卢森堡公园,呛得人肺部难受!冬天,我们的小会计只能用铅笔写,因为墨水都冻在墨水瓶里了"。②

奥古斯特·瓦扬掌管着奥德翁剧院的走廊,环境恶劣,他却很开朗。他的妻子玛丽把硬币和纸币塞进一个木箱里。瓦扬头发抹油,胡子细心地剪得尖尖的,像家长一样照料着那些老顾客。作家吕西安·德斯卡夫后来证实:"有一天,我和于斯曼逛街经过那里,看见维里埃·德里斯勒-阿达姆在书架上裁新书,不是用刀,也不是用硬邦邦的食指……而是用伞尖!说真的,那天没有下雨,而雨伞是尖的。但还有比这种怪事更让人惊讶的呢!有个男人非常宽容,维里埃的举动没有逃过他的眼睛。那个男人叫瓦扬,我那个年龄的人都认识他。他很和蔼、和气、警惕,走廊里的书摊全归他管。所有的作者都把自己的书送到那里去,请他代销。书要么卖得很好……要么卖不掉。但无论是不被理解的天才还是得到回报的才子,瓦扬都对他们一视同仁。他远远地看着维里埃·德里斯勒-阿达姆,精明地跟我们对笑着……然而,转过身,他什么都不想说!他一辈子都是在走廊的穿堂风中度过的,从早到晚都光着脑袋,在那里走来走去。"③

---

① 埃里塞·勒克吕(1830—1905),地理学家,著有《世界地理》。曾参加巴黎公社,后被判流放。——译注
② 见埃内斯特·弗拉马利翁的文章《奥德翁剧院的走廊》,发表于 1900 年 3 月 26 日的《高卢人报》和 1924 年 3 月 15 日的《蓝色河岸》。
③ 《不妥协报》,1933 年 1 月 27 日。

阿尔班在某个拱廊下学习着这份职业。他在布尔蒙的所有梦想都苏醒了。一个疯狂、动荡、骚动的社会在他四周躁动、交叉和混杂，而工作的性质却要求他严肃和忠诚。首先必须知道书摆放在哪里，得很快就把读者想要的书从书架上找出来，而且，一大早就要站在风口，一直站到天黑，忍受着拱廊下吹来的狂风。这是免不了的。结果，阿尔班常常感冒，患水疱，但这没关系。"我喜欢这工作，它吸引着我，我找到了自己的道路。"他后来说。他显得非常好奇，渴望了解这个行业的方方面面，并主动要求多负责一些事情：晚上，这个新手便成了采购员，他手里拿着订单，背上披着一块布，保护着图书，一家出版社一家出版社地跑，免得第二天图书断档。很快，他就知道哪些书好，哪些书通俗。他眼观四方，能预感到哪些书好卖。他蓝色的眼睛非常犀利，能在人群中看出哪些人是偷书贼。数星期后，偷书现象就绝迹了。那种"损失"，这是行话，是奥德翁剧院走廊里的书摊间的黑兽。弗拉马利翁后来说，索邦大学一位名教授曾悄悄地告诉他，当年，他曾把书架上达尔文的《物种起源》翻来覆去地看，但买不起。还有一次，他们发现一个年轻人偷了米什莱的《法兰西历史》第十九卷。为了偷书，他专门把外衣口袋弄了一个洞，已经偷走了前十八卷。作为惩罚，这个偷书贼不得不在第六区的济贫所交了两百法郎。因为有了阿尔班，小偷们都到别的地方觅食了，瓦扬老爹大为高兴，马上就成了这个年轻学徒的保护人。是时候让他了解出版社商业活动的其他方面了。

刚好，意大利人大道10号弗拉马利翁-瓦扬书店有个位置空着，阿尔班后来就是在那里完成了自己的学徒期。这个年轻人不用在歌剧院通道拐角的书店里挨冻了，工作却非常累。书店早上8点开门，晚上6点要骑着三轮车在巴黎走街串巷给顾客送他们预订的图书,9点左右才回到店里,书店要到半夜12点才关门。

阿尔班·米歇尔再次证明了自己的能力:才几个月,他就吸引了一批新读者。他并不是所有的书都读,可每本书他好像都熟悉。书对他来说不再是秘不可测的东西,他可以根据每个读者的口味向他们推荐图书。但这种工作方式把他累坏了,他病倒了。瓦扬让他重新回到奥德翁剧院自己的身边。

阿尔班有时会回布尔蒙看望父母。那地方太小了,太寒酸,让他比童年时期更加震惊。参了军的二哥前往达荷美①平息反法暴乱时,头部中枪死了,母亲非常伤心。村口的圣约瑟教堂里立着一块黑色大理石碑,纪念这名牺牲的年轻士兵:"费迪南·米歇尔,海军部队炮兵中尉,原巴黎综合工科学校学生。1868年2月1日生于布尔蒙,1892年10月20日死于阿克帕(达荷美)。"路易现在是法兰西银行欧塞尔分行行长,只有乔治回到了村里,他现在是外科医生,协助父亲。当病人需要动小手术时,他便在家里让病人躺在厨房的餐桌上开刀。

很快,阿尔班又回到了他如此喜爱的巴黎,回到了奥德翁剧院热闹的走廊,重新开始繁忙的工作。一个如此有效率的售书员可不会永远待在拱廊下的书架后。成了弗拉马利翁合伙人的奥古斯特·瓦扬,从当蒂出版社的继承人手里买了位于歌剧院路乙36号的一家书店。这将是出版社的最佳商业策略:"我们等于买了歌剧院。"交易的时候,瓦扬自豪地打电报给弗拉马利翁。

1897年,阿尔班·米歇尔被任命为歌剧院分店经理。

---

① 非洲贝宁的旧称。——译注

二十四岁的时候，他好像就已经升到头了。昔日的小学徒现在成了位于首都最富有地区之一的书店里的头。三年中，他让营业额翻了三番，整个出版界现在都知道了这个充满活力的年轻书商。就是在那里，他总结出了后来成了格言和行动准则的经验："只要会卖，什么都卖得掉。"他的意思并不是说要利用老实的读者，甩掉所有没有价值的烂书。他只是认为，在图书发行方面，各种形式的广告似乎都是必不可少的。光有文学质量有时并不足够，书商的推荐、媒体的文章、付费广告和彩色招贴能够造势，让一个无名作者的作品很快卖掉。精神产品不会永远畅行无阻，在二十世纪初期，必须找到新的办法让大家认识那些明日之星。他解释说："胡乱地卖书，这谁都做得到。但能不能卖给读者适合他的书，那就是另一回事了。我确信，一个好书商能卖掉他想卖掉的东西，如果他熟悉他的业务，他什么书都能卖掉。他只要向可能会买这本书的人推荐。想把某某夫人的某某小说卖给习惯阅读巴尔扎克、莫泊桑和阿纳托尔·法朗士的读者，那是徒劳的。但我们可以让它像小面包一样，推荐给理发店、杂货店和肉店里的伙计，他们会相信，如果他们读过这些书，他们便能征服所有女人……"

阿尔班如果没有决定结婚的话，可能还会在歌剧院路的柜台后面站上许多年，当他的模范雇员。这个喜欢巴黎的人在另一个从上马恩省放逐到此的女子身上找到了根。他父亲很早以前就跟兽医埃内斯特·维洛姆关系密切。维洛姆生于布尔蒙山脚下的圣蒂埃博，但住在默兹省，位于凡尔登附近的达维里埃。兽医有个女儿，叫克莱尔，阿尔班在此之前一直没怎么在意，但当他重新见到她的时候，那个小女孩已经出落成一个漂亮姑娘，身材苗条高挑，皮肤细腻，棕色鬈发一圈圈落在肩膀上。小伙子毫不犹豫地向她求婚了。1901年初，婚礼在达维里埃的小教堂举行。这是一对奇怪的夫妻，因为男的又矮又小，已经发胖了，脸圆圆的，表情丰富，目光活泼而狡黠。站在他身边，妻子显得更高了，也好像更庄严呆板了。

为了克莱尔，阿尔班想创造一份家业。他坚信歌剧院书店有前途，但他不想一辈子当一个领薪水的经理，不想永远给老板们打工。他想用自己的积蓄和父亲及两个哥哥的集资款做生意，并建议弗拉马利翁和瓦扬跟他合作。埃内斯特·弗拉马利翁被这个年轻人的建议深深地吸引住了，因为这种合作只局限于书店领域，没有触及出版，二者是分开的。而奥古斯特·瓦扬却显得很保守。当然，他赏识阿尔班显而易见的才能，但接受一个新的合伙人，这对他来说等于枪杀自己刚准备进入这一行的儿子。"我可怜的人，你想干什么？我有孩子……我已经为你尽了力，我帮你扶上了马，但到此为止了……"诚实的瓦扬叹了一口气。

"既然这样，"阿尔班非常镇静地回答，"我就不得不离开你了。我知道，我能做得更好、更多……"

埃内斯特·弗拉马利翁紧握着年轻人的手，奥古斯特·瓦扬又低声道歉了几句，但阿尔班已经走下了这位出版人位于拉辛路的全新住宅的雕花木楼梯。他走进拱门，在奥德翁剧院广场拐弯，穿过走廊，最后一次望着一排排书架周围密密麻麻的人群，脸上露出了微笑。他二十七岁了，自由了，他感到很高兴，头脑里充满了计划。

第二章

《野心家》

阿尔班·米歇尔先是在奥德翁剧院的走廊里，后来在歌剧院大街的书店里发现只有两类书好卖，一类是要径直走进先贤祠、名垂千古的著名作家的纯文学作品，另一类是轻巧的故事，很快能读完但也很快就会忘记的东西。这些针对纯情少女和毛头小伙的书，虽然得不到评论家的赞扬和学者的重视，却不一定卖得不好。这个年轻人懂得，如果不能马上在纯文学方面占有一席之地，那就得想办法尽快在通俗图书方面打开缺口。

这时，他与费里西安·尚索尔走到一起了。尚索尔是一位多产作家，写过很多小说、诗集、哑剧和剧本，但他最光荣的头衔是萨拉·贝尔纳①的旧情人，几年前，他甚至把往事写成了一本书，大胆地取名为《迪纳·萨缪埃尔》，副标题是"剧场风俗"。这是他最重要的一本小说，小说的巨大成功使他不断地重复那些下流的隐私。作者在一大堆乱七八糟的作品中津津乐道地揭示巴黎生活的种种阴暗面。起初，他的作家同行们都很激动，毫不犹豫地把这个蹩脚的尚索尔比作巴尔扎克、大仲马和雨果，想把他的作品当作一部新的《人间喜剧》。斯特凡·马拉美甚至这样写道："费里西安·尚索尔像帕格尼尼一样演奏图书。"奥克塔夫·米尔博的评价更高："他的书中甚至有德加的那种强烈色彩

---

① 萨拉·贝尔纳（1844—1923），法国著名女演员。——译注

和同样可怕的色调。"罗丹也很激动："多么直接和疯狂的享乐图！"挑剔的诗人泰奥多尔·德·邦维尔还给他寄去了这样热情洋溢的信："面对着纯朴的大自然，再也没有什么比欣赏您激昂、激奋的巴黎世俗图更微妙更美好的快乐了。"然而，到了最后，大家都疲了。这位小说家所写的那些下流东西引起了谨慎的评论家、善弄权术的政客和多疑的金融家仇恨的怒潮，人数极多。尚索尔挫败了太多人的傲气，践踏了太多人的自尊，大家都想让这个犯了罪的作家闭嘴，让他邪恶的书变成包裹他才能的尸布。慢慢地，大家不再谈论他的作品，报纸完全忘记了这个无视传统地控诉世俗习惯、大胆揭露社会弊病的人。当然，好奇的读者仍在读他的书，但蹩脚的记者们，即那些创造短暂荣耀的人沉默了。这种态度毕竟让出版人感到了不安，他们不再出版这位被放逐的作者的作品。

但阿尔班·米歇尔对这种态度并不怎么关心，他知道这只局限在巴黎社会的一个小范围内，与广大读者没有任何关系，他们对朗德诺文学咖啡馆小小的斗争并不感兴趣。如果能通过其他渠道打动读者，尚索尔这个名字、他不好的名声、他创造典型和阴森人物的本领会更有效果。这位四十二岁的著名作者必须在文学上重新开辟新路，所以，他愿意相信一个雄心勃勃但没有经验的年轻人，一个端坐在洛莱特圣母院路10号他的出版社小办公室里的孤独者，一个敢于进行冒险的大胆的人。

六年前，费里西安·尚索尔在保尔·奥伦多夫出版社出版了一个三部曲，叫做《名人》，卖得不好。阿尔班·米歇尔想接下去做，让作者加以修改，换个书名，合成一大本来出。是谁想出新书名来的？出版人？作者？永远不会有人知道，但他们扔掉了乏味的"名人"，换上了"野心家"这个名字，尚索尔和米歇尔是一对天才。"野心家"这个词当时还很陌生，让人震惊，具有挑衅性，以至于很久以后，当这位作家在 1934 年去世的时候，《费加罗报》还把他当作是这个词的创造者："arriviste，费里西安·尚索尔创造的词，已进入法语。"这并不完全正确，因为儒勒·雷纳尔早在他 1900 年 10 月 12 日的日记中就使用过这个词，比《野心家》的出版早两年："什么叫野心家？就是未来的成功者。"不过这没有任何问题，在这之前，这个词还没什么人认识，如果说尚索尔和米歇尔根本就没有创造这个新词，他们至少把它推向了大众，把它从文学咖啡馆封闭的学究圈子里挖了出来。专栏作家勒内·让娜指出了这个书名在多大程度上帮助了该书的成功："《野心家》出版的时候（三十年前），人们感谢费里西安·尚索尔先生描写了那些人物中的一员，人们到处都能碰到他们，却从来没有想到往他们背上贴个标签，用一个词——'野心家'来形容他们！这非常清楚！"

这一经验永远不会被忘记，阿尔班·米歇尔后来一直非常注意他所出版的图书的书名，他意识到这是最重要的事情。所以，不久以后，当他和作者皮埃尔·科拉尔签合同出版后者的道德小说时，他们就书名问题讨论了很长时间。科拉尔后来写信给他说："您让我给您提交几个书名，现奉上。但在交给您之前，我想提醒您注意我已经给您的书名，《新的果实》。这个书名好像没有吸引您。我之所以又回到这个书名上来，是因为只有它最适合这部作品，它象征性地表达了主题，除此之外，封面的用图也许能使它更加明了。比如，用一个圆形图案，画面上是一个少女，她满脸微笑，圆圆的脸非常让人喜爱，周围是一片绿色，点缀着一些水果，少女的嘴里也衔着一个水果。您觉得这个创意怎么样？这不够清楚吗？读者不会马上明白新的果实就是这个奇特和可爱的小女孩吗？她有点酸，但很纯洁，是新式教育的结果。"他还推荐了其他一些书名：《为了得到男人的爱》《一个小女孩的悄悄话》《米尼翁·梅纳日》《情爱絮语》等。但所有这些书名好像都没有被阿尔班看中，最后，他掷地有声地定下了一个更加吸引人的书名：《情妇学堂》！

当时，刚刚起步的阿尔班·米歇尔不能在他寒酸的办公室里接待那位著名作家，所以他去找尚索尔，想得到作家的最后同意。谨慎而寡言的阿尔班被这个花花公子迷住了，尚索尔长着威严的小胡子，深色上衣有一个蓝色的丝绸小口袋，十分潇洒。他热情而机智地分析着爱情和文学："永恒也许是从虚伪开始的……怎么给爱情下定义呢？一种病？一种身体上的诱惑？一种纯洁的感情？是一种性情、一种感觉，永远千变万化，却又始终如一，谁都掌握不了它？总之，在所有的国家里都一样，过去是这样，将来还是这样，在所有的时代都一样，两千年前是这样，再过两千年还是这样。文学应该给爱情蒙上面纱吗？如果行为粗俗而让人讨厌，那就应该；如果可爱和让人快乐，那就不应该。寻欢作乐是一种艺术……"

寻欢作乐是一种艺术……这是尚索尔发明的著名格言，有一天，这位作家在沙龙里冲撞了一个小资产阶级女子的道德观："怎么，你竟然敢说寻欢作乐是一种艺术？"那个女子问道。

作者显得十分恭敬，回答说："是的，夫人。如果您愿意的话，我可以向您证明。"[1]

在出版方面还不怎么内行的阿尔班·米歇尔，把印书的事交给尚索尔去管，他则利用自己在书店方面的特长和在图书销售方

---

[1] 费里西安·尚索尔自述，《大吉尼奥尔》，1923年7月1日。

面的关系，保证该书的发行。还有，由于大家都知道没有一家报纸会发表文章替这本书作宣传，作者答应了这一让人惊讶的条款："如果投入一万法郎替本书做广告，费里西安·尚索尔先生放弃第一次印刷（一万册）的版税。"出版小说不拿版税，稿费全用来做付费广告，这在出版史上还是第一次。

阿尔班·米歇尔出版社的第一份合同是1902年1月21日签署的，3月份就出了书。报纸上刊登了广告，用大号字宣传尚索尔的这本新小说质量如何高。支持纯文学的人发出了冷笑，但这办法显得非常管用：《野心家》很快就取得了成功，读者争先恐后地去购买这本书。阿尔班·米歇尔没有想到这本书会走得那么好，有点措手不及，经常不能及时满足书商的要求。正在乡间度假的尚索尔在全国来来往往，照看着自己的种子，十分关注这个孩子的未来。他常常到书店去买《野心家》，但书店里往往缺货，里昂车站的女书商对他说："先生，那是最畅销的书……遗憾的是我们没货。我们每天写信去要，但一本都没有收到……"

尚索尔生气了，他在4月17日写信给阿尔班："五天来，我做了调查——在巴黎，在里昂车站，在马赛，在圣拉斐尔，尤其是在福鲁里和卡瑟纳的大街上，到处都找不到我们的书。断货一个星期了，这个星期的广告白做了（《巴黎生活》和《拉索姆》，今天早上二版还有一则广告和两张照片）。这个星期，已经卖掉九百本了……好好打听打听，亲爱的朋友，你会发现你的谨慎现在已经妨碍了这本书的巨大成功。"

整个夏天，报纸都在继续宣传这本书，每行字二十法郎。在蒙马特尔的大街上，一块五米乘八米的荧屏广告每晚二十四次用定格照片宣传《野心家》，其间插播给饼干做广告的一首诗和宣传某种开胃酒的一幅画。价格包干：一百五十法郎。一切都运作得非常顺利，到了 8 月份，仓库已经空了。阿尔班犹豫不决，不知该不该重印。不该满足于已经卖掉的数量吗？尚索尔感到非常愤怒。临时缺书也许并不是坏事，但前提是为了造成到处都来要书的假象——而且，用来做广告的一万法郎还没有全部用完呢！……尚索尔认为，还可以再赚点钱。他对年轻的出版人提了几个建议："亲爱的朋友，是的，缺书一次没有关系，只要下不为例，下次不要再缺书。所以，必须马上再加印两千五百册。你会看到，到了 9 月底，你用剩下的差不多三千法郎做宣传时，还会第四次加印……书走得很好，太好了，9 月底，我们又重新放气球。但是，不要因为在胜利中犹豫不决和胆小怕事而失去胜利。"

作者说得对。书继续畅销，差不多达到了一万册！这将是尚索尔的文学大胜利！根据小说拍了两部无声电影，第一部是加斯东·勒普里厄 1914 年拍的；第二部是十年以后安德烈·雨贡拍的，再次引起了人们对这本书的兴趣。可惜，《野心家》那时已经转到另一家出版社——图书复兴出版社去出了。尚索尔对作品的重版不满意，觉得插图太老，他想把它的社会风俗画改头换面，把书拿到别的地方去出。就这样，他与一个曾大力帮助他进入图书市场的出版人一刀两断了。

这部又长又啰唆的小说将创造出某种类型的人物，成为一代人的代表，尽管后来被人遗忘了。克洛德·巴萨克，这部社会史诗中的阴险人物，大胆而可爱，是二十世纪初真正的拉斯蒂涅[①]。作者把那些令人喜爱的淑女写得让人扼腕，满足了第三帝国美好

[①] 拉斯蒂涅，巴尔扎克小说《高老头》中的人物，渴望出人头地，为了成功不择手段的冒险家。——译注

时期沙龙骑士们的梦想。在这部阴郁的小说中，尚索尔发泄了他对人类的仇恨：巴萨克是个无讼可诉的律师，偷了一位漂亮的侯爵夫人的钱财，由于担心丑事暴露，他决定杀死这个年轻妇人。晚上，他用前一天偷来的钥匙悄悄进入她的房间，却发现她跟情人在幽会："雅克跪在莉亚娜的脚下，吻着她鞋扣下面紫色的袜子；他的双手沿着她小巧的脚踝往上摸，听到她发出轻轻的叫声，他的手又落了下来。接着，他温顺地坐在她的身边，重新吻起她的嘴唇来。她的胸罩已经摘下，两个乳房从衣服的花边里露了出来。巴萨克嫉妒死这对情侣了。"但凶手已经到了那里，趴在黑暗中。当莉亚娜去小客厅洒香水时，他溜到了她的身后，用一块浸泡过氢氰酸的棉花蒙住她的嘴，无情地结束了她的性命。"那种有点刺激的味道，那种十分强烈的苦杏子的气味，使她感到了危险，她拼着老命，想挣脱那个死死抱住她的人和他粗鲁地蒙住她双眼的那只手，但她力不从心，那个人太有劲了，她敌不过他。"她的情人很快就被控谋杀，但巴萨克很好地为他作了辩护，最后让他被判无罪。这对那个律师来说是一种荣耀，一年后，他成了参议员，后来又当了一家有影响的报纸的老板："他继续在弱者、受伤者和战败者当中飞黄腾达。"

1902年3月，幸运的《野心家》出现在书店的几个星期前，《法国新书目》——印刷厂和书店的喉舌——发表了一则加框消息："阿尔班·米歇尔先生，歌剧院大街乙36号弗拉马利翁和瓦扬书店原经理，荣幸地通知各位出版人先生，他在巴黎马图兰路59号开了一家零售书店。"

为了维持出版社的生存，阿尔班·米歇尔听从瓦扬老爹的建议，从此开始搞图书批发。同时，为了弥补金融风险，他和一个叫阿道夫·福尔若的书商联合，并控股了另一家书店，这家书店在波尔多军需大院38号。8月底的时候，他得常常坐火车到波尔多，把所有的利润都拿来还巴黎到期的债务。"年轻时缺乏经验才会进行这种联合，我常常担心得几个晚上睡不着觉。"他后来这样说。

为了让企业能维持下去，给出版社打下坚实的基础，阿尔班想出了一个奇特的主意：以前，他曾在弗拉马利翁出版社看见有些书卖不掉，成包堆在仓库里，没有读者的书是最悲惨的，他想把这些书拯救出来，做一桩好生意。弗拉马利翁十分愿意让他把那些卖不掉的书全包了，否则这些书会低价处理给报贩。结果，这些本来要销毁、积压和进入特殊渠道的"烂书"又找到了新的读者。

从一开始，人们就可以看到，阿尔班·米歇尔试图涉及图书的各个领域：销售、发行、出版，但他等了差不多一年才重新出书。那是在1903年2月，保尔·布鲁拉的《脉石》，这是一部能让心灵脆弱的女孩流泪的小说。广告称："这是一个简朴、热情和奇异的故事，书中的男子由于丑陋而付出了沉重的代价。就像包含着钻石的脉石，这个男人面目虽丑，却有一个热情天真而又痛苦的灵魂，有未爆发出来的悲哀的激情。这种极不公正的命运，戴着这个侮辱人的面具，让一个男人的心滴血。"对于一个以"真实比美重要"为信条的男人来说，这是一个很适合的题材。为了让书商们对这部小说感兴趣，凡订货十二本的书店，他都赠送一本。

保尔·布鲁拉之所以把稿子给阿尔班·米歇尔，也许是因为他欣赏这位出版人，阿尔班在没有评论的帮助、没有在报纸上出现一行字的情况下，成功地推出了尚索尔的作品！然而，布鲁拉——像《野心家》的作者一样——跟他的记者同行们关系很差。他最早是在《日报》干的，但是，这个负责在军校的法庭上报道德雷福斯降职的年轻记者，第一个声称，那个被控当间谍的犹太军官是无辜的。当时，没有任何一个人敢怀疑军事法庭的决定和裁决。布鲁拉宁愿砸了饭碗也不愿保持沉默。后来，他写了一本《荣誉的制造者》，在那部小说中，他猛烈抨击了记者的道德。媒体当然就疏远这个往汤里吐痰的秃子和害群之马。只有乔治·克雷孟梭敢在1900年11月25日的《图卢兹快报》上说："我不相信还有谁能把洋洋得意的新闻界刻画得那么深刻。"

阿尔班·米歇尔的《脉石》，通过广告，让全法国人民都知道了保尔·布鲁拉的名字。他斜斜的身影出现在所有的文学场所，皮埃尔·德斯卡夫对他做过这样一个惊人的描写："他有本领不断地折磨他的衣服，甚至新衣服也像被他的后背磨了个洞。他的脸拉得长长的，像个受了骗的新教徒。过早花白的胡子，给人以潦倒和疲惫的感觉。"

此后，阿尔班·米歇尔出版的书数量增加了。这位出版人沿用《野心家》的成功模式，出版了一批轻文学：短短的小说，封面诱人，加上轻巧的插图，有时还是一些名家画的，如雷昂德尔或斯坦伦。这些书的书名清楚地表明了自己是什么类型的文学，绝不会误导它所面对的读者：《车辙或三角恋》《情妇学堂》《女启示者》《一个妓女的日记》……阿尔班·米歇尔专门出版当时人们所谓的"第二层"，因为这些小书往往藏在严肃的图书后面。

由于这些书不是与记者们关系不好的作者写的，所以有关文章很多。拉希尔德在《法兰西信使》上拿《女启示者》开玩笑："她很少能启发那个可怜而天真的中学生，他太害羞了，看到裸体女人拔腿就跑。"《不妥协报》则是这样分析《一个妓女的日记》

的：“这部极不道德的作品让我们感到了道德的力量，这样说并不矛盾。”《费加罗报》写道：《情妇学堂》是本很可爱的小说，但里面有几页非常黄。"

要出版这些书，阿尔班·米歇尔需要资金。由于他还没有足够的流动资金，他在跟《情妇学堂》的作者皮埃尔·科拉尔所签的合同中，谨慎地加了这么一个条款："版税为每本半个法郎，每个季度结算一次，也就是说在书店结算之后。"别忘了还要做付费广告，于是又要牺牲作者的利益了："科拉尔先生将于1903年9月1日交给米歇尔先生一万法郎，这笔款将用来做广告。"阿尔班·米歇尔准备在结算方面打主意，但他原则上坚决反对自费出版，甚至公然地强烈反对这种办法，而这种办法却帮了许多出版人的忙。后来，《年鉴》曾向他提出这么一个问题："出版社是否要拒绝出版没有真正价值的书，哪怕作者愿意支付出版的所有费用？"他严肃地回答说："我坚决反对自费出书。只有那些不严肃的出版社才会这样出书，因为所有重要的出版社都是如此，要出版的书必须经过一个高水平的审读委员会审读。如果不能出，可能是这个委员会把它毙了，可能是销量太小。这样出版的书充斥书店，如果某个读者买了这本书，觉得没有意思，会影响他买别的可能有价值的书。而且，我认为，从道德上来说，拒绝自费出书，这种解决办法对作家来说要体面一些。一方面，评论家也在一直抱怨说书太多，甚至没有时间翻一翻寄给他们的书，从这个角度来看，平庸的书甚至会影响好书。所以，我完全反对作者与出版社合作出书。"①

阿尔班·米歇尔敢冒险的名声把一个作者带到了马图兰路。

---

① 1926年10月13日给《年鉴》的克里斯蒂安·多尔西的信。

当时，这个作者在奥伦多夫出版社出版的"克洛蒂娜"系列获得了成功，但已经有人说，这些关于童年的回忆是一个叫科莱特的年轻女人写的，他只不过签个名而已。笔名叫维利的亨利·戈蒂埃-维亚尔一直在找钱，也就是说在找出版社。他乱七八糟地出版了一些历险小说和床笫小说，好坏掺杂，胡言乱语，其主要目的是按字索取稿费。他想尽快写完，以便领取合同规定的版税，然后接着写下一部。

这个巴黎人颇有风度，戴着平边的高筒大礼帽，矮矮胖胖，脑门光秃，胡子精心地修得尖尖的，眼睛很明亮——是"天蓝色"的，他强调说——对一些忠诚于他的每一本书的读者很有吸引力。他不间断的产品受到了一批在"影子中"工作的"枪手"的支持。没有他的帮助，那些在幕后为他服务的无名写手不可能有那么大的印数。甚至连科莱特都没有想到要署名，她正挍身于同性恋之中，这个假小子做出滑稽的动作，让人拍照，满足自己对演戏的爱好。她迷人的魅力让人心动，许多喜欢收集性解放明信片的人高兴坏了。她知道得很清楚，如果没有维利这个名字，她的"克洛蒂娜"在书架上可能会无人问津。她后来承认："那个不写作的人比以他的名义写作的人更有才能。"维利很聪明，受过良好的教育，但对自己的荣誉毫不在乎，他渴望一夜暴富，尽情挥霍。事实上，他当然比以他的名义出版的大部分书要有价值，尽管他常常修改合作者的作品，让它们具有他快乐的风格。他只关心一件事：出版人给的支票。拿到支票后，他便付钱给他躲在暗处的合作者们，自己则过着花天酒地的生活。

维利总想着用最小的作品来换取最大的利润，他把在《玫瑰生活》中发表过的一篇连载卖给了阿尔班·米歇尔。《王子的情妇》讲的是一个真实的爱情故事，女主人公叫莱奥妮德·勒布朗，是第二帝国时期常见的那种妓女。男主人公是路易-菲利普的儿子奥马尔公爵。那个要继承法国王位的人曾把自己的一些秘密告诉了他的朋友维利。当然，作者很谨慎，而且也对王子很尊敬，他给那些著名人物都用了假名。书就要在书店上架的时候，外号叫"大胆老爹"的参议员勒内·贝朗瑞领导的"反马路许可联盟"①烦了，把这本小说告上了法庭，说它过于津津乐道王子与漂亮情妇的奢侈生活。法庭传唤了作者，向他念了这一段落：

"你放弃吗？"

"放弃什么？"

"放弃我不知道是什么玩意的这种东西，放弃这种错综复杂的东西，这些阿拉伯风格的东西……"

"不是阿拉伯风格，而是希腊风格……"

也许听到最后这句话，吉拉尔小姐半睁半闭的眼睛跟前浮现出了酒神节的狂欢……

"你的这段话是什么意思？"法官问，"希腊风格指的是什么？"

维利不大想就这种钻牛角尖的词源寻根究底，他回答说，他写这篇连载的时候，根本没有注意某个词，究竟是什么意思。"我说'希腊风格'，是因为我在谈论酒神节的狂欢、女祭司，这一令人惊奇的神话中的所有东西全都出现在吉拉尔小姐的梳妆室里。不过，我完全可以另外换一个词，再说，这也没有任何关系……"

---

① 1894 年成立于法国的一个反色情组织。——译注

24

"对不起,"法官举起食指,眉头皱了起来,"你在这里不是想说……我的意思是说,不正常的抚摸?"

"绝对没有!"作者喊叫起来,"我在《王子的情妇》中,根本没想到要描写不正常的关系和邪恶的性关系。我之所以在'克洛蒂娜'系列中写过那些东西,是因为在那本书中我想那样写,因为那是主题。而在《王子的情妇》中不是这么回事。"

尽管作者否认,检察机关还是决定立案,1903年4月1日,案件在塞纳轻罪法庭第九庭审理。庭长指控他:"你描写了一些令人厌恶的私人生活场景。"

"我只描写了我所看见的当代人的生活……"

过了一会儿,维利又微笑着补充说:"而且,我还淡化了许多呢……"

律师保尔-蓬库尔辩护说:"当代文学不知不觉地使用的语气被那些意想不到的怪事和迟来的羞耻感所代替了吗?"

尽管如此,作者还是被判罚了一千法郎,阿尔班·米歇尔最后出版了"洁本"。此事引起了巨大的震动,以至于辩护词被当作序放进了书中,封面上还有这样一句挑逗性的话:"保尔-蓬库尔先生的辩护"。这大大伤害了这位律师,他看到自己的名字与引起丑闻的维利的名字放在了一起!为了避免事情再度复杂,这行字最后用黑色的细条"删去"了。维利从这一法律纠纷中——他甚至很高兴以这种方式给他的小说做了广告——得出了这几句诗:

如果说我为了金钱,常在泥中行走,
却也因耻辱而感到脸红,不!
我现在高傲地昂起(秃了的)脑袋

我没有玷污圣洁之物。如果说，
我努力地创造文学作品，
请原谅，因为这是我的职业。

几天后，这位作家出现在音乐会上。在后台，一个系着白色领带的人问他："你觉得第九怎么样？"

"很好。"他没怎么在意。

"你真的不记仇。"

"我为什么要恨贝多芬？"

"不是说那位贝多芬，而是第九法庭，判罚你的《王子的情妇》的第九法庭。"

新闻有助于成功，科莱特讽刺给那本书画插图的画家威利："维利，威利，维西！"①

当然，作者很快又交了一部稿子。为了说服他的新出版人，他解释说："写得比《王子的情妇》更加细腻，心理分析更加简洁。我甚至可以斗胆说，色情描写比以前有过之而无不及。"这本取名为《皮克拉特修女》的小说，他要价很高，一万五千法郎。像往常一样，债台高筑的他乞求道："赶快给我三千法郎吧，在离开巴黎之前，我要填补几个窟窿。我不希望在我不在的时候还开着口子。"

---

① 此处科莱特用谐音和一个典故来讽刺作者维利（Willy）和画家威利（Wely）：公元前47年，恺撒只用了5天时间，就打败法纳西斯二世，平定了一场叛乱。之后，恺撒用最简洁的拉丁文写了一份捷报送回元老院，上面只有三个单词："Veni, Vidi, Vici!"，意为："我来了，我看见了，我征服了！"从此广为流传，成为经典。——译注

人们很快会以为，阿尔班·米歇尔是想在通俗文学和大胆的文学作品方面努力。其实，他虽然暂时还沿着最初的成功之路走，却想成为一个全能的出版人，希望随着时间的推移，兼涉及出版的各个领域："做出版能做的任何东西：大众文学、工业科学方面的著作、通俗文学、历史、青少年读物、期刊、时尚读物、小说。总之，所有种类……"他一再这样说。

所以，除了轻松的小说之外，他同时还出版了反响没那么大但具有真正价值的历史著作，比如《1814年至1870年阿尔萨斯的军事故事》，薄薄的三十册，只接受预订；《布罗格里的维克多-弗朗索瓦公爵与萨克斯的萨克维埃王子的通信》，豪华版四卷，但只印了六百册。

阿尔班·米歇尔知道，历史著作能给他提供一个全新的活动场所，但要赢得广大读者，肯定不靠这种只面向几个博学专家的书。必须让那些尘封在教科书里或深受尊敬的名人回到现实，活动起来，要以独特和生动的描写重现法国历史上的重要事件。1903年春，他宣布将出版奥古斯丁·卡巴内斯医生的《历史上的秘密》。这位神经生理学家、弗洛伊德主义者（甚至在这些词没有发明出来之前人们就这样称呼他了），几年前厌倦了医院里的工作，开始用医生的眼光来探索历史上最美丽的那几页。卡巴内斯医生滑稽而又执著，文字极为准确，且不乏想象力，他以历史上患病的大统治者为分析和研究的目标：软弱的查理二世、无赖般的路易十四、易怒的拿破仑、狂乱的罗曼诺夫、患癫痫病的丹麦王克里斯安七世、巴伐利亚的疯子奥东等等。这位医生长得怪怪的，身材矮小，头发很短，胡子细长，一脸狡猾的样子。他转动着眼珠，一再重复说："想到一个民族，一个由无数个有思维的人组成的集体，受一个会给可怜的人类带来灾难的人控制，谁都会不寒而栗！"

不到三十年，卡巴内斯医生就在阿尔班·米歇尔出版社出版了六十多本书。这位才华横溢的作家以一种新的方式来解说历史，题材丰富，既不学究，又不瞎编，而是想借助科学知识来探究黑洞。他很看不起传统的历史学家，刻薄地说："米什莱可能给人以假象；但那些专注于寻找赤裸裸的真相而不是迷人外表的人不会上当。"在他的书中，历史不再是温柔而光明的寓言，而是扎根于最肮脏的现实之中。他让读者进入了他的诊所的秘密当中，他在那里像检查病人一样检查王公贵族。《历史上的秘密习俗》八卷、《历史上的传说和好奇故事》五卷、《历史上的神秘死亡》两卷、"神经病患者"系列等等，一再重版，让许多作家都跟风挖掘历史。当然，人们后来批评卡巴内斯医生过分描写了喧嚣的场面，细节太露骨，暴露了太多的隐私，但他仍有不少拥护者。医学院也颁奖给他，以表扬这个爱责难人的医生。剧作家维克多里安·萨尔东曾写信给作者："您的书中没有任何东西可以让一个诚实的女人阅读，但我完全认为它会让轻浮的女人感到不舒服，她们没有德行，却不得不装出有德行的样子。"法兰西学院的儒勒·克拉雷蒂则说："历史上的真实总是道德的。在梯形解剖实验室里难道还要讲廉耻吗？"

卡巴内斯给阿尔班·米歇尔出版社打下了十分坚实的基础，他的作品辉煌了半个世纪。可惜的是，这个作者在狂热地不断探索昔日名人的各种毛病，尤其是精神病和性病的过程中，自己也失去了理智。他在生命的最后日子里，把自己关在书房里，一页页撕掉书架上自己的作品，把它们揉成一小团一小团，然后从窗口扔出去，失望地对着那些突然间有了生命的魔鬼大叫："可我并没有做什么对不起你们的事，请让我安静！"

1928年的一个早上,他起床后对妻子说:"昨天晚上,我看到了'死亡夫人',她对我说:'你不再存在了……'"

几天后,他真的死了。阿尔班·米歇尔在这个多产作家的坟墓前这样说:"对一个其社会作用是出版图书,即给思想提供物质手段来表达和传播知识的人来说,能够支持一部如此引人瞩目、如此不同凡响的著作,是一件非常难得且值得骄傲的事情……卡巴内斯除了这些优点,请允许我再加上一条,因为这对作者来说更难能可贵。我想说的是他的忠诚,他对与他紧密相连的书店的忠诚。不但他的忠诚是百分之百的,他的恒心也是如此。他从来不像蝴蝶那样飞来飞去,而是喜欢把自己的作品交给他所信任的一个出版人。所以,最近几年,他完全有理由骄傲地望着自己众多的作品,它们组成了一面漂亮的墙。"

同样,在司法方面,前刑事法庭庭长皮埃尔·布夏东著名的诉讼故事也取得了成功:《拉法热事件》《神秘的箱子》《女佣杀手迪莫拉》……

阿尔班·米歇尔体验过所有的成功和幸福。他的书卖得很好,不管是具有新闻效应的书还是历史书,他的每种书都引起了读者的兴趣,马图兰路书店懂得如何吸引忠实的顾客。此时,太太又给他生了一个儿子,取名叫安德烈。生活向这个充满热情的年轻人微笑了,阿尔班·米歇尔主意很多。这个奥德翁剧院走廊里昔日的伙计,朝气蓬勃的书商,正处于上升时期的出版人,坚决认为应该同时发展像车站、报贩这样的发行网络。他解释说:"我坚信,通过车站书摊、报贩甚至烟草铺来卖书,是现有图书发行的一个非常重要的办法。来到书架前的大部分顾客事先都没有什么打算,甚至往往都没想到要买书。在他们要搭火车的时候,或者是晚点一小时无所事事的时候,只有露天货摊能吸引他们的目光。让他们决定买一本书的原因,往往是十分偶然的。"①

在采用非传统的渠道出售库存图书方面,阿尔班·米歇尔已经积累了经验。他想故伎重演,推出一系列只有八十页、只卖三毛钱的小册子,又轻又朴素,开本很实用。这已经是袖珍版图书了。要做到这一点,他首先需要一个知名作家,远离他的出版物有时散发出来的那种火药味。他需要一些老少皆宜、容易阅读的书。于是,他自然就求助那个世纪转折关头的一位著名喜剧作者,一个致力于取悦于当代人、留着小胡子的矮个子:乔治·库尔特林纳。这位作者写过《8点47分的火车》《骑兵队的快乐》《布布罗歇》等一系列幽默小说,他的中短篇小说和长篇小说都是在埃内斯特·弗拉马利翁出版社出版的。阿尔班·米歇尔的前老板很高兴与他昔日的雇员和弟子签下这第一份合同:"祝贺这部有趣的散文能让你获得巨大的成功。"②他说。为了有利于企业,他放弃了该系列第一部作品的所有权利。乔治·库尔特林纳十分激动,积极支持这套只有八十页的丛书。他重新阅读自己的作品,进行修改,起新书名。这项工作于1904年10月20日完成,他写信给一个朋友说:"请你想象一下,几天来,我没有一分钟是属于我自己的,我得重新阅读、修改和部分重写我的全部旧作,这些东西将出定价三毛钱的普及版。第一本将于下周六上市,我得一一删去差不多四万行文字,多处修改,做这类美容工

---

① 1929年4月26日的信,答保尔·加尔辛为《剧场》所进行的采访。
② 1904年6月28日的合同。除了每本一分五的固定版税外,每种书阿尔班·米歇尔还要另付100法郎。而弗拉马利翁则保证不以低于3.5法郎的定价出版乔治·库尔特林纳的作品。

作。请你相信，我把自己搞得很痛苦。"①

著名作家库尔特林纳的作品廉价出售当然引起了读者的争抢，阿尔班·米歇尔现在明白了，他得丰富产品，增加产量。他再次跟弗拉马利翁商量，后者把著名的《巴黎的秘密》的作者欧仁·苏的四十三部著作、埃克多·马洛的六部小说、连载小说作家阿列克西·布维尔和讽刺作家欧仁·夏韦特的一系列作品的所有权转让给了他，为期四年。夏韦特是位不朽的作家，曾写过这一含蓄的寓言：

矮子丕平死了很快就要一千年了。
道德：人死了就永远死了，不会复活。

转让是1905年9月1日进行的，总价四万法郎，一大笔钱。在这之前，阿尔班·米歇尔从来没有谈过这么大的生意。然而，相对于一下子丰富了阿尔班·米歇尔的出版物的一百四十种图书，这一价格近似于无。阿尔班·米歇尔当然没有那么多钱，弗拉马利翁也面对现实。历史学家阿尔芒·达约的五本书七百册共计两万一千法郎将以实物支付，拉辛路的那个出版人将在自己的书店里全价重新出售，剩下的一万九千法郎则用月汇票来支付。阿尔班成功地让《情妇学堂》的作者皮埃尔·科拉尔入了股，科拉尔以收益的三分之一和百分之五的年利率帮助了出版人。

由于这种临时性的经济组合，阿尔班·米歇尔在大出版人当中占了一席之地。他出的书丰富多彩，使他从此以后能够吸引各种读者。他不再是贪婪地出版轰动性图书的年轻人，他旺盛

---

① 给奥地利译者西格弗里德·特雷比奇的信，发表在《新书报》1949年第8期上。

的精力,他对出版业的了解和大胆的革新,使他成了一位出版大师。那种直觉和对市场的感觉是在与读者的接触中产生的。在回答《法兰西图书中心会刊》的提问时,他是这样形容出版业的:"出版是一个充满激情的行业。不幸的是,时间太短,一天只有二十四个小时,但没有一个出版人有时间烦恼。这个行业需要对公众十分了解——这是一件水到渠成的事。怎么来的呢?通过零售书店的锻炼。所有的出版人都应该在零售书店进行实习,以了解读者的口味。我之所以成功,就是因为在零售书店里干了十年。"

第三章

于让街

　　这个年轻的出版人好像事事顺利。三十二岁的时候,他就可以满意地看着自己硕果累累的书单了,马图兰路的书店和波尔多的书店都盈利了。他不想把自己局限在轻松的文学当中,图书的种类十分丰富。
　　在这前景光明的平静天空中,巨大的不幸很快就要降临到阿尔班身上。
　　一天晚上,他带着妻子去市政厅参加舞会,那是讲排场的共和派上流社会一年一度的聚会,在亲切而热闹的气氛中,可以遇到全巴黎商界和文艺界的名流。宽敞的大厅里,穿着半透明衣裙的克莱尔在穿堂风中冻得浑身发抖。一开始,人们并没有注意到这一点,因为到了该随着华尔兹翩翩起舞的时候了,接着又要跟在拥挤的人群里遇到的熟人打招呼,端着香槟酒杯一饮而尽。第二天,克莱尔卧床不起,咳个不停,大家还以为是普通的感冒,但请到家里来的医生很担心。病情复杂了,很快就转为肺结核。当时的技术还无法治疗这个病,只能眼睁睁地看着她的病慢慢地发展下去,最后夺去她的性命。而且,妈妈把病传染给了儿子,那个弱小的身体病情发展得非常快。几个月来,孩子越来越瘦,脸色发灰,皮肤也起皱了,呼吸变得微弱,生命垂危,1906年9月,还不到三岁的孩子就死了。阿尔班清楚地知道,儿子死了之后,妻子也活不了多长。他的精神垮了,只想一天到晚守在克莱尔身边。他觉得在出版界的奋斗一切都是空的。他创办这家企业是为了谁呢？他为什么还要继续奋斗下去呢？书店、出版、作者，他想把一切都抛了，想带着已被判了死刑的妻子独自躲到某个安静的地方，忘了这个世界及其喧嚣。大学老师乔治·瑟尔跟他的书店很熟，试图劝他放弃这个灰心丧气的计划："你和米歇尔太太都还很年轻，前面的路还长得很。"但阿尔班谁的话都不听，他搬到巴黎城门口的诺伊，在诺伊大道130号乙二楼一所漂亮豪华的公寓里住了下来。这是微不足道的希望——医生们说，那里的太阳将在大窗户外西沉，宽大的马路之间微风徐徐，比首都拥挤的小街小巷要养人得多。医生们也许最后能战胜疾病。

然而，生活还得过下去，并且已经在那里呼唤这对年轻夫妇，因为年轻妇人尽管深受肺结核的折磨，很快又要生孩子了。9月15日，大儿子去世才两个月，她就生下了女儿小安德蕾。为了保住孩子，逃避等待着她的可怕命运，医生们只有一个办法：立即把新生儿从母亲身边抱走，远离已经夺走她哥哥的危险的母体。安德蕾被安顿在乡下的一个奶妈家里，从来没有在母亲温暖的怀抱里躺过。尽管爸爸经常来看她，小安德蕾还是感到很孤独。

岁月如梭。现在，她已经能小跑了，能走路了。她快两岁了。白天，她常常站在小凳子上，脸贴着玻璃窗，远远地望着小路……也许爸爸今天会来……一天下午，阿尔班发现安德蕾把自己关在厨房里，又脏又瘦，独自一人在窗前哭泣。他很害怕，小女儿的所有痛苦突然出现在他眼前，他当即决定不再让女儿待在这个农场里，不让她在得不到关心、缺乏爱的环境里枯萎。他把她带走了，开车送到了达维里埃。已经失去老伴十五年的埃内斯特外公在路易丝姑妈的帮助下，无微不至地照料着这个小女孩。路易丝姑妈就像是她亲爱的妈妈。

在巴黎，阿尔班·米歇尔一直没有放弃关门歇业的想法。乔治·瑟尔是个精明的文人，大学教师，他觉得实现自己理想的机会来了：既然阿尔班·米歇尔没有精力也不想继续他的出版活动，瑟尔便想创办一家有限公司，来开发这个书商抛弃的资源。他想把马图兰路积压了四年的库存和另一家陷入困境的出版社的东西混合起来。那家出版社的老板叫保尔·帕克洛，主要出教科书，书很多。这个主张对阿尔班·米歇尔很有吸引力，他认为好处多多，既能保护作者们的利益，又能结清库存，给自己的出版活动画上一个句号。这是一个体面的解决办法，因为他对这一历险活动已经失去兴趣。乔治·瑟尔却坚信，在帕克洛和米歇尔的指挥下，新公司一定能大展宏图，前者的科技图书和后者的小说应该能给一个大企业打下基础，从而占领出版的各个领域。

为了说服作者、书商、投资者和所有能给这个计划带来必不可少的资本的人，他写了一份长长的报告，充满热情地详细分析了出版界的形势，预料一个全新的市场将得到迅速的飞跃："教育的发展将使平民阶层出现对阅读的需求，这是前所未有的。"但是，必须注意，那些顾客没什么钱，他们想寻找的是"一些根据现实生活中多变的口味和需要，根据个人的好恶和时尚，能让他们感到有趣并具有教育功能的极其便宜的书"。所以，完美的印刷术、照片和插图的现代化处理能使合作者赚到钱。合伙人没有太大困难就聚集在了一起，接受了"世界书店"这一野心勃勃的公司名称。公司很快就创办起来了，瑟尔带来了资金，米歇尔和帕克洛加入了资本，作者、供货商、装订者、印刷厂分得了股份……他们当然不是带着钱加入，而是在需要的时候进行物质支援。他们得到许诺，股息不低于百分之六，也许会达到百分之十。公司还发行了四千二百五十份一百法郎的股票，很快就被朋友、熟人和亲戚给抢走了：笔名为阿道夫·达尔旺的奥古斯特·阿道夫在阿尔班·米歇尔出版社出过《女启示者》，他登记了五百股；卡巴内斯医生很谨慎，只要了五股。甚至连家人也动员起来了，米歇尔医生让人寄去十股，寄到布尔蒙；哥哥路易也在奥欧塞尔要了十股。

成立大会于1907年1月24日举行，确立了世界书店的身份。纲领也制定出来了，书店将出版教科书、技术手册、思想类图书和一套文学丛书。此外，世界书店还从帕克洛的出版社继承了《插图版美国人》，这是一本针对小男孩的"家庭和青年万有周刊"，书中尽是西部故事和彩色连环画。董事会也成立了，董事长是作家皮埃尔·科拉尔，他再次把积蓄交给了出版社。这个拼凑起来的董事会人数过多，其中包括两个医生、一个律师和一个大学教师，他们的主要功劳就是给公司投了资，但并不适合领导一家文化企业。而阿尔班·米歇尔的光芒是必不可少的，所以人们任命他为经理，月薪六百五十法郎，他的同事乔治·瑟尔为文学主编，威风凛凛，每月却只有二百五十法郎。世界书店在大学路10号开了门店，又在蒙帕纳斯后面的于让街22号租了一个大仓库，书成捆地堆在那里，那里成了新公司的库房。开始出书时，他们并没有刻意寻求创新，还是采用阿尔班·米歇尔的办法，推出了一套每本三毛钱的丛书，其中有儒勒·克拉雷蒂、卡蒂勒·孟戴斯和莫里斯·勒布朗的作品。保尔·布鲁拉也交了关于埃米尔·左拉和儒勒·费里的传记，加上教科书和插图版图书，书似乎挺多。然而，到了12月，公司就遇到了困难：大部分资产都是以商品入股的，没有足够的现金投入新的生产。必须增加资本。他们借了七万法郎，用来支付最急的到期票据。这种权宜之计只能拖延一时，该付的还是要付。1908年4月11日，他们召开了一次特别的全体大会，投票表决解散这个只生存了十四个月的公司。当时，账上只剩下了十七个法郎，债务却超过三十六万法郎！负责清算的财务专家很快就指出了种种经营错误：投资《插图版美国人》的十五万法郎完全打了水漂，那本书尽管围绕"万有周刊"做广告，却根本没有真正引起年轻人的兴趣。欠创办者的债在十个月内就付清了，而公司要两年以后才能自由（所以缺少继续运作所必不可少的现金）。阿尔班·米歇尔没有加以制止，他一言不发地看着他们犯错。也许，他对世界书店的前途根本就没有兴趣。"阿尔班·米歇尔先生好像从来没有造总结算表，也没有编造财产清单。"清算报告中指出。①

如果说，世界书店在一年多一点的时间里，沿着创始人的路线，出版了保尔·帕克洛的技术图书和阿尔班·米歇尔的通俗小说，它也在解散前的三个月，开始销售一个已经在报纸专栏出名的作者亨利·巴比斯的第一部小说《地狱》。负责审读书稿的是乔治·瑟尔，他写了一份吓人的审读报告："作者描写了他仔细看到的东西，那种细腻近乎自虐，风格虚幻缥缈……我不知道那些邪恶的'幻觉者'心里真正在想什么，我不知道谁会对这种作品感兴趣。"幸亏，这种胆怯的意见没有被采用，作品后来被阿尔班·米歇尔出版了，卖了差不多二十万册！读到宣传《地狱》的广告，人们还以为那是一本轻松的新书："一种强烈而抓人的现实主义——一个男人通过隔板的小洞，察看着一个旅馆房

---

① 商业法庭法官居斯塔夫·杜瓦扬的报告，1909年8月2日。

间里发生的事情。"但别弄错,出版这部小说是文坛上的一件大事。一些大作家赞扬这部令人不寒而栗的小说语气独特。阿纳托尔·法朗士到处说:"终于出现了一本男人写的书。"莫里斯·梅特林克则发现了"神奇而动人的才能"。儒勒·罗曼毫不犹豫地对他喊道:"您圆满地完成了但丁的作品。"大部分评论家都很激动,甚至连《费加罗报》也只说了这样一些话,而且有点假装害羞:"这部既下流又严肃的小说应该放在医学图书和让人不安的哲学图书的专架上。"如果说,《地狱》巧妙地把抒情独白与哲理沉思结合在一起,作品的成功却首先要归功于那些使人兴奋、具有强烈感官色彩的段落。读者更多是记住小说中那些火热的场面,一个年轻的女人在一个垂死的老人面前脱光了衣服;两个相爱的女人投身于爱的游戏;一对通奸的男女来到一个秘密的房间寻找庇护所。当时没有任何人想得到,亨利·巴比斯这个假装风雅的作者,衣着讲究,模样可笑,长着一张小白脸,胡子修得尖尖的,竟是一个爱好和平的军人。在第一次世界大战打得最激烈的时候,他在弗拉马利翁出版社出版了《火线》,见证了战壕里可怕的情景。他后来成了一个坚定的共产国际成员。

阿尔班·米歇尔不能眼睁睁看着世界书店完全消失,现在,他决定独自进入这一行业,重新掌管这家解体的公司。债权人强迫他清还巨债,他得大出血:每股流通的股票他必须支付五法郎,负债达四万法郎。在大学路,新生的阿尔班·米歇尔出版社占了世界书店的地方。他必须再次借钱。但他知道,摆脱了合作伙伴,重新找到了出书的乐趣,恢复了继续工作的力量,他能重整旗鼓,在市场上找到自己的位置。他从这场失败中吸取了教训,再也不会和别人一同分担责任:"我认为,一家出版社要运行良好，只能有一个领导者，只能由他一个人来承担风险、做出决定并加以实施。"

1909年2月12日，不可避免的事情发生了：与肺结核斗争了三年的克莱尔在诺伊离开了人间，年仅二十八岁。阿尔班感到很孤独。他的妻子和儿子从此安息在达维里埃的那个小墓园，女儿则在远方，住在外公家。曾经选择隐退来陪伴妻子的他，现在拼命工作，想忘记这一切：只有他的出版社能给他以生命的意义。尽管生活给他带来了快乐，但他的内心深处仍感到撕心裂肺的痛苦，他总是通过大量的工作来加以掩饰。他在书信和谈话中，总是谴责那些无所事事的人，说他们动不动就去旅行，因结束艰苦的工作而感到高兴。罗曼·罗兰曾问他是否去过德国，他在1924年回答说："可惜！我是这个出版社唯一的领导，我要照管它，根本无法长时间离开巴黎。"1931年，他的一个作者阿尔努·加洛潘从奥弗涅给他寄了这么一封充满幽默的信："我们为什么要离开我们生活得如此幸福的巴黎，把自己埋葬在这个荒蛮之地呢？为什么？……是的，为什么？这太愚蠢了。像我们这样'年轻'而活跃的人，无法真正抛弃自己工作的中心。你会想念你的书店，我会经常想念我的拉内拉夫路，想念我的书和我的小提琴。如果我在这里没有紧张的工作让我开心，我想我会变成白痴的。我看见有些无所事事的人牵着太太的手从我窗前经过，脸刮得干干净净，他们理发好像每小时要一百法郎。那些买海边游泳的人呢？他们的家里也许很干净、很漂亮，他们却要到'不舒服'旅馆来住上一两个月！对度假的这种强烈爱好真是不可理喻……我到这里之后，没有踏出门外一步。邻居都以为我是个残疾人，不得不留在屋里看门。当他们偶然透过窗户发现了我，便满怀同情地看着我，好像在说：'可怜的人！'一群笨蛋，我比你们快乐得多！因为我看见了你们永远看不见的东西。"一篇让阿尔班·米歇尔非常喜欢的散文。他用同样的语气回答说："为什么要离开巴黎，既然我们在这里是那么快乐？我想是因为随大流。不过，我们俩之间还是有区别的，我离开巴黎往往只有半个月，最多三个星期，而你一走就是三个月。如果我得离开书店这么长时间，我想我会完全发疯的。"当《出版界》为1933年9月23日那一期就度假问题采访他时，他火了："度假？想都别想！可以说，我从来就没有度过假！几年来，我只去过蒙多尔，我的健康状况迫使我到那里进行为期三周的治疗。我不会多待一天，因为我急于见到我的作者，他们都是我的朋友。我得重新处理我的事务。"但这并不妨碍他在三年后向罗曼·罗兰承认："我只接受了一半治疗，我不能远离我的出版社太长时间……"1937年，罗兰·多热莱斯从摩洛哥给他写信，他回答说："我真羡慕你！因为马拉喀什沐浴着阳光，而我们这里只有暴风雨和泥泞。请相信，我并不是不想去那里，尤其是跟你在一起，可惜，我的脚下有根线，甚至是根电缆，剪断它需要一把大剪刀……"

1909年底，大学路的租约到期了，阿尔班·米歇尔得另给公司找地方。在这之前，他一直既出书又卖书，现在，他决定要把二者分开。波尔多的书店继续成功地卖旧书和折价书。阿尔班很快就赎回了合作者的份额，成了那个销售点唯一的股东。同时，他还帮助姐姐玛丽-路易丝在巴黎歇尔希米迪路109号开了一间书店，他本人则决定全身心地投入出版中。所以，他再也不需要摊店、玻璃橱窗、书架，只满足于在于让街22号仓库的二层拥有几间办公室。

十四区的这条小路与蒙帕纳斯墓园的大门成九十度，非常安静，只听得到凿子凿大理石墓碑的声音。流浪的艺术家端着苦艾酒，在咖啡馆里等待成功；一群群尚未成名的画家在画室里对着饥饿的模特儿拼命作画。这条路上永不停息的这些活动，人们并不一定能见得到，这里出现得最多的是身披黑布的马匹缓慢地拉着柩车。小路上非常宁静，好像是在被人遗忘的外省，好像墓园的灰墙也赋予了它一点永恒的色彩。小路的尽头，就在通往埃德加-吉内街的路口，有一座尖顶的白色建筑，百叶窗是彩色的，好像是孩子的涂鸦之作。这座屋子虽然外墙光滑、线条笔直、里面却破败不堪。一进门，就可看见方格地砖已经破碎，墙上剩下的画也已斑驳。那把罗马式的旧天平，两头死气沉沉，却仍无用地绷着，给屋子徒增一种破败的气氛。照明系统是几年前才安装的，但已经完全不能用了，损坏的电线无力地沿墙而垂。仓库里堆满了书和纸卷，连玻璃顶的正中央也堆得到处都是东西。地面已经开裂，昔日摇摇晃晃的大车所用的铁轨还在，不过已锈迹斑斑。一座生铁升降机，当某个冒失鬼想坐着它上楼时，它的每个滑轮都发出吱吱嘎嘎的声音。陡峭的楼梯非常不稳，通往撑着木架的三楼，两边是铁柱子。三楼有几条公用通道，互相交错，然后消失在废弃的阁楼和布满灰尘的走廊尽头。

1910年1月7日，阿尔班·米歇尔把自己的出版社安置在这艘搁浅在于让街的苍白的大船上。三个月后，他把不久前跟世界书店签的租约落到了自己名下。租金：每年七千法郎。他是否已经知道他找到了自己永久的港湾？他当时是否已经想到，八十多年之后，他的出版社仍将在这墙内，在这个有点狭窄的九百十五平方米的地方？肯定没有。当时，他只进行了一些不得不做的基础工程，慢慢地，屋子的整个内部结构也进行了修缮。

阿尔班·米歇尔首先投资修建了三间小办公室，一间自己用，第二间秘书用，第三间留给雷翁·帕基耶，帕基耶是从阿歇特出版社投奔过来的，负责行政管理。随着时间的流逝和企业的发展，出版社扩大到六间办公室，然后是八间，很快又扩大到整层楼，之后还装修了楼上，占用了整栋楼。当时，白色的墙上写上着**阿尔班·米歇尔出版社**这几个黑色大字。从此以后，人们将看见老板圆乎乎的身影，他头戴礼帽，手执拐杖，一大早就出现在那条小路上。晚上，当店铺和院内的画室关门后很久，他才离开。

在这个新地方，阿尔班起初仍出版以前曾取得成功的作者的作品，尽管世界书店破产了，他们仍很忠诚。卡巴内斯医生一本接着一本出书，速度快得让人不可思议，他的医学和历史调查吸引了喜欢下流秘密的读者。费里西安·尚索尔也交了一本新小说，他的《野心家》分成三卷，加上插图重版了。维利不停地出书，轻松地把旧的东西和新的东西搅在一起。亲爱的皮埃尔·科拉尔继续对他的出版人表示绝对的忠诚和牢不可破的友谊。他无处不在，既是作者，又是投资者，他写了一部关于流浪的书，也带来了企业重新启动所需的资金。这个友好的团队用自己的作品支撑起了出版社，别的书很快就补充进来。在已经不存在了的世界书店的档案中，阿尔班找到了地理、历史和会计教科书，他以"保尔·帕克洛经典丛书"为名继续出版。他一直致力于让自己成为出版界的多面手，出版历史著作：路易十六的死刑执行者桑松的回忆录；文学作品，拿破仑一世的演讲录；弗勒里伯爵和今天仍很权威的路易·索诺雷的三卷本论著《第二帝国的社会》；在生活读物方面，他推出了让塞伯爵夫人的实用手册和一系列生活指南，让读者了解各种东西的用法，包括餐桌礼仪和穿戴艺术；引起轰动的作品：乐队指挥恩里科·托塞利的自述《和路易丝·德·托斯卡纳结婚四年》——他和奥地利公主的联姻引起了众人极大的兴趣——"最感人最浪漫的纪实小说；内容最丰富、最奇特最激动人心的爱情故事，所有国家的评论家都将一直关注。"这本书回应了公主在费里克斯·儒旺书店出的一本《回忆录》，她在书中详细叙述了维也纳宫中的生活，以及她与弗雷德里克-奥古斯特·德·萨克斯王子的第一次婚姻。关于她的第二任丈夫，她只赠送了这么几行生气的话："哈布斯堡家族[①]的人有时会产生这种自我牺牲的怪癖，我就是这样。我选择了一个出身和财富都不富有的男人。"托塞利是原籍法国的佛罗伦萨作曲家，他在书中大胆地披露了许多东西，描写了欧洲宫廷听说他要与公主结婚时所刮起的暴风雨。他叹息道："在爱情方面，之前要比之后美丽得多。"他详细叙述了他是如何抢走儿子，以逃离那个不合格的妈妈。这是一个平民与王室联姻的情感故事，也正是大家所酷爱的故事。

也是在这个时候，一本叫做《启发》的科普读物出版了。作者伊波里泰尔·贝恩海姆博士长年深入研究催眠和暗示，他的研究不断招致大多数同行的猛烈批评。二十多年来，他在南锡的诊所里一直接待一个来自维也纳的年轻医生：西格蒙德·弗洛伊德。弗洛伊德清楚地知道他的法国同行进行的研究。他用了六天时间，熟悉了这个先驱者的实践和技巧。贝恩海姆坚信，催眠能发现性格中的奥秘。精神分析学的诞生已为时不远……从那之后，这种理论吸引了广大读者。贝恩海姆博士给了阿尔班·米歇

[①] 该家族1556—1740年间统治奥地利、波希米亚、匈牙利以及意大利部分公国，并曾出任神圣罗马帝位。其前身为哈布斯堡王朝，后来被哈布斯堡-洛林王朝取代。——译注

尔出版社一些大家都能看懂的解释性作品和一本讲述这一学科发展历史的书。

但战前这一时期最畅销的书之一，既不是小说，也不是历史和医学书，而是一本通俗的司法手册，这本书让大家都能掌握《刑法》，认识自己的权利。《律师的建议》在不到三年的时间里卖了差不多十万册。

同时，阿尔班·米歇尔也继续自己的廉价书政策。九毛五一本的"畅销小说"丛书既收入了显克维支的《你往何处去？》，也收入了巴尔扎克的《搅水女人》。他比谁都先想到要出版一系列大众版名著，让更多的读者熟悉和重温这些作品。八十年后，低价图书多得让人难以看到其独特之处。当时，要做这样的事情是需要勇气的，因为在出版界谁都不这么干。阿尔班改变了人们的习惯，把图书变成了一般的消费品。插图丰富的豪华版图书总能在某些藏书家的书房里找到自己的位置，但不那么贵的书，实用的小开本图书可以发行得很快，同样也将得到不容置疑的发展。后来，阿尔班·米歇尔也尝试在新书和每季小说新作中使用这一原则，但遭到了失败。读者只接受——这一直没有改变——普通版本曾获得真正成功的廉价小说。几年后，《出版界》杂志的一名记者来采访时，他曾这样讲述自己的失望之情："评论家们不读价格如此低廉的书！而读者也跟评论家一样：对他们来说，一本廉价的书，就是一本没有任何价值的书。你别说这是一个悖论！我有过一次经验，它被证明是正确的：我重印了一些我4.5法郎卖不动的书，定价12—15法郎。结果，我得不断加印！事情很清楚。你知道吗，我认为人们太疏忽这种现象了：书商——完全可以理解，而且很合理——对廉价书不感兴趣。然而，没有书商……"对《法兰西杂志》的记者，他又举了这么一个例子：

"1923年，我在3.75法郎的丛书中出版了多热莱斯的《美女小酒店》，卖得很不好。不久，我用7.5法郎的价格（当时这已经是很高的价格了）再次推出这本出色的书，几年后，我又把价格提高到12法郎。结果呢，《美女小酒店》的销量超过了十万册！"

从此，阿尔班·米歇尔变得如饥似渴，马图兰路擅长出版轻浮文学的小出版人变成了一个精明的、雄心勃勃的生意人，他出版了大量图书，领域十分广泛。但这并不足够，他还想扩大自己的活动范围，争取未来的读者——儿童。世界书店尝试过的《插图版美国人》推销计划虽然流产了，但使他喜欢上了新闻：他想献给年轻人一本针对他们的周刊，每周四出版，在那个休息日里，他们可以在报刊亭买到那本杂志。刊名很快就想出来了，叫做《快乐阅读》，副刊名是"好学生周刊"。彩色封面，里面有图画、游戏、小说选摘、有趣的故事、小圈子里念的独白，它们将让许多代人感兴趣。第一期于1912年9月推出，方法很独特，大家都很惊讶：免费赠送！首先印了八十万份，但发行商热情高涨，他只得又重新加印。那个星期，二百二十万份《快乐阅读》，也就是六万公斤的纸发往全法国的四面八方。

在面向青少年的同时，阿尔班·米歇尔也追随着一个普遍的趋势。二十世纪初，法国实行了义务教育，而印刷技术的发展使得彩印的成本大大降低，越来越多的企业投入了这个活动。比如，阿歇特出版社从1873年起就出版了《青少年报》，现在，塔朗迪埃出版社又推出了《青少年周四》，阿尔泰姆·法雅尔出版了《美景》，巴黎出版公司出版了《精彩》。1905年到1939年间，法国共创办了六十二份报纸，尽管有的很短命。但阿尔班·米歇尔的《快乐阅读》每周十万份，在众多针对青少年的出版物中名列前茅。

《快乐阅读》刊登一些图画和小说，年轻的主人公被卷入荒诞的情节当中，孩子们可以在这些相仿的人物身上看到自己的影子。其中的一部连载小说讲述一个生活在德国的法国儿童的故事，他和一个俄国人、一个英国人和一个普鲁士仆人联合起来拯救一个被俘的法国上尉。马克·克鲁瓦齐勒的《文化对文化》之所以取得成功，是因为它让小读者想起了不久以前的事实。确实，有个法国上尉被控到齐柏林飞机库当间谍，遭到逮捕并被关押了起来，他后来逃出了普鲁士人的堡垒。这一勇敢大胆的行为传遍了整个法国，受到了热烈赞扬。在战争爆发之前的几年中，青少年报纸的宣传加剧了民族主义情绪。娃娃兵在1870年的冲突中为国捐躯，使部队夺取了胜利。有关故事充斥报端，让少男少女在家里感动不已。

在二十年中，《快乐阅读》成了许多家庭星期四的组成部分。没有任何东西能影响这份青少年周刊，连经济的波动也无法使它动摇。当纸价从三十法郎百公斤一直升到四百十五法郎百公斤时，阿尔班仍拒绝按照比例提高刊物的价格："我们要坚持到底！"他总是这样说。

雷翁·帕基耶被任命为该刊的主编，负责编辑，但阿尔班·米歇尔密切关注每一期的出版。有一天，人们交给他下周要出的封面版样，上面有一头大猩猩抱着一个年轻的女人，色彩非常鲜艳……阿尔班扫了一眼，愤怒地把香烟捻灭在书桌上的烟灰缸里，转身对雷翁·帕基耶说："哎，哎……兄弟，你知道你给我送来了什么吗？这是什么意思？你看看！这是给孩子们看的刊物！你明白这是怎么回事吗？会有什么结果？"

老板的粗暴态度让帕基耶不知所措，他紧张地抚摸着自己的大胡子，试图辩解："可是，米歇尔先生，那是一部历险小说……"

"历险，历险……一只猩猩抱着一个女孩，你不感到震惊吗？嗯？你不知道那头猩猩会干什么吗？你想让我告诉你吗？不行，重新给我设计封面！太愚蠢了，简直是可笑！还有，我就不告诉你我是怎么想的了！"

可怜的帕基耶不得不让画家重新设计一个更加符合道德的封面。尽管如此小心，《快乐阅读》有时仍然成为贝特莱恩神甫沉重打击的目标。那是世纪初的一个道德典范，他在他的《文章汇编》中同假想的背德者斗争。阿尔班·米歇尔曾告诉《十字架报》的记者，当他看到这位神甫为了捍卫自己的宗教感情而批评周刊的时候，他感到很愤怒："我承认贝特莱恩神甫有胆量，有勇气。在这方面，我要向他致敬。但我毕竟是个中立者，不能要求我'忏悔'。贝特莱恩神甫的反对大大妨碍了那些诚实的出版物的发行……"文章的作者气恼地指出："阿尔班·米歇尔先生说这话时并不严厉，但他显然觉得贝特莱恩神甫的观点太奇怪了。"[①] 稍后，《宝贝周刊》又占领了幼儿图书的阵地，里面登的是念给儿童听的故事和给妈妈的建议。

《快乐阅读》的明星作家和青少年最喜欢的小说家叫阿尔努·加洛潘。这个诺曼底人腰圆肩宽，眼睛明亮而温和，年轻的时候经常在海上跑，乘单帆划子出海历险，前往遥远的港口。他熟悉所有的地方，到过美洲平原，在中国的长城散过步。最后，当他觉得自己已经认识了世界，便开始在历史中遨游了，埋头于

[①] 《十字架报》，1934年1月31日，《天主教图书的状况》，加埃唐·贝诺维尔的文章。

旧档案中，追溯往事。他在补习学校当老师，试图把这种热情传递给年轻人。这是个脾气暴躁的民族主义者，崇拜莫里斯·巴雷斯，他想让拉丁区的大学生都认识他的偶像。为了捍卫自己的主张，他常常拔剑出鞘，从来不拒绝决斗。所以，他教书根本就教不长。很快，新的历险又在召唤他了。他当了记者，天天在巴黎的街头采访，描写贫民窟、赤贫和罪恶，然后又去亚洲或非洲的边远地域进行实地报道，真实地反映那些陌生地区的社会现实。记者生涯锻炼了他的写作技巧，他没有忘记这份要还的债："如果从新闻界起步，好像永远克服不了某些困难。然后，随着习惯的养成，出现了完全相反的结果：会把匆匆记下的笔记中的内容全都提取出来，写作速度就快得惊人。不过，再后来，很久以后，这种缺点会慢慢减弱。思想会变得非常清晰，非常富有形象，许多成了小说家的记者证明，他们在表达自己的思想方面炉火纯青。请相信，我是从一个非常出色的学校里出来的：综合新闻学校，这种学校现在已经不多了，因为，我们在学美国的样，越来越专。"

这个跑遍全球的人，其主要作品首先是历史研究著作，由多家出版社出版。阿尔班·米歇尔是在世界书店时期认识他的，当时，作者把自己的一本历险故事交给了他。《奥米加医生》讲的是一个勇敢的医生的神奇历险故事，他借助一种叫做"斥力"的神秘物质，成功地登上了火星。"多么幸福啊！多么神奇！我不但找到了一具抗引力的躯体，而且还找到了一块违背一切自然规律的金属，它好像受到地球吸引力的排斥。我消除了重量……"加洛潘的这部著作以期刊的方式，分十二册出版，一个星期接着一个星期地让读者发现了一个神奇的世界：拉扎伊乌国王用一个能发射致命光芒的小盒子向扎帕托人宣战。

世界书店事故之后重新独立的阿尔班·米歇尔，马上就把这个多产而富有想象力的作者抓在自己手里，他在广大读者当中很快就会掀起巨大的热情。可惜的是，加洛潘还想玩博学，首先出版了《尼侬·朗克洛》①，揭示"那个大情人的真正人格"。但这一内容没有让他取得所预期的成功，作者后来不无痛苦地说："为了创作某些历史著作，我得花四五年时间来作研究，可没有人读……"

他后来也尝试了科幻小说，如《杆菌》，深入医学世界；海洋历险，如《船员勒克莱克》，重现了十七世纪英法海军作战的故事。但加洛潘这个名字如此宿命的人②（那可不是他的笔名），很快就显示出自己的小说家本色：他离开了成人世界，全身心地面对儿童。从此，他的主人公将变成童子军、小侦探、穿短裤的历险者和小战士。

加洛潘调动自己当海员和记者的所有经历来激发想象力。他的旅行和记者生涯成了小说的主要内容，他在这些可塑的面团上雕刻自己的人物。他把让人害怕的猎兽者、机灵的入室盗贼和精明的侦探放在他所熟悉的远方："没有任何东西来自我们身边，一切都来自外部。我们只描写被我们自己的感官变形的感觉。难以估计的东西太多了，形状和反应会时时发生变化，所以，老是去'预测'是徒劳的。我写作的时候永远只有一个总提纲，思路随后会自然来临。大家知道得很清楚，对于我们来说，思路全都被压缩在记忆中，一有条件反应，它们随时会出现在笔下。"

有时却相反，他的想象也能给现实以启发：他描写了一个能

---

① 尼侬·朗克洛（1616—1706），法国交际花，曾开办文学沙龙。
② 在法文中，加洛潘意为"小淘气"。

发光的空心浮筒，用来给出现故障的潜艇定位。几年后，法国海军真的接受了这种为了写小说而创造的浮筒！

成年读者对这种浅易的文学往往很看不起，当时自称"现代凡尔纳"的加洛潘激动地回答说："历险小说？有的人认为它很低级。这是错误的。在我看来，文学有许多种：令人厌烦的（最常见），摆出一副权威样子的，福音式的，通往法兰西学院的，有时让我们发笑的（这往往是它唯一的优点）心理分析式的，最后，还有我这种有趣的文学。如果我采用了这种方式，还请大家原谅。是我的读者逼我这样做的。"

不过，他清楚地知道，尽管他的作品内容丰富，尽管他对历史很有研究，又有很多的旅行故事，他只是一个给儿童写作的作者。所以，他叹息道："但愿你们能知道，这让我在文坛受到了多少伤害啊！"

的确，嫉妒他的成功的文人们根本不把他当一回事。1923年，一个爱好纯文学的美国百万富翁创办了一个组织，"格鲁斯特文学协会"，把五万美元的年度奖颁给了他的侦探小说《一个退休大盗的回忆》。所有的评论家都在嘲笑他，争先恐后地讽刺说，美国人认为这本书能代表法国的文学运动，真是不可思议。

正统派的嘲讽并没有影响阿尔努·加洛潘为阿尔班·米歇尔出版社创作巨著，他不但一直忠诚于这家出版社，有时还给他带来新的作者。他常常劝年轻的同行，想象要大胆，不要前怕狼后怕虎。阿尔班·米歇尔不善言谈，老是坐着，简直不可救药，但他和这个善谈的旅行者建立了牢不可破的友谊。对好书的喜欢把这两个伙伴结合在了一起，出版人欣赏这位作者滔滔不尽的文思，而作者则永远感谢出版人给了他创作的自由和无限的空间，使他能不受压迫和限制地发挥自己的所有想象。大家发现，加洛潘的小说并不仅仅是《快乐阅读》的专利，它们首先以插图本的形式销售，每周一册。比如，《乘宇宙飞船环游世界》从1911年起，分一百六十四册出版，十年后才收入《快乐阅读》，最后以书籍的形式通过书店销售。如果加上英文、意大利文、西班牙文、葡萄牙文、俄文、挪威文、瑞典文、波兰文和捷克文等译本的先后出版，我们可以估量阿尔努·加洛潘在阿尔班·米歇尔的出版策略中有多么重要，这位今天被如此遗忘的作者当时给于让街那家年轻的出版社打下了多么坚实的经济基础。

事实上，《乘宇宙飞船环游世界》的成功是持久的，很久以后，让-保尔·萨特还在《文字生涯》中回忆起自己当年是如此焦急地等待他的每周一刊的："我看到了一些漂亮的图画，它们斑斓的色彩把我深深地吸引住了。我要买，我得到了它们。这下可好：我每个星期都要买《唧唧叫》《了不起》《假期》、让·德·拉伊尔的《三个童子军》和阿尔努·加洛潘的《乘宇宙飞船环游世界》，它们都是在星期四以活页的形式出版的……"

加洛潘到处寻找灵感来源，一心寻找所有能让年轻人感兴趣的东西。他和阿尔班·米歇尔试图打童子军这张牌，但没有取得太大的成功。当时，童子军运动①影响了法国，阿尔班·米歇尔在作者的帮助下出版了一本刊物，刊名就叫《童子军》，这是一本小手册，教读者如何成为一个好童子军，里面有小说（加洛潘和儒勒·凡尔纳）和法国童子军协会的公报、规定、誓言甚至可以赢得全套的装备：被单、棍子、帽子……但这份杂志没有打响，创办两年后就完全消失了。

---

① 贝登堡勋爵1920年成为世界童军总领袖直至1941年他去世期间，童子军运动搞得热火朝天。——译注

第四章

《木十字架》

1914年6月28日。萨拉热窝响起了枪声。一个年轻的波斯尼亚大学生以要求独立的名义,打死了奥地利大公弗朗索瓦-斐迪南。同盟国巧妙地玩弄了手法,世界被拖向了战争,无法逃避。8月初,法国大动员,冲突已经无法回避。

巴黎改变了面孔,大街不再像以前那样热闹。每个人的脸上都出现了自豪而坚定的神情,大家都想保护陷入危险中的祖国。很快,敌人攻破了法国的防线,德国前线的飞机闯入了巴黎的领空,扔了几颗炸弹,撒下一批传单,宣称德国军队马上就要进入法国首都。出租车连同司机被征召到荣军院和军校前,排起长长的队伍,准备把部队运送到马恩省的前线。不到一个月,"光明之城"就变黑了,街上只看到一队队穿着蓝制服的军人。公报的乐观主义、穆埃特门和多菲纳门脆弱的街垒根本不能让人放心。大迁徙开始了。焦虑不安的人群大批地涌向车站的售票窗口,强行登上后来迅速被军队征用的火车。一个星期内,五十万巴黎人,也就是三分之一的巴黎人逃到外省去避难。

战争也打乱了阿尔班·米歇尔为自己建立的平静而安宁的新生活。三年前的1911年9月16日,他娶了若尔热特·德赛。年轻的太太做事谨慎认真,想在丈夫周围建立起一种宁静的家庭气氛,这是阿尔班·米歇尔在此之前非常缺少的。后来,小安德蕾离开了达维里埃,前来和爸爸、继母一同生活,他们住在离出版社几步之遥的拉斯帕伊大道 35 号。七岁的小姑娘以为终于找到自己的港湾了：1913 年圣诞节，她第一次有了自己五彩缤纷的圣诞树，属于她一个人的！动员令打破了这种无忧无虑的平静生活。

在办公室里，好像一切都瘫痪了。必须尽快处理紧急事务，最大限度地推迟各种计划。仅仅几天，走廊就空了。雷翁·帕基耶奔赴战场了，《快乐阅读》缺了主编，后来又很快缺了社长，不得不停刊三个月，后来由一群待在幕后并替代男人的女性所接替。一些作家，像《第二帝国的社会》的作者路易·索诺莱和忠诚的朋友皮埃尔·科拉尔志愿参了军，已经到了前线。维利不喜欢打来打去，所以到了日内瓦，当地一份日报的主编让他定期包一个专栏，他在上面发表了一些幽默文章和戏剧评论。他不关心战争，而是一心一意地嘲笑一个名叫普诺德夫人的女人，这个女人收买了一些观众，在日内瓦的大剧院给她鼓掌。"这当然不是纯音符太太①……而是一架风琴……她发不出庄严的音符了……"维利无情地写道。那个小个子女歌唱家非常愤怒，当她在剧院的走廊里遇到这个评论家时，扇了他两个响亮的耳光。维利平静地捡起掉在地上的单片眼镜，戴好，盯着那位妇人，然后说：'毫无疑问，普诺德夫人除了打耳光之外没有任何别的办法了！"

在巴黎，阿尔班很快就要四十一岁了。他刚好过了要应征入伍的年龄，但被编入了本土保卫队。他穿上了军装，前往勒克罗索，那是他喜欢的地方。他要再次与家人分手了。若尔热特不愿意一个人留在成了轰炸目标的巴黎，跟着丈夫来到勒克罗索。在

---

① 此处作者利用谐音嘲笑普诺德夫人，法语"纯音符"（Pure Note）与普诺德（Purnode）发音相近。——译注

旅馆的房间里,如果情况允许,他们便试图忘记战争。在这种不稳定的征程中,没有安德蕾的位置,她被托付给阿梅丽伯母,也就是布尔蒙的外科医生乔治的太太。

在勒克罗索,本土保卫队的"爷爷们"懒得再维持远离前线的秩序。城市似乎睡着了,钢铁厂的高炉不再冒烟,只有青少年、老人和妇女在保证某些车间的运行。

几个月过去了……这座城市终于慢慢地复苏了,新来了很多人。现在,街上可以见到来自各国的工人,他们是来代替应征入伍的法国人的。中国人、阿拉伯人、西班牙人、葡萄牙人,还有一些被俘的德国人,他们让被弃的铸造厂重新开工了,很快,工厂里传来隆隆的声音,高效、迅速地给战争提供必不可少的炮弹和大炮。

提着枪,在工厂附近溜达了十五个月后,阿尔班·米歇尔终于结束了这种没什么意思的生活,回到了家中。

一回到巴黎,他就打听作者们的情况。据说,路易·索诺莱特参加了殖民地的步兵团,人们曾要他训练一段时间,但他回答说:"我要打仗!"四个月来,他参加了所有的战争,不畏艰险。1914年10月,在受到十二次嘉奖、得到了荣誉军团勋章之后,一发炮弹炸飞了他的脚,大腿也被炸伤了,身上血肉模糊,被送到了后方。他在医院里躺了三年,右腿被迫截去。这个幽默而勇敢的人,写了一部中篇小说集《为了杀死那个伪君子》,用来鼓励战友的士气。

最初的伙伴皮埃尔·科拉尔是个性情开朗的小说家,11月,死在了阿戈纳的一座森林里。他是志愿上前线的,既没有通知家人,也没有通知朋友。他端着上了刺刀的枪,向敌人阵地发起进攻时牺牲了,死在冰冷的土地上,死在乌黑的天空下,死在被机枪打得斑斑驳驳的树下，终年三十七岁。

《情妇学堂》大获成功的那些美好岁月好像已经非常遥远！对阿尔班·米歇尔来说，他那个快乐的朋友的死意味着一个时期的结束。现在已不再是轻松文学的时代，节日的灯笼已经熄灭，大家都在书中寻找反映这些悲剧的东西，灾难已遍及世界。当时，所有的文学作品都在发泄对德国人的仇恨，爱国热情空前高涨。

德国间谍无处不在，在作品中寻找蛛丝马迹：新闻调查、军事分析或小说，获得成功的题材。没有人躲得过敌人的耳目，人们一再这样说。《德国保姆马莎·斯泰内》虚构了一个暗地里为可恶的德国皇帝工作的保姆的故事，甚至卡巴内斯医生也沿着这条道路进行他的历史研究，他在关于帕拉丁公主的研究著作中，巧妙地描写了一些狡猾而邪恶的德国间谍，他们侵入到了法国的宫廷之中。别忘了待在后方的人，让娜·朗德尔把阿尔班·米歇尔出版社的一本著名小说改了名字，写了一本《战时代母学堂》，讲述"战时代母"的动人故事，那些忠诚的妇女为前线的士兵织袜子和围巾。阿尔班·米歇尔还出版了一份彩色的中欧地图，以更加方便地配合军事行动。为了帮助丈夫在前线打仗的妻子度过漫长的冬夜，他还出了一个新招：战争游戏，红子和蓝子在一条布满地雷和战壕的路上对抗。甚至在战争结束之前，他还根据同样的思路，出版了一本面向"行人、骑自行车者和开车者"的《马恩省战场探访指南》，建议人们到那个可怕的地方去看看。这本书取得了巨大的成功，西班牙文版和英文版很快也随后出版。战争甚至给了加洛潘新的悲剧题材，1920年，《十二岁的战士》以图书的形式出版，后来又在《快乐阅读》上连载。方方端着刺刀枪冲向敌人，戳穿特务的诡计，他的历险故事震撼了许多父亲上前线的孩子。

但阿尔班·米歇尔知道,所有这些作品都是某个时期的产物,还必须考虑到未来。几年前,这位出版人就已经在想这个问题了,他只有一个念头:丰富自己的图书及其题材,增加丛书和作者的数量。战争期间,一个机会从天而降。在经济不稳的情况下,纸价不断上涨,《日报》的社长亨利·勒泰里耶决定集中力量办报纸,想把自己所有的资金都投入到报纸的扩版上,给渴望得知消息的读者提供更多的新闻。为了办好这件事,弄到所需的资金,他不得不摆脱企业中出版这一块。1916年2月,阿尔班·米歇尔毫不犹豫地买下了环球书店:七万册书,印刷材料,与作者签订的合同,东西多得惊人,只用两万法郎就转让给他了,而且一半"从和平协议签署的那天开始"支付。

当大家都觉得世界将走向毁灭的时候,出版人需要非凡的勇气、远见和智慧才敢进行这样的交易。果真,合同签了才几天,他就收到了塞纳河地区招兵办公室司令部的召见信,命令他到拉图莫堡兵营去报到——战争延长了,参谋部不得不雇用这些老兵。如果他要重新出发,计划好的书就要推迟出版,刚刚得来的书就会被荒废,得不到开发。2月29日,他写信给将军,请求缓征。他用几行字描写了他的日常活动:"我的生意已经重新开始,逐渐召回了十五六个雇员,如果我要从军,我不得不重新解雇他们。2月11日,我收购了《日报》社的环球书店,接管需要一段时间。而且,我有一些活交给了四家印刷厂干,毫不夸张地说,他们需要五十来个工人。如果我应征,我就不得不让这些工作停下来,这就会让那些工人失业,也让我自己的人以及某些作家和艺术家失业。"

由于这番申辩，上级军官觉得让二等预备役军人阿尔班·米歇尔保持平民状态更加合理。摆脱了新的军事命令的威胁，他便可以全身心地处理环球书店的库存了。他在库存中发现了一些非同寻常的图书，有科学著作，也有历史著作和小说。就这样，他继承了亨利·弗拉皮耶的《幼儿园》，这本短篇小说在1904年获得历史上的第二届龚古尔奖时，曾轰动一时。弗拉皮耶是名谦逊的公务员，身体瘦弱，为人谨慎，难以应付因获奖而带来的荣耀，他对阿尔班来说，当然不是一个新手。他不断地尝试着以各种形式重写《幼儿园》，最后甚至连他的最铁杆的"粉丝"也生气了。

相反，著名地理学家埃里塞·勒克吕的"人与大地"系列倒是前景光明。这部巨著共六部，有很多插图，全书共三千六百页，六百张地图，六百幅图画和照片，囊括了当时关于气候的知识和地球上的生存条件。"观察地球，"作者在序言中说，"会告诉我们历史上的大事，而这种历史又会让我们更深刻地去研究地球，更有意识地把我们既渺小又伟大的个人与巨大的宇宙融为一体。地理正是空间中的历史，而历史则是时间中的地理。"勒克吕研究了从史前到二十世纪人类与自然环境密切相关的前进步伐。

1916年11月，环球书店结算完成才几个月，阿尔班·米歇尔又采取了一项新的举动：他收购了专攻工业科学的盖斯勒书店的"所有图书和排版、出版材料"。

除了受战争影响临时出版的图书之外，阿尔班·米歇尔又投资出版一些难度更大、需要几年才卖得掉但有助于人们了解自己生活的领域和历史的作品。不过，1917年为阿尔班·米歇尔出版社赢得第一个龚古尔奖的是一本关于战争的小说，亨利·马莱伯的《烈焰在握》。

像往常一样，在评委会内部，争论十分激烈，有的评委偏向让·季洛杜的《为一个影子阅读》。音乐家、喜剧歌剧院办公室主任亨利·马莱伯不得不抛弃一切去参加战争，他成了炮兵军官，在战争中遭受的苦难使他完全变了一个人。年轻的审美学家现在成了一位分析学家，他描写了一名士兵，那是一个生来就痛苦的人、一个典型的受环境改变的人物："我们一同抛弃了我们过去的性格，并从这种性格形成的青春和力量中形成了独特、热烈和简化了的个性。"而且，作为一名记者，他也描写了通过铁丝网看到的恐怖的景象："一具尸体好像插在德国人的战壕前面。他是跪着的，可以看见他的蓝色短裤遮住了他弯曲的双腿，他的脑袋和双臂已经不见了。我们只看见他的胸廓，好像还连着两肋和脊柱。是什么样的奇迹让他这样站立的？"

龚古尔奖颁给了这位战士作家，受到了媒体和评委亨利·维尔辛格的好评，他们甚至认为这是艺术的一次让人高兴的新生："在我们的文学如此平庸、我们的戏剧如此蹩脚的时候，读到这样的东西是多么让人感到安慰、多么甜蜜啊！……战壕里的污泥比一些自称作家的人制造的垃圾要干净一百倍。他们专给前来脏乱的戏剧小屋里'找乐子'的愚蠢而粗俗的读者提供垃圾，聪明的检查官应该以道德净化、趣味高雅和法兰西荣誉的名义，坚决而永远地查禁它。"

对于亨利·马莱伯来说，战争实际上是一种新灵感的来源。获得成功后，他在回答前来采访他的记者时，歌颂一个美好世界的来临："那些落入窠臼的人，让我觉得就像已经走进一条漫长而黑暗的走廊，当他们来到完全黑暗的地方时会更加犹豫不决。战争的后果，我们在周围的任何东西上面，首先是在我们的自身都能感觉得到,无论是在精神方面还是在肉体方面。"

在战争的最后几天,亨利·马莱伯已经成名,但仍然那么勇敢。他受到了毒气弹的伤害,躺在医院病床上的一名伤员告诉他和平协议签署的消息。他过了好多年以后才又拿起笔,重操旧业。

1917年,尽管取得了不少成功,阿尔班·米歇尔还是明白了前景将非常困难。战争所带来的种种限制,物质上涨,读者在一个相当长的紧张时期不喜欢看书,凡此种种,迫使他采取新的策略,以收复失去的阵地。他写信给他的行政主管雷翁·帕基耶,说:"用士兵们的话来说,我们应该加倍努力,修补缺口。当然,我指望你能帮助我。"

天助阿尔班·米歇尔。《费加罗报》的一个名叫雷吉斯·吉纽的专栏作家刚刚给了一部书稿,题目叫做《结束战争的机器》,这部小说已经在《时代》周刊上以连载的方式发表过。吉纽写这本论争性的小说是为了表达自己对战争的厌恶。持续了三年的屠杀使他对人类和政府失望了。他的兄弟雷翁倒在了欧洲大陆的那个墓地中。他也要成为人类疯狂的牺牲品,作为英雄或者是默默无闻的普通人?谁也不知道,这没有任何关系。"他会受到嘉奖吗?我不想知道。我不在乎这种受到损害后得到的补偿。"吉纽苦涩地说。

为了让这部小说显得更加真实,这位记者要求他的朋友罗兰·多热莱斯与他合作。多热莱斯当过兵,战争一爆发就志愿参加了部队。吉纽只是粗线条地向他的朋友讲述了小说的内容,请他补充一些有关战争的细节。多热莱斯是这样概括他的指示的:"那就这样,我在北站接你的人物,然后把他们带到前线,写它个一百来页?"

不到半个月,甚至没有读一读合作者所写的章节,多热莱斯就完成了自己的任务。他得到许可,直奔于让街去拿版税。他穿着天蓝色的制服,手里拿着高筒帽,上了二楼,走进那间小办公室,在那里,他受到了一个"非常热情、身材矮胖、满脸微笑的蓝眼珠"老板的欢迎。

阿尔班听多热莱斯说话,观察着这个脸瘦瘦的高个子年轻人,他的脸色非常苍白,微笑似乎在什么地方中断了……拿士兵们的话来说是"在那边"。这个士兵只说死亡、寒冷、爆炸的手榴弹和被炸碎的尸体……这是他唯一的资料,现在唯一的现实。

然而,不久以前,罗兰·多热莱斯还是个出色的记者,以散布蒙人的假新闻而闻名,目的是嘲讽那些思想顽固的艺术评论家。战前,他是蒙马特尔高地的花花公子,出没于小咖啡馆的流浪者,端着一杯酒,世界都在他们面前变了样。阿尔班还记得,1910年,在"狡兔"咖啡馆,这个爱嘲笑人的小记者掀起了一股搞笑的艺术潮流。

在半山腰,好像在通往一个陡峭斜坡的杨柳路的最高处,在几条泥泞小路交汇的地方,有一座尖顶小屋,墙面涂抹着褐色的柴泥,百叶窗是绿色的。战前,那是一座小咖啡馆,一家低级小餐馆。人们在那里用餐、喝酒,唱歌常常通宵达旦。工人和拉皮条的、资产阶级和梁上君子都在巴黎的这个乡下相遇。当天色昏暗下来时,他们便坐在露天座上,在两棵细长的刺槐树浓密的树叶下,端着小酒杯,喝着淡红色的葡萄酒。

小饭馆的老板弗雷德老爹是个矮小壮实的男人,一脸浓密的花白胡子,永远不摘下来的毛皮帽里露出长长的头发。他手里拿着吉他,穿着一件破旧的羊毛衣和一条宽大的灰色长裤,嘴里叼着烟斗,脚蹬靴子,营造着北美的猎人气氛。他的家人和动物围着他转：他的太太、女儿、驴子罗罗、兔子小白、猴子泰奥杜尔，他们给这里的生活注入了一种怪异而欢乐的色彩，吸引着当地年轻的艺术家们。

　　走上几级台阶，拉开石榴红的帷幕，便来到一座屋顶低矮的大厅，油灯苍白的光芒被红色的灯罩挡住了，几张长桌，几把木椅，几张有草垫子的圆凳。黑色的墙上，挂着乱七八糟的油画和铸造品。角落里，有个木制的耶稣，左边是个丑陋的浮雕，右边是缪斯的指挥者阿波罗，正在弹琴。要去问问这些因长期蒙尘而已经变黑又被烟熏焦的石膏像，是通过怎样奇特的方式来到这里的！在一个角落里，有个石膏做的壁炉，上面放着一个真的头颅，十分怪异的装饰。这座壁炉成了一群白鼠的窝，它们围着壁炉转来转去，在炉边小跑着，然后马上就消失了，好像被一个无形的洞给吸走了。

　　在这种充满灵感的背景中，多热莱斯厌倦了每个季度都推出一种新的绘画流派的短命时尚，烦透了仿立体派、伪野兽派和自负的未来主义者，最后也讨厌起那些与创作毫无关系、以其怪异吸引评论家注意的画家来。一天晚上，他口出狂言："你们知道，引人瞩目并不难。只要头朝下走路就可以了，我会走得跟你一样好。如果我愿意，我明天就可以成为一个著名的画家……完美的画家！你们会看到你们将看到的东西的！"

　　于是，他决定创造自己的流派：极端主义学派，其大师是弗雷德老爹的驴子罗罗。为了让温柔的罗罗能完全表现自己的艺术感觉，人们在它的尾巴上绑了一支涂了颜料的画笔，又在它的臀部所及的地方恰当地放了一张白纸。弗雷德唱着《樱桃时节》，那是驴大师喜欢的歌曲，多热莱斯则用胡萝卜、大白菜、葱、苦苣和菊苣和它会喜欢的所有东西喂它，促使它摇晃尾巴，那是表示最高兴的动作，也是一个工作着的艺术家最崇高的象征！为了不引起任何异议，他们请来了一个公证人，让他在印花的公文纸上详细地记录着创作的每一个步骤："我亲眼目睹，一些蓝色、绿色、黄色和红色的画纸铺开来，一支画笔绑在一头叫做罗罗的驴子的尾巴上……"当画面上布满颜色的时候，多热莱斯开始赞赏起这幅作品来。他受到颜色和不规则形状的启发，决定把这幅画叫做《太阳沉睡在亚得里亚海》，并用一个意大利名字乔基姆-拉斐尔·波罗纳里①签了名——因为驴子不肯签名。十天后，独立者画展把这幅想象力极其丰富的油画放在显眼的小展台上，报纸上也发表了这位画家的极端主义宣言："极端首先是一种力量，唯一的力量。太阳从来没有太热，天从来不会太蓝，远方的大海从来不会太红，黑暗从来不会黑……让我们破坏荒谬的博物馆，践踏糖盒制造者卑鄙的老规矩……再也不要线条，不要起伏，不要职业，而是要耀眼的东西，光彩夺目的东西！"大多数专栏作家都嘲笑这个陌生的意大利人，但他们谈论他，参观者在这幅画前停下了脚步。有的人从中发现了"什么东西"，有的人，耸耸肩感到了愤怒。评论家分成了几派。大家承认波罗纳里有很强的个性，但也指出表达方式比较笨拙。最后，为了让那些赶时髦的人和门外汉难堪，罗兰·多热莱斯决定公开一切。他到了《晨报》编辑部，把公证人的证明和在"狡兔"咖啡馆拍摄的照片放在主编的桌上……面对这些事实，那个从事新闻的人说了一句非常精彩的话："一头驴子？您能向我保证这不是开玩笑吗？"

第二天，"画派领袖是一头驴"这样一个标题占了《晨报》

---

① "波罗纳里"（Boronali）是改变了"阿里波隆"（Aliboron）一词的字母构成的新词。阿里波隆为拉封丹寓言中驴子的名字。——译注

的半个版。好奇者很快就蜂拥到独立者沙龙。"驴画的画呢?"他们一进门就问。

"跟着人群走!"看门人回答说。

高雅的女人把她们的丈夫拖到蒙马特尔高地去看那幅名画的作者,还给它一些沙拉吃。他们在那里喝一杯烧酒,然后重新下山,回到巴黎城。由于近距离了解到了艺术真相,他们十分高兴。那头驴出名了,那幅油画甚至找到了买家,卖了二百五十法郎(包括画框)。

罗兰·多热莱斯因奉承波罗纳里大师而出了名,在成功的鼓励下,他又发明了其他玩笑。为了抗议卢浮宫在最漂亮的名画前面安上玻璃,他穿着睡衣去了那个博物馆,对着伦勃朗的肖像刮胡子。还有一次,为了揭露巴黎人的愚蠢,他以路灯管理者的名义,在一条马路上……在被电灯照亮的马路上寻找新年礼物!而且,为了嘲讽专家们的粗心,他在卢浮宫古典区的架子上放了一个在蒙马特尔的画室里雕刻的女神头像。

在战争进行得最残酷的时期,这些小把戏当然不宜再做,两年前,多热莱斯就想写一部关于战争的长篇小说了。1915年6月,《不妥协报》刊登了这么一则小新闻:"我们的一个年轻同行,现在正在战壕里,他不愿意披露自己的名字('此刻,所有让人感到像是在召唤我们的东西,比以往任何时候更能提起我的心。'他这样写信告诉我们)。他给自己未来的一本书取了这样一个名字:《木十字架》。从战场回来的人会忘记很多事情,但他们绝不会忘记消失在被炸得稀巴烂的田野里的几百个、几千个木十字架。它们竖立在挤满辎重的道路两旁,被遗弃在沼泽地和村中可爱的墓地里。这些留下来的人绿茵茵的坟墓好像是一条条林间小路，安慰着出发的人。"

战争一爆发，多热莱斯就参了军。他非常希望能在战斗中找到他在蒙马特尔的两个伙伴皮埃尔·马克·奥尔朗和安德烈·瓦尔诺，但他很快就失望了。部队里的食堂跟"狡兔"咖啡馆不可同日而语，索恩河平原也不是蒙马特尔高地的一部分。但这位年轻记者发现了一个陌生的世界。与白铁工、挖土工、工人、农民和市场里的商人为伍，他并不感到惊讶……事实上，改变角色、深入到一种意想不到的生活当中，摆脱"具有天赋的文人"这个划定的生活框架，他并不是不高兴。不过，他的天性还是占了上风，他把自己的所见所闻都记录下来，手里拿着笔记本在战壕里走来走去。在炮弹的轰炸中，为了忘记害怕，他便把自己的感觉写下来："缩成一团的身体成了一块皱巴巴的东西，当敌人的炮弹飞过来时，人们把整个身体都缩起来，等待炸弹的呼啸声，听它由远而近，泥土和废铁飞溅，然后平静下来。"

这些记录下来的文字，他想作为素材，用来创作一部关于战争的长篇小说，每个战士都可以在书中认出自己，那是一幅巨大的画卷，是对死者的纪念，对生命的赞歌。在前线，不是埋伏就是进攻，当然不是进行文学创作的最好地方，幸亏，他很快就得到了一个能全心全意地进行写作的好机会：《结束战争的机器》出版后，多热莱斯的名字出现在许多报纸上，一名空军中尉刚好看到了其中的一份剪报，提到了作者。这名军官对与文学有关的一切都怀有巨大的敬意，他建议给多热莱斯下士找一个稳定的职位："你愿意当摄影师吗？或者是愿意当汽车司机？技师，军械师？"多热莱斯不知如何回答，这时，中尉坚决地说："我知道你该干什么了！你说话很有底气，你就给大家当教员吧。"

就这样，他接到了命令，给专业技师讲机械的基本原理。这份工作事情不多，他可以写他的小说。他远离前线，在朗格维克寄宿学校的一个小房间里，把业务时间都用来写作了。他的机械员学生高兴地把他当作"有毛病的人"，他们用食指顶着脑门，做出一副沉思的样子，同情地说："他在写小说……"

这会儿，阿尔班·米歇尔正在问他的来访者："吉纽告诉我你正在写一本关于战争的书？"

"是的，叫《木十字架》。"

"好的，我要了。"

多热莱斯惊呆了，一动没动。仅仅几分钟，细节问题就解决了，合同也签了。作者走的时候口袋里揣着两千法郎，这是未来的版税中相当大的一部分定金！在门口，阿尔班·米歇尔向他允诺，这本书一定会成功。他虽然一行都没有读，但已看到这本书的远大前景。多热莱斯一直非常吃惊："就这样，只根据一个书名和我的好脸色。"

这也许是阿尔班·米歇尔最典型的特点之一：具有灵敏的嗅觉，凭直觉发现写作天才。他低着头往前走，迅速做出决定，一句话就赢得了谁都不会怀疑其前途的作家的忠诚。在大多数情况下，负责看稿子的是大学教师，然后由负责文学的编辑理性地判断老板所看中的书稿。阿尔班·米歇尔的选择非常迅速，从不排斥陌生人，所以赢得了一大批年轻作者，他们很快就成了畅销书冠军，或夺得大奖桂冠。这位出版人常常有意识地冒险，当《书店报》的记者问他有关"马厩"① 问题时，他显得非常幽默，诚实地解释说："我的马厩？……这个词有点不礼貌，我不想使用它。

---

① 指竞争文艺奖的作家。——译注

我要放弃这种用法……而且,我不喜欢这个赛马方面的词汇用于一个每天都要碰运气的行业,尤其是在大战期间。碰运气!我觉得,这个词最能说明出版这个行业。虽然它有一定的技术含量,但涉及更多的是冒险精神。我要说,这是出版人最大的回报。因为冒险会带来快乐,最大的快乐,努力创造的快乐。"

至于罗兰·多热莱斯,出版社的主要文学顾问罗贝尔·德·拉韦西埃非常赞成阿尔班·米歇尔在这个新手身上"碰运气"。他早就听说过这个今天参了军的人,这个幽默的士兵最初是在"狡兔"咖啡馆的壁炉边喝着樱桃烧酒写诗的。拉韦西埃知道多热莱斯的文笔犀利、优雅、无情,说不定他能从地狱里带回关于这场战争的重要作品。

但多热莱斯不想立即出版他的《木十字架》。如果说稿子已基本完成,那也是几年来大量增加的一堆纸张。必须修改、删节、改动结构。在交稿之前,多热莱斯动了章节,整段整段地修改。阿尔班·米歇尔愿意等待,他不喜欢出书太快,相反,他希望能支持作者,让他们能写出好书。他寄希望于他们的未来。

有一个原则他从来没有放弃,并且一直指导着他。所以,1930年3月,当罗歇·韦塞尔把自己的处女作《我的父亲特拉让》寄给他时,他回答说:"我会考虑出版它,我非常希望能跟您谈谈这本书和您以后的书的出版问题,因为我不对某个作者的单本书而是对他所有的书感兴趣。"

与此同时,他与作者成了真正的好朋友,有点像他们的父亲、顾问或忠诚的支持者。他老是这样说,一有机会就这样说:"我喜欢我的作者就像喜欢我的家庭成员!"

罗兰·多热莱斯1922年的一封书信可以证明阿尔班·米歇尔和作者的这种友谊:"你是我的全权代表,捍卫我的一切。当人们要翻译我的作品，前两天还有人要根据我的作品拍电影，我总是让他们去找你。事先不征求你的意见我什么都不会干，你知道得很清楚，我永远不会离开你的。我两次拒绝别的出版人，尽管他们给我的版税更高。我说话算话，我是属于你的，我知道对我们这代人来说，你是唯一的出版人，我们是朋友：这就是最好的合同。"

很久以后，当他想把《雾中城堡》改名为《蒙马特尔的故事》时，他去征求阿尔班·米歇尔的意见："你怎么认为？我绝对相信你的嗅觉。"阿尔班·米歇尔斩钉截铁地说："我觉得，读者已经听烦了蒙马特尔这个词，让我们关起门来说吧，它已经不时髦了！"

终于，1918年夏天，多热莱斯把精简过的《木十字架》定稿本送到了于让街。他把稿子放在桃花心木的桌子上，阿尔班·米歇尔一把抓住，掂量着，翻阅着，好像还想嗅它，他用指尖触碰着它，用目光扫视着它，好像想钻到书稿里面去。最后，他满意地说："我先送去书刊检查处检查吧！"

一切有可能影响军队士气的东西，军队的书刊检查处都检查得十分认真。多热莱斯下士产生了怀疑：他，世界大战中的一名士兵，突然成了将军们发怒的目标，他很快就被那些军官认为是一个叛徒，给军中美丽的传奇抹黑。刹那间，他的眼前出现了一张长桌，上面铺着一张绿台布，大胡子的上校身边围着几名军官，像军事法庭一样在审判他……他突然觉得自己的书具有破坏性，他已经听到他的上司看了他的书以后大发雷霆。"如果我不签呢……"他嗫嚅道。

阿尔班·米歇尔咆哮起来，他一挥手，扫掉了多热莱斯的疑虑:"不签?你疯了!巴比斯的《火线》都过了,你为什么要自找烦恼?"

多热莱斯等了三个星期。在这三个星期里面,他痛苦地猜测着《木十字架》的命运。终于,他被通知去交易所广场的书刊检查处办公室。他去了,又窘迫又害怕。"我很想喝口烧酒,就像以前需要壮胆的时候一样。"他后来说。接待他的军官非常冷淡,只说了这么一句:"我看了你的书,有许多地方要删……"

瞧,多热莱斯想,这就是我的第一个读者对我的唯一赞扬……"不应该让人以为我们的士兵都是在抢劫!"那位军官摆出一副权威的样子。每一行都被粗粗的蓝笔画得一道一道的,比如,在他们所住的别墅里,士兵们钻进衣橱,穿起女主人的裙子开玩笑的那段。多热莱斯翻着书稿,感到非常沮丧。没有一页能逃过那支愤怒的笔,但作者不想反驳。作为一个被战争培训了四年的士兵,他服从上级的命令。"是的,长官……是我,长官……当然……是这样……我同意您的意见……没错……"

除了这些小小的改动,还有三章必须无情地删掉。检查官对描写那个可怜的法国士兵被枪杀的那段尤其感到气愤:他累极了,不愿去巡逻。这几秒钟的反抗给他带来了杀身之祸。然而,这一细节是真实的,子弹好像还在多热莱斯的耳边呼啸:"他扑倒在地,为了死得慢一些。人们架着他,把他拖到木桩上。他傻乎乎地吼叫着,直到生命的最后一刻还在叫喊。人们听见他在喊:'我的孩子们……我的上校……'他的哭喊打破了可怕的沉默,浑身发抖的士兵们只有一个念头:'啊,快呀……快……赶快结束吧。赶快开枪吧,别再让我们听见这叫喊声!……'一阵可悲的枪声,然后又是一枪,这回只有一声枪响:最后的一击。再也没有声音了。结束了……"

"不,"检查官很不客气地说,"这是不可能的……"

这回,多热莱斯火了:"可我一点都没有瞎编!我亲眼目睹了那次枪毙!"

"并不是所有的事实都能说出来。而且,如果事情确实如此,细节也不是这样的。你说那个被判处死刑的人最后一夜是在猪圈里度过的,他只能跪着,这是不可能的。我们可能会枪毙人,但会考虑……"

作者永远不会忘记那一刻:他不敢公开对抗那个肮脏地方的那把剪刀:"如果不是因为要遵守纪律,我紧贴着裤缝的双臂会软下来。我从此不再捍卫自己的作品,让那个军官爱怎么批评就怎么批评。"

多热莱斯夹着稿子,脸色非常难看地回到家中。晚上,他无法入眠,他感到战壕里的战友们的灵魂围绕在他的四周,他们谴责他怯懦。他应该向那个检查官说明事实真相,让他接受现实,否则文学还有什么用?他觉得自己没有力量删去那个可怜的士兵被枪毙那一段,在出版人的支持下,他把它恢复了。[①] 这一小小的违抗行为没有引起任何不利的后果,因为停战协议签署以后这本书才出版。

1918年11月11日,法国的教堂钟声齐鸣,宣布和平的归来。多热莱斯上士——他几个月前才晋升——来到了巴黎。他看到贫民与士兵在大街上拥抱成一团,欢欣鼓舞,姑娘们亲吻着士兵们,伤员们被自豪地抬着,人们到处都在唱《马赛曲》。这一

[①] 这里指的《为祖国而死》一章。另外被删去的两章是《布勒式家具》和《休假的军人》。1920年燕尾旗出版社出的精装版收入了这几章,后来又被收入《1928年的美女酒吧》一文。

天，大家如此期盼，盼了那么久！人们兴高采烈地欢呼和喝彩。多热莱斯伤心地穿过这些庆祝胜利的队伍，他感到自己很空虚，很疲惫。他想念那些死去的战友，他们永远见不到这热情的时刻了。那天上午，一支送葬的队伍穿过巴黎，是给他的朋友纪尧姆·阿波利奈尔送葬……人们大喊："打倒纪尧姆！"——他们指的当然是那个德国皇帝①，但多热莱斯觉得心里很痛苦……没有听见停战协议的签订就死了，这多么可悲啊……在歌剧院广场，他开始大喊起来："死者万岁！死者万岁！"

一个两颊红红的漂亮女孩笑着看他，也许是把他当作一个疯子了。"这种巨大的欢乐在我看来是大逆不道的……它传到了太多的坟墓里，那里安息着杰出的战士……你听那人群……你听听他们！他们只谈论着胜利……胜利……胜利……他们觉得这是一种胜利，因为他们活着回来了。"

《木十字架》，阿尔班·米歇尔一下就印了一万册。多热莱斯觉得这是疯了，他劝出版人谨慎一点，但阿尔班·米歇尔信心十足，毫不动摇，只是一个劲地笑。1919年4月1日，多热莱斯退伍了。同一天，好像是命运的安排，《木十字架》上市了。

小说出版后，立即受到了评论家的好评。大家都承认小说风格明快，有动感，"巧妙地把感情与讽刺结合了起来"，"一部欢快而真实的巨著"。很快，人们就说多热莱斯会得将于12月颁发的龚古尔奖。作者在评委会内部有强劲的支持，有人已经放风说他肯定得奖。然而，他有一个不利条件：五年来，每届龚古尔奖都颁给了有关战争的小说。敌对状态停止一年之后，也许应该奖

---

① 指德国皇帝威廉一世（Guillaume I），Guillaume 在法语中读成"纪尧姆"，与阿波利奈尔同名。——译注

励一部与最近的事件没有太大关系的文学作品了。而且，性格急躁的雷翁·都德吵吵嚷嚷地声援马塞尔·普鲁斯特，他想让《在少女们身旁》得奖……在特鲁昂饭店三楼15号房间的水晶吊灯下，争论十分激烈。对立的双方甚至一度采取了政治手腕，右派嘲笑普鲁斯特，其他人讽刺多热莱斯。当有人提名《木十字架》时，都德大发雷霆。吕西安·德斯卡夫为这本小说叫好，试图说服那些犹豫不决的人。最后，结果终于公布了，普鲁斯特险胜：六票对四票。"就这样，鲜花少女的影子战胜了浑身是血的英雄的影子……"老诗人罗贝尔·德·孟德斯鸠公爵叹息道。以前，他经常去埃德蒙·德·龚古尔的文学沙龙。

在阿尔班·米歇尔出版社，失望是显而易见的，然而，多热莱斯后来才发现，败给像马塞尔·普鲁斯特这样的竞争者，一点都不可耻："我在1919年龚古尔奖的角逐中败给了普鲁斯特，这是我一生中最大的幸事。你们想想，如果我战胜了普鲁斯特，那会出现什么情况？无论是当代人还是后代人都不会原谅我！"

然而，对许多人来说，多热莱斯受到了很不公正的对待。《人道报》讽刺道："可那个多热莱斯也是怪，才三十三岁，志愿入伍，打了五十个月的仗！给老人们让位吧！人们会这样对你说。"老人，指的当然是普鲁斯特，这位四十七岁的前辈，人们不能原谅他在战争期间躲在房间里喝着温温的啤酒，坐在壁炉前还冷得发抖。

女作家拉希尔德自从小说《维纳斯先生》获得成功后，名声显赫，她想弥补龚古尔奖的"过失"。她是费米娜奖[①]重要的评委

[①] 即幸福生活奖。之所以起这个名字，是因为它是由《幸福生活》杂志的合作者组成的评委会颁发的。

之一,她没费多大的劲就说服了她的同事们。龚古尔奖颁发两天之后,罗兰·多热莱斯就收到了这个由女性评委会颁发的奖,这对他受到伤害的尊严是一种小小的安慰。"我很高兴没有获得龚古尔奖,因为这种失败使我有机会受到女同行的嘉奖……她们的举动太了不起了。"

许多读者和评论家并不认可龚古尔奖的评选结果,首先是阿尔班·米歇尔,所以,他理所当然地在小说的腰封上印上了这么几个大字:"龚古尔奖",下面有几个几乎看不清的小字:"十票得了四票"。而且,人们还认为应该在下面再加上几个小字:"幸福生活奖获得者,十九票得了十四票"。对于一部落选龚古尔奖的小说,这种渲染太精明了,让普鲁斯特的出版人加斯东·伽利玛气疯了,他把阿尔班·米歇尔告上了商业法庭,要求"撤下腰封上的文字,并从有关这部作品的任何广告上取消此类文字。"

而与此同时,《幸福生活》的女士们也很不满,她们觉得腰封上有关她们那个奖的文字太小了。1920年1月30日,阿尔班·米歇尔在答复她们的时候,故作惊讶,试图大事化小,说这样一行无伤大雅的文字怎么会引起这样的轩然大波?"我将非常诚实地向你们解释这个腰封的来龙去脉。一知道《木十字架》获得了《幸福生活》的这个奖,我就打电话给朗罗印刷厂,要他们制作和印刷这一腰封,但没有就字体的大小作任何规定。制作这一腰封的目的不过是想告诉大家,这本书在龚古尔奖的评选中仅一票之差落选,但在《幸福生活》那个奖的评选中得了绝大多数票,作者最后得了后一个奖。据我的回忆,《木十字架》一得奖,你们的有关部门就问我要几本书,我没加腰封,马上把书送过去了。当时,你们曾经打电话给我,要求突出《幸福生活》的这个奖,我急于满足你们的愿望,因为我绝对不想削弱这个奖的影响,恰恰相反,我向你们保证。至少是现在,我无法就腰封的文字及其形式作任何改动,因为我的同行伽利玛的想法与你们完全相反,他认为龚古尔奖'十票得了四票'和幸福生活奖'十九票得了十四票'不是一样大,他告了我。这再次证明我们的好人拉封丹说得真是对极了:人无法既满足大家又满足自己的父亲。"

阿尔班·米歇尔被判向伽利玛赔偿两千法郎的损失,但这算不了什么,因为这一小小的新闻使这本书的反响更大了。

三年后,爱挖苦人的阿尔班·米歇尔也败了一回。当时,他出版的亨利·贝罗的《肥胖者的苦难》击败了伽利玛的作者儒勒·罗曼的《吕西安娜》。这回,是加斯东·伽利玛印了这么一个腰封:"龚古尔奖十票得了四票"。但他后来通过小道消息得知,在倒数第二轮投票中,儒勒·罗曼本来能得五票的……如果不是主席的一票顶两票,他应该能获胜的。于是,他又印了一个新腰封:"龚古尔奖十票得了五票"。阿尔班·米歇尔拿起电话,拨通了他的这个同行,用嘲讽的语气问他,此消息是否确实。他并不想指责两年前告了他的伽利玛,只是想假装怀疑这一小道消息的真实性:五票对五票……挂上电话后,他口述了一封给伽利玛的信,想利用这个机会教他一个编辑小知识:"正如我在电话中跟您说的那样,我并不想指责您在腰封上写的东西,只是想问您它所宣布的事情是不是真的。我绝不会责备一个同行,当文坛给他提供了一个好机会的时候,利用各种手段来宣传自己的书,我只是反对,当我本人也遇到这个好机会时,您所做的广告完全违背事实。"[①]

---

① 1923年2月16日的信。

如果说，多热莱斯在1919年的龚古尔奖中败下阵来，他一点都没有什么好后悔的，有关这个奖的争论大大有助于小说的发行，《木十字架》轻易地过了五万册的大关。当胜利已成定局时，有的评论家突然挑剔起来，畅销的书不一定是有价值的书……人们指责作者不能代表大战中的士兵，说他不过是战壕里的花花公子，一个"反知识分子"①。多热莱斯一点都没有乱方寸，他给他的出版人寄了这么一封俏皮的信："我非常健康，最严厉的批评也不会影响我的好心情。他们要让我为《木十字架》的成功付出代价，我才不理睬他们呢！重要的是那些文章要长。"阿尔班·米歇尔后来谈起这部小说时总是说："这是我在出版生涯中钓到的最大一条鱼！"

然而，从纯商业方面来看，《木十字架》的销售量不是最大的，阿尔班·米歇尔出版社的其他作者不少都超过了他，比如皮埃尔·伯努瓦（《亚特兰蒂斯》六十五万五千册），克莱芒·沃泰尔（《我在富人家中的神甫》六十万两千册），马克桑思·旺德梅尔施（《肉与灵》五十八万两千册），还有罗曼·罗兰作品的译文，其中，《约翰·克里斯多夫》在德国十分畅销。

然而，阿尔班·米歇尔在多热莱斯身上钓到了一条在1917年谁也不敢保证能钓到的鱼。这位出版人只凭借自己的嗅觉，相信自己朦胧的感觉，没有明显的理由，就与一个刚刚起步的作者签了合同。从这个角度看，多热莱斯真的是一条偶然上钩的鱼，这场垂钓创造了奇迹。

在后来的几年里，直到他1973年去世，多热莱斯在阿尔

---

① 这个词是保尔·苏代在1919年7月3日的《时代》上首先使用的。

班·米歇尔出版了二十五本书，这些书大部分都揭示了作者忧伤世界中的两极：蒙马特尔和战争。蒙马特尔高地的美好时光不时地回到他的笔下，他所歌颂的那段时光，虽然已经遥远，但爱情与友谊散发出丁香花馥郁的芬芳。为了忠于他的战友，他一直是第一次世界大战最热情的战士旗手之一，当第二次世界大战到来的时候，他又到处奔走，再次成为一个不知疲倦的证人。

这种不断焕发的热情下面隐藏着一种深深的痛苦。毫无疑问，第一次世界大战把多热莱斯变成了一位著名作家，也把他变成了一个看破红尘的失望者。他像许多战友一样，过于坚决地相信 DER DES DER[①] 会带来一个新的世界，他认为，在牺牲者的尸体上会诞生一个更美好的人类。很快，他就看到人人都去忙自己的小家去了。大屠杀之后，生活恢复了原样，自私和吝啬窒息了希望，在民族主义的盲目中，正酝酿着一场新的冲突。他的著作以各种方式——或是小说，或是回忆录——带有整整一代人的忧郁和失望。木十字架永远沉重地压在他的肩上。

[①] 第一次世界大战后创造出来并流行的一个短语，意为"结束一切战争的战争"。——译注

第五章

《亚特兰蒂斯》

　　1918年初，阿尔班·米歇尔翻阅着新一期《法兰西信使》消遣，那是当时最权威的文学杂志。他先是匆匆浏览，慢慢地，他被一部战争题材的历险小说吸引住了，这部小说由一系列巧妙的倒叙、回忆和对遥远往事的叙述组成：一个给罗腾堡大公爵的继承人当家庭教师的法国大学生，卷进了一系列疯狂而曲折的事件当中。他在壁炉后面发现了一个秘密地道，一直通往一个房间，很久以前由于不幸的遗产案而被谋杀的大公爵的遗体就腐烂在那里……阿尔班·米歇尔扫了一眼这个连载的题目，它天才地重现了上个世纪小说的伟大传统：《科尼格斯马克》。这个书名没有任何特别意思，当然，作者也名不见经传：某个名叫皮埃尔·伯努瓦的人。"这部小说征服了我，我觉得它迎合着公众的某种秘密欲望，而出版人天天寻找的正是这些公众。"他后来说。

　　他的出版人嗅觉灵敏起来，用不了多久他就发现，这种既有诗意又有现实感的新语气，不会长时间地埋没在一本文学杂志中默默无闻，相反，它会拥有巨大的读者群。他立即决定出版这本小说，请那个杰出的陌生人到于让街来找他。

　　阿尔班·米歇尔的召唤让皮埃尔·伯努瓦的心中充满了希望。在这之前，这位年轻作者还从来没有机会叩响过出版社的大门。他虽然才三十一岁，但已经走过了一条漫长而艰难的道路，一路上处处受到那些目光短浅的出版人让人遗憾而又彬彬有礼的拒绝。像当时的许多文人一样，他觉得首先应该进攻诗歌。战前几个月，他出了一本受浪漫主义和帕尔纳斯派双重影响的诗集，只印了四百本。他很灰心，才卖了五本，而且都是同一个人买的。战争的爆发结束了这本诗集短暂的生命：书是在比利时印的，由于德国人占领了比利时，书全都封在布鲁日了。两年后，这位顽强的作者想另找一家出版社印刷他新写的诗，但到处碰壁。人们回答他说，他不出名，第二本诗集不会卖得比第一本好。其中的一个出版人还耸耸肩，叹了一口气，说："唉，可惜是诗，要是小说就好了……"

回到家里，皮埃尔·伯努瓦把稿子装订成册，用线紧紧地缝起来，放在抽屉里。他已决定，抛弃诗人的竖琴，拿起笔写连载小说。后来，他成了著名的小说家后，心里还深深地爱着诗歌，那时的出版社社长、阿尔班·米歇尔的女婿罗贝尔·埃斯梅纳尔可以证明："皮埃尔·伯努瓦熟记维克多·雨果的一万多行诗——我要补充说，他还能倒背如流——不知道他还能背多少拉辛的诗，尤其是戏剧。有一次，在罗亚尔-蒙索饭店用午餐，我亲耳听见他表演。当时我就坐在他身边，在座的还有莫里斯·热内瓦克斯、马塞尔·帕尼奥尔和马塞尔·阿尔朗，他们互相争论。这是一段美好而难忘的回忆。"①

永远冷藏了自己对诗歌的热情之后，伯努瓦花了三个月的时间写了《科尼格斯马克》。书写完后，作者还认为这本小说将立即给他打开出版社的大门，赢得出版人的尊敬。《日报》也确实同意连载这本小说。但美梦很快就破灭了。《科尼格斯马克》刚刚写完，这份报纸的社长、巨富博罗·帕夏就被逮捕、判决和枪

---

① 1986年10月9日给皮埃尔·伯努瓦之友协会的信。

毙了。他的报社也被德国人买走，用来宣传法国的失败！皮埃尔·伯努瓦不得不为自己的小说另找娘家。当时已经因《耶稣鹌鹑》成名的弗朗西斯·卡尔科向他伸出了援助之手，说服了权力很大的阿尔弗雷德·瓦莱特在《法兰西信使》杂志上发表伯努瓦的这部小说，当然不无困难。如果说，瓦莱特勉强答应他的杂志照顾这位年轻作者，却坚决不同意他的出版社出版这本小说。尽管瓦莱特如此有眼无珠，但已经有人预感到这位作者巨大的能量。安德烈·苏阿雷斯是一个内心细腻的作者，也是一位可爱的诗人，他许诺让他自己的出版人埃米尔-保尔出版皮埃尔·伯努瓦的作品。

皮埃尔·伯努瓦受到了阿尔班·米歇尔的接待。这位出版人直奔主题，提出要出版《科尼格斯马克》："但愿你以前没有出版人。从同行那里夺人所好，这可不是我的风格……"

但皮埃尔·伯努瓦无法向埃米尔-保尔交待。他嗫嚅着解释了几句，并保证以后不会有约束。"那我等你的第二本书。"阿尔班·米歇尔果断地说。

阿尔班·米歇尔甚至没有问作者下一部小说写什么，就决定要让作者全身心地投入到新书的写作当中。他告诉伯努瓦，每月将给他四百法郎。然后，仍然是那么直截了当，没有任何废话，他热情地握着作者的手，盯着他的眼睛，说："现在，你只需做一件事：写作。"

阿尔班·米歇尔毫不犹豫地给一本还没有构思的作品投资，保证创作的物质需要，让作者能安安静静地写书。他后来这样解释："我的原则非常简单。作家必须靠自己的笔'吃饭'，就像艺人靠手艺吃饭一样。对出版人来说，他的职业就是出版作家的作品，让作者有生活的保障，能一心一意地投入作品的创作。"

其实，皮埃尔·伯努瓦尽管有出版人津贴，仍然在公共教育部领工资，因为他属于在编的公务员，是图书馆馆员。但从此以后，他将把自己最佳的时间都用于文学创作。像许多机关职员一样，皮埃尔·伯努瓦也是另有志向，那份工作对他来说只是一种安全保障，没有什么吸引力。况且，《巴黎杂志》的主编马塞尔·普雷沃斯特答应他准备连载他的小说，所以，他以更大的热情来创作未来的小说。

仅仅几天时间，好像是发生了奇迹，伯努瓦终于流浪到头了：他再也不用恳求对他深表怀疑的出版人和犹豫不决的主编了。从此以后，他可以安安静静地工作，不用担心了，昨天的耻辱已经一扫而光。

很快，1918年8月底，他就拟了一份提纲，他写信给他的母亲说："我给《巴黎杂志》写的小说已经完成。我没日没夜地写了四个月。"

他马上就给阿尔班·米歇尔寄了一份打印稿，阿尔班·米歇尔好奇地开始阅读这本叫作《亚特兰蒂斯》的稿子。已经凭《科尼格斯马克》获得小小成功的这位年轻作者，显得十分大胆而勇敢，完全远离了评论家所赞扬过的那种写作方式。地点、气氛、题材，第一本小说给他赢得声誉的任何东西，在第二本小说中都荡然无存。他努力丰富自己的灵感来源，像魔术师一样，人们以为抓住了他，他却一下子就逃脱了。所有的理性分析对他都无计可施，他逃进了一个属于他的世界，梦幻、神奇和神秘的世界，充分证明了自己将在四十二本书中——可以说是一年一本，直到他1962年去世——表现出丰富的想象力。

最早提到亚特兰蒂斯的是柏拉图，之后，这块陷入海底的陆地一直引起人们的好奇。据说,这块被突然降临的灾难吞噬的陆地,在消失之前已经具有高度文明。是古代的传说,还是象征性的神话?许多年来,许多历史学家和神话家都认为,这个故事包含着一部分真实。人们试图确定这个陌生世界的方位,先后想象它在斯堪的纳维亚半岛、蒙古和美洲,但最有说服力的理论认为它在摩洛哥,在被大西洋的潮水吞没的北非的一个岬角。这种假设对皮埃尔·伯努瓦非常有吸引力,他小时候是跟在当军官的父亲在突尼斯然后是阿尔及利亚的撒哈拉沙漠边缘度过的。所以,他以沙漠为背景,让人害怕的图阿雷格人在那里出没。他回忆起自己小时候的经历,根据昔日广为流传的一件事情自由想象:两名法国军官前往非洲中部执行任务,其中一人消失了,回来的那个军官起先说他的同伴是被一场严重的热病夺去了生命,但尸体很快就找到了,证明这种说法是假的。他脑门上的一个小洞让事情变得更加扑朔迷离,证明他是遭暴力而亡。有人说他是自杀,是一场爱情悲剧,后来,此事就被人遗忘了,给这个谜蒙上一层面纱。

皮埃尔·伯努瓦根据这个很真实的悲剧创造了自己的世界。他让军人前往迷人而残忍的女王安提内阿[①]统治的沙漠中心,为了让自己的英雄们能够通过恐怖地区洪加,伯努瓦查阅了大量资料,研究了军事地图的每一个细节。他蹲在位于拉斯帕伊大道的小房间的地板上,跟随着他的人物进行远征……

这本书于1919年4月上市——仅在罗兰·多热莱斯的《木十字架》上市的几天以后——收入法兰西学院院士亨利·德·雷格尼埃主编的"文艺小说"丛书中出版。黄色封面上交错排列的

[①] 传说中亚特兰蒂斯的女王。——译注

阿尔班·米歇尔出版社的首写字母 AM 将很快出名，成为年轻的战后文学的小说标识。《亚特兰蒂斯》在报纸上做了一则风格新颖的广告，和小说神秘的语气十分相称："在《亚特兰蒂斯》出版之后有幸读到过它的人都知道，今天的'名人'，也是人们将不断重复着他的名字的人，叫皮埃尔·伯努瓦，他是这本如此有趣、如此奇妙、如此具有新奇魅力的神奇小说的作者。无论是古代还是现代，没有一本书能与之媲美。人们读了《亚特兰蒂斯》之后，会像书中所有的英雄一样，渴望用自己的生命来换取神祕而美丽的女主人公的爱情。"

这本书在读者当中很快就取得了成功，文学评论家都赞扬这位年轻作家风格独特、结构稳定、资料翔实。莫里斯·巴雷斯承认作者是精神之子，他在《亚特兰蒂斯》中看到了歌颂勇敢的骑士精神的永恒的武功歌的色彩，他劝他在孔蒂河堤路的同行们把1919年法兰西学院的小说奖颁给皮埃尔·伯努瓦。院士们在颁奖时，公开承认小说的质量，突然把它提高到所有连载作品主要是文学作品之上。这一奖赏让阿尔班·米歇尔高兴坏了，因为他双喜临门，他的另一个作者多热莱斯刚刚得了费米娜奖。

《亚特兰蒂斯》的成功让作者突然从最杰出的专栏作家的位置上发生了转折。人们开始挑剔、妒忌并且试图贬低他的作品。有人愚蠢地、不实地指责他剽窃一本英国小说，说他文笔松散，典型的连载小说家的写法。幸亏也有人飞奔过来救他，比如说《文学》杂志的评论家："皮埃尔·伯努瓦丝毫不管自己的风格。他好像让自己的主题牵着走，写作时一气呵成，从来不修改。有人指责他太粗心，没有比这更自然的了。可他们拒不承认他的其他优点，这就有点让人不明白了。比如，怎么能否认伯努瓦是位诗人呢？他写的句子像诗。突然，在一个短篇中，人物的头顶，天空放亮了。那是在空中盘旋的鸟儿，是在风中弯腰的花朵，是展现在眼前的新天地，是被驱散的乌云。气氛是用文字创造出来的。人们看着，呼吸着，我要说，如果我可以这样说的话，他在描绘一幅画面。"

像《亚特兰蒂斯》这样一部如此广受欢迎、可视性那么强的作品，当然吸引了电影人。1921年，导演雅克·费代尔在撒哈拉沙漠利用自然背景雄心勃勃地拍摄了一部电影，预算达两百万法郎，这是在法国电影制作中从来没有达到过的数字。这部获得巨大成功的无声片预示着这部作品也将在电影方面前景光明。确实有许多根据这部小说拍摄的电影先后出现在银幕上，其中有德文版（乔治·威廉·派伯斯特1932年导演的《亚特兰蒂斯女王》），美国版（格雷格·塔拉斯1948年拍摄的《亚特兰蒂斯美女》），还有一个全球发行的版本：弗兰克·波扎热与让-路易·特兰蒂尼昂1961年联合拍摄的《亚特兰蒂斯的末日》，这是旧小说的"现代"移植，小说中过于厚古的骆驼换上了效率更高的直升机。最新的版本出现于1992年12月，由切基·卡约和让·罗谢福尔主演，鲍勃·斯万导演，意大利和法国合拍。

小说出版和成功之后，皮埃尔·伯努瓦和阿尔班·米歇尔之间建立起了真正的友谊。这位小说家从来没想过要离开他另投出版社，表现出一种绝对的忠诚，对财务上的小问题完全没有兴趣，盲目相信，交给于让街的有关部门去管，直接把发票寄给他们，让他们去付。甚至连合同都简化到最大限度：口头答应即可，朋友之间用不着浪费时间去弄那些无用的纸张。后来，皮埃尔·伯努瓦伤心地回忆起这个伙伴去世的事，想起了他们的第一次相遇："那个美好的日子，我们在于让街他的那间小办公室里，面对面地互诺终身。也许当时还有些怀疑,这倒是真的。有了这样的许诺,谁还敢谈合同?那天,我们觉得一定要签个什么,但是很快——听着,年轻人——那份合同,我们俩一致同意,把它给撕了。从此,事情就这样顺其自然,非常顺利,我觉得对我们双方来说都是这样。"后来,他又用动人的语言证明,阿尔班·米歇尔很善于给他打气:"他无条件地完全支持我,那种力量让我心里暖暖的,永远没有冷却。"[1]

在这期间,维利,那个可爱的维利一直出现在阿尔班·米歇尔的生活中,他离开了已经厌倦的日内瓦,搬到了蒙特卡罗。历史再次重演,他要躲避在巴黎等待他的法院执达员和债权人,但他不时地与阿尔班·米歇尔有联系,不断地交小说稿。

阿尔班·米歇尔真诚地对待这个非常独特的人,这个人的名字成了真正的店号,成了丰富的商业资源。维利也许是唯一能够叫这个出版人"我的老阿尔班"或者是"我的老兄"的作者,出版社的其他作者当然就不敢。对维利来说,阿尔班·米歇尔也成了"卖书佬"——他在给朋友的信中就是这样称呼的,这个外号并没有让阿尔班·米歇尔不高兴,事实上,他愿意成为书城的中心,指挥像一个大城市的居民那样丰富多彩的图书。就像在城市居民当中一样,有胖的有瘦的,有必不可少的,也有滑稽有趣的,有严肃的,也有轻浮的。

维利不断地向他的老阿尔班发送伤心的消息:"快,钱!"有时说得更明确一些:"如果我能一次性收到一千法郎,我心里会踏实点。"他后来又说:"我没钱了,一分都没有了。行行好,寄

---

[1] 《我的出版人,我的朋友……阿尔班·米歇尔》,皮埃尔·伯努瓦的文章,发表于《出版界》,1958 年 11 月。

我两百法郎吧,作为下一部小说的定金。我的下一本小说属于你,不用怀疑。"阿尔班·米歇尔每次都满足他的要求,如数把钱寄去,尽管他所允诺的稿子有时一直处于构思状态……当催债者的胃口太大,对可怜的欠债者形成了太大的威胁时,阿尔班·米歇尔会以戈蒂埃-维拉尔老爹的一个朋友、某个名叫帕斯尔·巴东的人的名义在支票中注明用途。然而,当阿尔班·米歇尔不时地翻阅账本时,他还是有些担心,于是对他的这位作者说:"你在这里领的定金太多了,已经高达两万法郎,而我却拿不到你的稿子。"

但这些都是小事,阿尔班·米歇尔不大在乎。自称是维利的合作者的陌生人不断地来要钱,让阿尔班·米歇尔越来越担心。事实上,1903年,从阿尔班·米歇尔出了维利的第一本书《王子的情妇》起,诉讼就随之而来,告这本书伤风败俗。从此,出版人对这个奇特的作者就只有担心了。

1919年,阿尔班·米歇尔收到了署名为作曲家拉乌尔·达斯特的一封信:"如果您能立即在您的出版社会见我,我将非常感谢。我有一件私事想跟您说,这件事极其重要,而且对您来说非常有好处。"于是,阿尔班·米歇尔接待了这位音乐家,音乐家向他透露,维利的《升多》是那个不诚实的人从他那儿偷去的!阿尔班·米歇尔从心底表示抗议,并机灵地建议用钱摆平。第二天,拉乌尔·达斯特用文字把问题摆在了桌面上,强调说,用另一个名字出版他所写的作品,给他造成了两种损失:物质损失和精神损失。"关于第一种损失,我本来可以禁止您出版这本小说的,但面对着您的真诚和无可辩驳的诚意,我愿意跟您商谈,在显然没那么优惠的条件下作出让步,因为维利已经拿了比我多两倍的钱,但这已经是既成事实……剩下就是精神损失了。

正如我对您说过的那样,我坚持要署名,因为我已经跟一些朋友说过这部小说,现在小说只署维利一个人的名字出版,这使我处于十分难堪的地步。您是个诚实的人,不会忘记您曾对我说您无法亲自解决这第二个问题,而必须与维利商量,因为您与他签了合同,确实如此。所以,我现在想这么办:我认为能够让维利授权您加上我的名字。其实,我什么都让步了,除了署名。无论如何,不管我署不署名,您都能从中获益,我准备给此事大做广告。等维利的消息吧,看他对最后一个问题准备怎么办。如果他不愿意,他将受到强迫,法院会作出判决。"阿尔班·米歇尔最后圆满解决了这件事,他用好话和现金安慰了这个抗议者,他说得很有道理,自尊心受到再大伤害的人都能得到安慰。这个作曲家尽管作出种种威胁,但最后也满足于出版人塞给他的钞票,小说最后还是以维利一个人的名字出版,没有任何问题。

后来,又有一个名叫乔治·伊斯塔的比利时人前来讨说法,要求得到自己(真正的)权利:他认为自己对维利署名的若干小说的写作有贡献,应该得到小小的补偿。

接着,又有一个妇女到于让街来抗议。被指抄袭的那部小说叫《梦幻女人吉内特》,维利在序中承认,那部稿子是一个梦幻女人在去世前不久交给他的,当然,他作了很大的修改。"首先,我删掉了整整几个章节,删掉了一些很吸引人但不会受正人君子们尊重的心理分析,那些东西,阿尔班·米歇尔除非用拉丁文来出版,否则肯定会引起愤怒的吼叫。继那个道德学家塞巴斯蒂安·福尔[①]之后,他们强烈而不实地指责我伤风败俗……"

[①] 塞巴斯蒂安·福尔(1858—1942),无政府主义理论家,曾诽谤维利的作品是"资产阶级"的色情。——译注

事实上，这个梦幻女人还活着，她叫蒂塔·勒格朗，她于 1920 年 2 月 10 日写信给出版人："我是维利署名的小说《梦幻女人吉内特》的真正作者。我之所以在多番犹豫之后还是决定公开这一事实，是因为维利对我的极大耐心和真诚友谊显得很不耐烦。"事实上，维利修改了蒂塔的稿子，并明确对她说："我就厚着脸皮署我的名字了，但定金我们平分！"

由于小说获得了一定的成功，她便一定要来分版税。她还清楚地说明为什么要在第一封信寄出两天后又寄给出版人一封信："您不觉得我们可以利用这一事件，推动《梦幻女人》卖到五万册吗？书已经走得不错，我找上门来讨说法，自然又会成为一个广告，这只能让销量大增。"

其实，无论是拉乌尔·达斯特还是乔治·伊斯塔或蒂塔·勒格朗，尽管他们在事件中原则上是有道理的，都在笨拙地学习科莱特。他们以为文学丑闻会像以前的"克洛蒂娜"系列大获成功那样，促进图书的销量。这三个人都想肆意践踏维利的声誉，达到进入文学先贤祠的目的。他们像科莱特一样，不满足于拿点小钱，而是要平分版税，名字还要出现在书的封面上！蒂塔·勒格朗甚至还把可怜的维利告上了法庭，维利昏了头，竟然奇怪地攻击起他的出版人来。维利刚过六十岁，正在努力实现自己昔日的目标。他成名了，这毫无疑问，他的书卖得很好，但他已经过气，他的威望与日俱减。他越来越难满足自己的生活必需，他拿到一点小钱，那些猛禽就向他的后背扑来。9 月 29 日，他给阿尔班·米歇尔寄了一封撕心裂肺的信，书中满是怨恨和痛苦。这位出版人不再是"亲爱的老兄"，而是一个彬彬有礼但冷酷无情的"阿尔班·米歇尔先生"。受到疯狂迫害、劫后余生的维利，用神经质的有时难以辨认的字体发泄自己的恼怒："你的仇恨让我深感痛苦……你本来可以轻而易举地救我一把,你却踩我的脑袋,落井下石!现在,我已经差不多完蛋了。我一个子儿都没有了……我的处境很糟糕,当我自杀的时候……你就胜利了。但你错了,我会留下一份备忘录,证明是你让我陷入最大的绝望之中(而我让你赚了那么多钱!)。你的行为将受到严厉的惩罚。恶蒙住了你的双眼……我看到了你的想法。你想逼我自杀。好吧,我累了,懒得再斗了。我什么都没有了,无论是在日内瓦、巴黎还是在任何别的地方,我都一无所有。但你别以为我死了以后,你就得到'平静的安宁'。我将在一些大家都将读到的信中,详细解释你是如何用精明而虚假的手段把我推入深渊的。我会报复,非常可怕的报复!你将会死,因为一个莫名其妙地成了仇人的书商,将让你活不下去。可我什么都没有了。我一无所有!"维利还指责这个出版人给了拉乌尔·达斯特钱,但没有给乔治·伊斯塔。他叫喊道:"你拒绝了我的朋友和合作者伊斯塔的正当要求,这太可耻了!"

这种种胡言乱语把阿尔班·米歇尔气坏了,他一一据理力争。关于维利和伊斯塔合写的小说《挂毯商勒多》,他指出:"你在把稿子卖给我之前,尤其是从我这儿拿走钱之前,本来可以诚实地留下属于伊斯塔先生的那部分,因为你们之间有合同,但无论是你还是他,都没有告诉我这一点。你用同样的方法对待拉乌尔先生,你清楚地知道,同一部稿子我不可能付两次钱。"

阿尔班·米歇尔平时写信很简洁,但这一次,他不再那么含蓄了,他想给这个动不动就发火的作者一个教训:"你给我惹了那么多麻烦(因为你卖给我一些不属于你的东西),不但不道歉,反而这么愚蠢地纠缠我。我以前帮了你多少忙!你写给我的那么多求助信和感谢信我都当宝贝留着呢!它们是最好的证明。你说我让你一贫如洗,你说错了,说这话的应该是我。我还等着你再给我一部稿子,《冒险的激情》,我已经付了你全款六千法郎。还有一部稿子我给了你四千法郎。如果我继续满足你不断提出的要求,破产的应该是我。"

人们可能以为他们已经到了不可调和的地步。完全不是这样。在文学方面,要懂得翻过旧的一页。仅仅过了几个月,1921年3月,两人之间的关系就改善了。阿尔班·米歇尔寄给他这么一封充满感情的信:"如果你死了,我会想起两件事:一件事会很快忘记,也就是你给我造成的麻烦;另一件永远不会忘记,那就是我们昔日的友谊。"但这种忠诚的友谊一点都不妨碍阿尔班·米歇尔誓死捍卫自己的其他伙伴,抵抗维利的讽刺和挖苦。当这个家伙发表了一篇文章攻击《亚特兰蒂斯》的作者时,阿尔班·米歇尔严肃地给他写了这么一封信:"皮埃尔·伯努瓦不但是我的一位作者,而且是我最好的朋友之一,所以请你行行好,不要再中伤他。"

阿尔班·米歇尔正准备出版维利的一本新小说《以结婚告终》,他觉得有必要提防将来可能发生的索赔:"我认为你最好还是把它拿回去,除非作品没有伤害第三方,并且完全出自你自己的手,因为我不想再发生拉乌尔·达斯特、伊斯塔和蒂塔·勒格朗那样的麻烦事,你必须严肃地向我发誓,因为我希望你的诺言还有点价值。"

维利根据阿尔班·米歇尔的愿望发誓了。事实上,这部小说是他的朋友皮埃尔·瓦雷纳写的初稿。瓦雷纳告诉阿尔班·米歇尔,维利是怎样鼓励他写这本书的:"阿尔班·米歇尔催我给他的一个非常畅销的短篇小说丛书写点东西。你那里有东西吗?我得先告诉你:封面上只能出现维利的名字。我愿意跟你签一份东西,因为我尊重你,但出版社不愿意。鉴于我以前的名声,如果人们看见在我的名字旁边还有一个名字,他们会犹豫不决,如果读者以为这全是合作者写的,那他们就不会买。"

"可是,亲爱的大师,我并不是小说家……"皮埃尔·瓦雷纳回答说。

"这借口太妙了!"

瓦雷纳被他无可辩驳的理由说服了,寄给他一百来页稿子。维利几天后从蒙特卡罗给他寄了一张明信片,上面写着:"充满了迷人的新东西。短了一点,很遗憾,我得加点调料。谢谢,我的皮埃尔,你给我帮了一个大忙。"

这个地下合作者解释了维利是怎样在他的草稿上工作的:"除了开头部分,维利没有从我的那部后自然主义小说中抄袭任何东西,一点都没有。他的小说有时发生在蒙特卡罗,有时发生在布鲁塞尔,都是一些享乐性的城市。他的一百六十多页书稿都很快乐,充满了文字游戏和具有讽刺意义的小轶事,而我的作品写的是一个多雨多雾的城市。他最多留了二十来页,其他一个句子都没有抄。只有一件事情是共同的:主人公的名字。"

这一声明与另一个临时合作者埃内斯特·戈贝尔的说法有异曲同工之处。戈贝尔写道:"在某些领域,人们经常谈起维利的合作者,并把荣誉都归功于他们,这是不对的。我给维利写过两篇文章,他给了我很高的稿费,但当文章以维利的名字发表时,我写的文字只有十行。维利作了大量的修改和重写。我有一个朋友写了一本小说,后来也以维利的名字出版了,书名、主题和文字都是维利重起炉灶的。小说完全重写了,完全是属于维利的。"

连完全被当作是科莱特作品的"克洛蒂娜",维利也功不可没。在这位"亲爱的大师"去世之前,他的秘书,也是他的好友玛德莱娜·德·斯瓦尔特一直照料着他。她说，她曾见过科莱特写的那些小说的原稿，上面布满了维利用紫色的笔画的杠杠，维利亲手整行整行地修改，这事也得到了熟悉他们俩的其他人的证实。科莱特为了否认这一明显的事实，后来拿出了自己的"克洛蒂娜"原稿：她亲手写的二十八个本子，上面没有所画的道道，只有维利在这里或那里写的批语。显然，这是交给出版社之前的最后一稿。能够证明艰难而卖力的工作的真正原稿已经找不到了，也许被维利本人销毁了，他从来不保留那些无用的废纸。

维利好像往往以合作者提供的作品和情节开头，然后忘我地进行修改，最后改得别人的东西一无所剩或所剩无几。这种情况并不少见。其他作者如滑稽歌舞剧作者欧仁·拉比奇，甚至包括大仲马，都常常需要一个已经完成的底稿，他们喜欢在别人的草图上面印上自己的想象。只是，维利不幸地从文学史上消失了。作品成功以后，大量的合作者前来要求自己的那份荣誉，永远地把他淹没了。

阿尔班·米歇尔也许清楚地意识到这个人比拉乌尔那样的幕后者或蒂塔·勒格朗那样的好战者更有价值……所以，尽管那个家伙一下子绝望透顶，一下子怒不可遏，阿尔班·米歇尔还是尊重他，和他一起分享暂时的分歧所不能侵害的友谊。

《木十字架》和《亚特兰蒂斯》大获成功之后，阿尔班·米歇尔决定性地成了文学出版人，收获了许多奖项。他到处宣称，伯努瓦和多热莱斯是他的出版社的"旗手"。1921年，他得到了三项胜利：雷蒙·埃绍利耶的《根特女孩》获得了费米娜奖，皮埃尔·维勒塔尔的《痛苦中的比尔先生》获得了法兰西学院小说大奖，尤其是勒内·马朗的《巴图阿拉》获得了龚古尔奖。如果说，特鲁昂饭店的院士们已经习惯颁奖结果所带来的那些刻薄评论，也许还从来没有一个得奖者如此痛苦地遭到贬低、攻击和讨论。

马朗很特殊，他是一个生于马提尼克岛的黑人，这在当时的作者来说是很少见的，而且，他是法国驻赤道非洲的殖民当局的官员。对一个负责在实行托管的大陆推行白人法律的人来说，这种处境如果说不是难以忍受，起码也是艰难的。这个诚实的人想成为小说家，以此摆脱这种矛盾的状况。当时被誉为"真正的黑人小说"的《巴图阿拉》想向一个沉默的民族表示敬意，列奥波德·塞达·桑戈尔①把他看作"黑人精神气质的先驱"。

马朗的这部小说差不多已经放了十年。早在1912年，他就从非洲的丛林深处，从"马班吉首领的村庄"，从一个如此远离——从地理上——文学沙龙却对法语进行认真思考的人的角度，写了这几句惊人的话："几个星期没做什么大事，除了一些行政公文。我先后写了两个东西，它们从不同的角度吸引了我。一篇是关于马图兰·雷格尼耶的研究文章。雷格尼耶生于一个温柔的说话方式比以往任何时候都重要的时期，熟悉七星诗人的作品、大众俗语和我们现在已经消失的俏皮话，这是一个非常迷人的人，清晰地印刻在整个世纪的背景上；另一本是小说，一部完全写土著生活的小说。我天天都在研究这些地区的一个首领的生活。我差不多已经完成了小说的第一章——这向你证明我已经酝酿了很长时间，书名将叫做《巴图阿拉》。我觉得对未来的读者来说有个障碍，那就是故事太单调。但小说的价值正是在这个地

---

① 列奥波德·塞达·桑戈尔（1906—2001），著名黑人诗人，塞内加尔共和国首任总统。——译注

方。总之,我只想做个包金首饰,我想让它有'可视性'。我想让大家真正看到那些人的存在,怜悯之心使我们把他们当成了一些可怜的人。对我来说,我所担心的失败,不是我要给你讲述的这个故事很单调,而是我所描述的方式会很单调。我想准确而细腻,色彩斑斓,但毫无浪漫色彩。"

马朗精心雕饰自己的作品。有几个章节他一连重写了十五遍,他从来没想过要把小说交给哪个出版人来评判。最后是出于偶然,许多事情迫使他把稿子寄给了阿尔班·米歇尔出版社。1920年冬,他经过巴黎时,向一个久别重逢的同学吹嘘他的《巴图阿拉》很快就要火了。这当然是毫无根据的空头支票,但这位同学到处说小说马上就要出版了……勒内·马朗认为自己不得不让预言成真了,便把稿子寄给亨利·德·雷格尼耶替阿尔班·米歇尔出版社主编的"大众小说"丛书。他当时这样写道:"我这样做是为了让我开的玩笑不会被人当成说谎。在这件事情上,最受欺骗的还是我本人。幸亏《巴图阿拉》没有被采用,这部小说太黑了,太没有欧洲色彩了。如果被采用,会引起多大的轩然大波啊!"

阿尔班·米歇尔是个不介入政治斗争的出版人。对于小说的反殖民背景他不置评论,如果说,他突然同意出版《巴图阿拉》,仅仅是因为作品的文学质量。他一辈子都是如此,他有时出版一些互相矛盾的小说,但他认为,作为一家综合出版社,其作用就是让感觉不同的各种作品都能面世。"我的出版社的精神?"他喜欢这样重复,"那就是出版让广大读者感兴趣的书,文学图书,但不是钻牛角尖的书。写作是为了说一些东西,而不是什么都不说。"

龚古尔奖的十大评委需要很大的勇气才能把《巴图阿拉》变

成一本"让大众感兴趣"的书,把奖颁给一个黑人写的小说。在各种意见难以达成一致的情况下,真的需要胆量或不可避免的妥协吗?确实,在那一年,许多院士都想满足自己的心愿,表达自己的愿望。老罗斯尼只有一个想法:尽最大可能地增加评选次数,然后每轮投一个人,以便向他的十来个作家朋友表示自己的敬意。而小罗斯尼呢,他只想着不要像兄弟那样投票。亨利·塞阿尔很生气,因为有的文章在介绍他时把他说成是右翼人士,他试图投左派的票,同时又注意不要伤害与雷翁·都德的友谊……

在这样的混乱中,很难就一个名字,也就是勒内·马朗这个名字达成一致。而且,主席居斯塔夫·热弗鲁瓦必须投出他的双重票,票数的一半现在集中在雅克·夏尔多纳的《祝婚诗》上。有的观察家悄悄地暗示说,那么多院士关照阿尔班·米歇尔出版社,是他们与出版人关系好的直接结果。如果说,十大评委后来都多多少少在于让街出过书,但在1921年,他们当中还没有一个人与阿尔班·米歇尔有业务关系。比如说,小罗斯尼和雷翁·都德直到1923年才意外地在这家出版社出书,而埃米尔·贝热拉和居斯塔夫·热弗鲁瓦1924年才在阿尔班·米歇尔出版社出书。

结果宣布之后,评论家安德烈·比利定了调子:"勒内·马朗凭自己的遥远、自己的黑色和自己的主张,在没有得到帮助或几乎没有帮助的情况下获胜了:他不满足于爱黑人,他爱黑人,这是很自然的事,因为他本人就是黑人,他还恨白人,他厌恶殖民者、盗贼、剥削者和凶手。龚古尔学院中的'左派'毫无疑问地以此作为借口,同'右派'开了一个大玩笑。所以,并没有多大写作技巧、文笔也没有多大魅力,但恰到好处地让我们对某些宽宏但值得讨论的倾向给予同情心的勒内·马朗先生击败了皮埃尔·马克·奥尔朗和雅克·夏尔多纳，获得了1921年的龚古尔奖。"有位议员还问殖民部部长，打算给《巴图阿拉》的作者什么处分。于是谣言四起：马朗将被撤职，不得不放弃在殖民地的职位。事实上，是他自己在五年后辞职的，为了全身心地投入文学创作。

让读者感到震惊的，与其说是小说本身，不如说是书中的序。作者在序中猛烈地抨击殖民主义——出自一个殖民官员的手，这篇文章就有点让人吃惊了！但作者确实只说他自己所知道的事情："广阔的殖民生活，如果你知道其日常生活是多么卑劣，你就会说得很少，你就会不愿意再说。它已经慢慢地没有意思了，甚至在官员当中，想传播自己的精神的殖民者已经很罕见了。他们无力抵抗环境……这种或那种极端的东西，见不得人的东西，让那些擅长此道的人变成十分卑劣和软弱。"后来，当小说被译成外文时，作者曾要求砍掉这篇序，"由于政治方面的原因"。

评论界的风暴让马朗十分失望，当他在乍得的阿尚德堡从收音机里听到颁奖的消息时，他给出版人写了一些越来越失望和忧愁的信。1922年2月27日，他写道："我不打算在明年年底之前回国。到了那时，所有关于我的议论——我应该告诉您我非常生气吗？——应该都已经烟消云散了。龚古尔奖揭晓时，我没有在波尔多，也没有在巴黎，这真是太幸运了！面对媒体大量的误导，我感到了前所未有的愤怒。"到了4月份，他的语气变得宿命起来："我从来没想到我的小书会引起那么强烈的反应……所有的媒体都对着我，我已经预料到了。"两个月后，他还是那么紧张："人们咒骂我，指责我犯罪、施暴。我以后会回答的……"他还对他完全相信的出版人自由地表达了这种愤怒："我愿意不让真相浮出水面,十年来,我遭受了最大的耻辱。因为您想象不到,一个有幸成为法国人的黑人,如果他成了殖民当局的雇员,如果他思想自由而诚实,他将付出多大的代价。我父亲就是这样忧虑而死的,而我则进行了反抗。"10月份,作者又担心起来:"有人针对我这个手无缚鸡之力的人策划了五六起暗杀。是的,有人想暗杀我,害怕我揭露甚至在《巴图阿拉》中都没有揭露出来的滥用职权。啊,如果我是个坏人,我可以给殖民官员,给殖民部的部长和他的办公人员制造多大的麻烦啊!"孤身一人待在非洲的马朗,想象着有许多敌人在跟踪他。在这种孤独中,有阿尔班·米歇尔成为他坚定的盟友,他心里踏实多了:"我跟您说过,我现在还要向您重复:对我们俩的共同利益怎么有利您就怎么做,甚至用不着跟我说。您对我非常好,很忠诚。除了向您证明我对您完全信任外,我不知怎样更好地感谢您。"

阿尔班·米歇尔对马朗和对其他许多作者一样,没有采取杀鸡取卵的方式。他继续跟随着作者,鼓励他,给他出书。非洲故事、传记、历史研究相继在阿尔班·米歇尔出版社出版,他崇高地承担起培养天才的任务。

如果说,1921年阿尔班·米歇尔收获了许多大奖,最畅销的书却并没有出自这些获奖作者之手。路易·迪穆尔的《凡尔登屠夫》是一部关于第一次世界大战的历史小说,获得了很大的成功,销量迅速超过十二万册。日内瓦人迪穆尔二十岁来巴黎,在"黑猫"咖啡馆朗读自己的诗,想从事文学创作。他创造了一种惊人的风格,灵巧地把他烂熟于心的作品主题的历史知识与一种具有声色意味的语气结合起来,让人震惊,十分成功。

《凡尔登屠夫》的背景在斯特内,那是默兹省的一个小城，1916年，普鲁士国王的儿子克隆王子把自己的司令部安置在那里。法兰西歌剧院一个漂亮的女演员在这个离前线十分近的地方迷了路，说服一个中尉把她介绍给了德国王子。她受到了诱惑，没有反抗……但这是一个正直的法国女人：所有这些手段都只有一个目的，就是刺杀那个让人厌恶的德国人！可惜，年轻女子被特务告发了，德国人枪毙了她。这个美丽的故事不但让人绷起了爱国主义这根弦，而且细致地描写了当时十分艰难的环境，场景非常吸引人。

人们为了那几页情色描写而买这本书，却说是因为喜欢作者好战的口吻。而且，一个小小的新闻让这本书的出版变得十分有趣，也给报纸的专栏提供了话题：路易·迪穆尔用了整整一个段落来写曾被王子爱上的一个年轻姑娘。"完全占有了她之后"，用书中的话来说，王子帮她开了一家缝纫店。读者甚至发现了那个背叛了祖国的女人的名字：布朗什·德塞莱。然而，这一轶事却是完全真实的，当时曾在斯特内引起轰动。停战协议签订之后，布朗什不得不离开那座小城，化名南茜消失在人间……看到自己在停战三年后仍成为全法国人议论的对象，这位妇人很不高兴，遂提出诉讼，要求赔偿两万五千法郎。这种愤怒让路易·迪穆尔十分震惊："我一点都没有污蔑她，一点都没有给她涂上阴暗的色彩。我只是讲述了在斯特内人所皆知的事实……"

而雷翁·都德却很欣赏这本书，他写道："《凡尔登屠夫》显然不需要广告。这是一本能迅速给自己找到读者的书。不过，南茜的诉讼会让这本杰出的小说多卖上几千册，我真诚地为此而高兴。当文学像《凡尔登屠夫》那样服务于爱国主义和正义事业时，它就成了一种悔过自新的方式，力量大得惊人。"

法官们面临着一个两难的局面。诽谤是显然的，尽管书中所讲述的事情都是真实的。但怎么能判一个像路易·迪穆尔那样坚定的爱国主义者的人有罪，还敌人的旧情妇以公道呢？这是一个无法解决的司法问题。最后，作者承认有罪，但只赔了十法郎。离那个坏女人要求的两万五千法郎差得远呢！而且，媒体清醒得很，纷纷赞扬迪穆尔挫败了布朗什的阴谋……

路易·迪穆尔蓄着严肃的山羊胡子，戴着圆框眼镜，目光温柔，作风细腻，像信奉加尔文教的日内瓦人那样庄重而忧伤。然而，这个小个子男人总是在制造新闻；他后来出版了一本关于瑞士的书，当时，战争正让他的同胞在莱芒湖畔大声哀号。接着，他又在一些小说中用轻浮的口吻分析了苏联人如何在俄罗斯旧帝国横行霸道。1928年，当他出版了《上帝保护沙皇》时，遭到了全体比利时书商的抵制。根据当时的法律，书商要为在他们的书店里卖的图书负法律责任。路易·迪穆尔大怒，在许多报纸上发表了一封公开信："这个奇怪的制度，我要用'丑恶'这个词来形容，它让书商都变成了书刊检查官，要为放在他们书店里的书担保没有道德问题，并负责报警。"

对于路易·迪穆尔的愤怒，比利时的反应非常强烈，8月4日的《二十世纪》日报的头版出现了一个大大的通栏标题："失败的垃圾"。文章向这个写色情文学的瑞士人倾注了自己的仇恨："迪穆尔写了一本肮脏的小说，他给我们描绘了一幅隆冬时节俄罗斯宫廷的画卷，旨在进行诽谤。书中有几页让人惊讶的色情描写，最后还诱人地暗示其他肮脏的东西。从来没有人这样玷污过死者——而且，那些人是为什么死的呀？他们不幸成了一个可怕的悲剧和卑鄙凶杀的牺牲品——把他们写成那样的胆小鬼。然而，这个文坛的坏蛋无视荣誉，他打算收钱呢，而且要的是现金，他要为自己的丑恶行径大把大把地收取酬金。当他得知，比利时的许多大书店拒绝卖他的书,匆匆把出版社发给他们的书退回去时,他是多么失望啊!"

阿尔班·米歇尔却并不怎么担心。路易·迪穆尔每出一本书(或几乎每出一本书)都能制造新闻,大家都喜欢他掺杂在狂欢和床笫激情之中的历史记录。

《凡尔登屠夫》的巨大浪潮清楚地表明了出版这一行业的矛盾之处:当阿尔班·米歇尔出版社的其他作者夺得了大部分文学奖时,上畅销榜的却是那个屡屡惹事的小瑞士人。

但他仍然远远地落在皮埃尔·伯努瓦后面,伯努瓦早就知道,文学奖不足以让你留在报纸的头版。所以,他喜欢通过一些经过精心策划的传言和有趣的秘闻来巩固自己的成功。1922年,他获得法兰西学院大奖一年以后,人们又开始谈论他,不过这一次与小说完全无关,尽管人们对他丰富的想象力并不陌生。当然,媒体以夸张的语言吹捧他的新作《巨人的马路》,这部小说写的是新芬党①的斗争,爱尔兰与英国公开作战的故事。有关的文学评论很快就充斥社会新闻栏。1922年9月18日,所有日报的头版都出现了同一个标题:"皮埃尔·伯努瓦先生在巴黎的大庭广众下被绑架"。记者们并没有完全被蒙蔽,他们嗅出这是一则假新闻。《巴黎回声报》谨慎地把"绑架"二字用引号引了起来。《高卢人报》带着讽刺意味地问:"是哪个安提内阿绑架了皮埃尔·伯努瓦先生?因为皮埃尔·伯努瓦先生好像被绑架了。"没有人真的相信,但大家都在讲述这个故事,把它当作出现在现

---

① 新芬党(Sinn Féin),1905年组建的爱尔兰民族主义政党,原意为"我们自己",爱尔兰的独立是其斗争目标。

实生活中的一部小说。

这个事件是作家的女友费尔南德·勒弗雷小姐制造的。她收到了情人的一封让人不安的信，由于他没有回到窝里来，她毫不犹豫地报了警。极度焦虑的她，一遍又一遍地阅读当天上午收到的气压传送信："我受到了手枪的威胁，顶不住了。"

很快，大家都在这样传说：在伯努瓦供职的公共教育部，一名爱尔兰职员前来看他，悄悄地对他说："你知道德瓦勒拉先生在库伯瓦吗？他想告诉你一件急事。我负责带你去见他。"

埃蒙·德瓦勒拉是爱尔兰反抗组织的重要人物，读过《巨人的马路》，他一定是有重要消息要告诉这位小说家。在库伯瓦，皮埃尔·伯努瓦被带到一间破房子里，两个男人在等他："我们需要你。所以，我们要在几天以后才让你恢复自由。"

小说家得知，他们提到的那个德瓦勒拉还在别的地方。"人们会为我的失踪而担心的。"他叫喊道。

于是，他被允许写几个字：那就是费尔南德收到的那张晦涩而简短的纸条。后来，这个不幸的人又被扔到一辆黑色的轿车里，驶向田野，那两个凶恶的男人用白朗宁手枪指着作家。

"我从你们的朋友那里来，"伯努瓦抗议道，"你们这样对待朋友真是太奇怪了。"

"我们知道你曾支持过新芬党的事业。"

"那你们打算怎么办？"

"这是命令。我们只管执行，没必要向你解释。"

"写了《巨人的马路》之后，我还以为应该得到你们更多的尊敬了呢！"

汽车的窗户用布蒙着，皮埃尔·伯努瓦不知道自己将被带到哪里。终于，车子进了一个陌生的城市，好像穿城而过，来到了郊区，然后停在一家修道院前。他们把囚徒一直带到四楼的一个房间里，脱了他的衣服，让他换上一件棕色的粗呢袍子。他在一间寒冷的小房间里独自待了三天，一位僧人每天给他端饭吃，但一声不吭。从这个时候起，故事就变得有点模糊了。费尔南德又收到了一封电报："皮埃尔·伯努瓦先生中午在马尔利的'勇敢公鸡'饭店等你。"两个情人重逢了，他们放下心来，激动万分。两天后，噩梦重新开始。费尔南德在信件中发现了这么一张纸条："我亲爱的，新芬党的那些先生（我当着他们的面给你写这几个字）非常关心我。他们觉得重新监视我更好一些，这次是在巴黎。他们允许我对你说不用担心……"可怜的费尔南德召来了记者，一边哭一边讲述了自己的惧怕，请求记者们帮助他。皮埃尔·伯努瓦终于又重新出现了。在所有的报社，人们都爆发出大笑，因为大家都明白了是怎么回事。皮埃尔·伯努瓦厌烦他美丽的女友老是跟在他身边，想偷偷地出走一段时间，用自己的才能和人们所熟悉的那种想象力制造了一场失踪闹剧。他去了多维尔，投入了一个偶然相遇的情妇的怀抱……他没想到可怜的费尔南德会去报警，说他被绑架了！报纸上幽默地赞扬这一创举。《日报》感谢皮埃尔·伯努瓦先生给新闻增添了新的内容："人们已经烦死了，老是报道赔偿委员会的事，说德国人没有诚意，谈论国际联盟和海峡的自由问题。"《晨报》作出了这样的结论："勒弗雷小姐施展了狡猾的手段来寻找皮埃尔·伯努瓦先生，伯努瓦先生也同样狡猾地推迟越来越逼近的必须做出艰难解释的时间。"

当费尔南德知道自己成了这个秘密中的一个玩具时，她非常失望，而监视公务员伯努瓦的部长的反应则更加强烈。他认为，在这个恶劣的玩笑中，全体公务员都受到了嘲笑，过去那么聪明的这头替罪羊必须请无薪假……伯努瓦很快就放弃了他在行政机关的清闲位置,但他跟费尔南德的关系就难处理得多了。为了安慰她,他答应她所要求的一切,甚至答应跟她结婚。12月,结婚启事刊登了出来。婚期临近的时候,未婚夫逃到了君士坦丁堡,他要在那里完成一篇不能再拖的采访……

这种荒诞的历险应该给皮埃尔·伯努瓦和他的书带来好处,给他们做了一个大大的广告。当这种反响慢慢地远去时,媒体又开始赞扬阿尔班·米歇尔出版社的另一个作者了。阿尔班·米歇尔已经一连两年看到自己的努力得到了龚古尔奖的承认。在特鲁昂饭店用午餐的那些人已经选中了亨利·贝罗的处女小说《月桂酒》,后来又加上了同一位作者的第二本书《肥胖者的苦难》。下不为例,挥着叉子的院士们把奖给了两本书。第一本是一部历史小说,书名暗示着意大利的一种毒药:弑君者达米安由于胆怯,只用刀轻轻地伤了一下路易十五,结果受到了非人的折磨。策划阴谋的人为了替他报仇,谋杀了那个暴君。

第二本书就完全不一样了。那本小书写的是一个"善良的胖子"悲伤的爱情生活。"瘦人将把它当作一本消遣的书",它献给所有自豪地陪伴一个心宽体胖的发福者散步的人:若弗尔元帅、皮埃尔·伯努瓦、吕西安·吉特里、莫里斯·弗拉明克,当然也包括阿尔班·米歇尔。那些在半个月内勾勒出来的小小的人物肖像,也许是因为字里行间透露出来的那种精彩的幽默和作者在每一页都表现出来的那种巨大的渴望吸引了龚古尔奖的评委们。不过,评委中最胖的雷翁·都德没有投《肥胖者的苦难》的票,从文学上来看,他无疑觉得太轻了点。而且,他也不想投《月桂酒》的票,因为贝罗这个共和派在书中把王室描写得一片漆黑。"人们在亨利·贝罗的书中可以感到其资料非常丰富,使用得很有艺术，拥护共和的人和今天、明天的人对那个时期和那个旧制社会深恶痛绝，而且，他懂得如何在两幅精彩的木炭画之间，极其细腻地用水粉画来表现那些迷人的东西。"龚古尔奖作出决定的几天后，路易·马索罗在12月9日的《闪电报》上说得很对。不过，人们还是在特鲁昂饭店的走廊里嘀咕说，得龚古尔奖主要还是《肥胖者的苦难》，之所以把那部历史小说放在天平上，只是为了让评委会的决定显得更有尊严一些。

这个奖获得了评论界的一致赞扬，往年宣布得奖结果后经常可以听到的刻薄批评这次沉默了。2月14日的《作品》影射了近几年先后颁给体弱多病的马塞尔·普鲁斯特和黑人勒内·马朗的龚古尔奖，写道："1922年的龚古尔奖颁给了亨利·贝罗，一位专业作家……一位有职业道德的作家，他没有任何东西能让十大评委选中：既没有病恹恹的身体，也看不到即将来临的死亡，更没有特殊的肤色和荒僻乡村的光环，没有某个评委持久的友谊，没有奇异的风俗习惯，也没有某个著名老板的指示……"

贝罗在投身于文学中之前，几乎什么活都干过，诉讼代理人的书记、丝绸画家、旧书商，最后成了专栏作家。他是突然在报纸上开始其写作生涯的：1918年，在众多的记者当中，只有他一个人成功地溜进了凡尔赛宫看守严密的大厅里，那里正在举行和平会议。所以，他给了雇用他的报纸一篇会议内容准确的独家文章。他的"领工资的流浪者"——他是这样形容自己的——道路从此开始，他从世界各地发回角度独特的报道，受到许多人的好评。阿尔班·米歇尔一直欣赏他的文章，那个胖胖的年轻人，戴着宽檐软毡帽，领带系得很有艺术性，戴着单片眼镜，挺着大肚子，一副自命不凡的样子。阿尔班·米歇尔在他的文章中感觉到了一个作家的影子，便把自己的这种想法告诉了他和贝罗的一个共同的朋友，这个朋友很快就给他带来了《月桂酒》的手稿。阿尔班·米歇尔后来说："稿子还没看完，我就想认识作者。令人难忘的会面！亨利·贝罗的模样，他粗大的腰围，坚毅而勇敢的鼻子，诚实的目光，他身上的一切我都喜欢，符合我的期待。我知道我们将成为朋友。合同是在一张围满了人的桌子上签署的。我们经常更换合同。没有跟亨利·贝罗一起吃过饭的人体会不到吃饭会给人带来多大的精神享受，也不懂得一瓶精心挑选的酒会给客人的心里浇灌多大的愉悦。宽宏大量的思想与坏胃口是不相配的，我坚信，一个干活卖命的人能一天两次在佳肴中得到补偿。没有任何东西能剥夺我的胃口，比如说工作没有干完或者没有干好。贝罗这个里昂人和我这个洛林人，我们天生就说得来。"

颁奖时，贝罗正在雅典采访。他从一系列祝贺电报中得知了自己胜利的消息，立即回到巴黎，但路上需要好多天。当他乘坐的火车停在边境车站瓦罗伯时，海关官员盯着护照上的相片，说："您的照片天天出现在报纸上！我昨天才买了《肥胖者的苦难》。真遗憾我没有把它带来，否则，您可以给我签个名……"

当亨利·贝罗从希腊回来时，他已经出名了。由于他，胖子成了一种时髦，所有腰围稍微超过平均尺寸的人都有人问，阿尔班·米歇尔也必须回答记者们的提问："你刚才问我是否肥胖……你太放肆了。当然，把我当作瘦子是比较困难的。所以，我宁愿立即向你承认，非常诚实，毫无保守地说，我很胖，太胖了，极胖，巨胖。我能轻易地挺起我的大肚子，它也帮我忍受了许多东西……尤其是一顿丰盛的午餐，瘦子们目瞪口呆地看着我吃饭，眼珠子都要掉到嘴里去了。"

但记者们坚持不懈：不管怎么样，你的重量应该会让你感到有点不方便？"我没觉得不方便，因为我一点都没想过要做运动或做爱。我不知疲倦地狩猎,这是我唯一的爱好:我甚至可以告诉你,我是个好枪手。而且,当我们这些胖子踏到了别人的脚,他们至少能感觉得到!"

龚古尔奖宣布之后,人们在一片赞美声中总是谈论《肥胖者的苦难》,而《月桂酒》似乎有点被人遗忘了。幸亏,有人给它做了一个意想不到的广告。里昂图书馆一个名叫里夏尔·康蒂内里的保守派控告说:亨利·贝罗在小说里侮辱了他,把一个名叫康蒂内里的巴松管演奏家描写成"一个十足的坏蛋"。这不可能是一种巧合,那个真正的康蒂内里咆哮说:"十年来,贝罗一直想在图书馆谋个馆员的职位。我拒绝了他……"

那个里昂人觉得这样描写一个和他同名的坏蛋是一种卑鄙的"族间仇杀"。"可是,小说中的故事发生在过去,现在的某个图书馆馆员与十八世纪的一个巴松管演奏员没有任何关系,"贝罗反驳道,"而且,康蒂内里先生从来没有拒绝过我申请里昂图书馆的职位,他是一个可怜的小职员,哪有这个权力?"

这种水杯中的暴风雨让那些小记者感到很高兴,报纸上详细报道了贝罗先生和康蒂内里先生之间的舌战。法庭最后驳回了康蒂内里的荒诞请求,但事情在报纸上并没有结束。有人指责这一切都是亨利·贝罗一手策划的,说那个叫康蒂内里的里昂人并不存在,或者是两人合作策划的一个阴谋。有人甚至提供了这一恶作剧的始作俑者的名字:皮埃尔·伯努瓦,对于他的怪异性格和对做广告的爱好,人们已有所了解。《亚特兰蒂斯》的作者矢口否认,说自己对此事一无所知,但人们都在偷笑,意味深长地交换着目光。阿尔班·米歇尔出版社的年轻作者们则做出一副天才的乐天派的样子,大家还记得,以前,伯努瓦、多热莱斯、贝罗和另外几个人创办了一个文学奖,专门颁给年度最差的书。得奖者既没有证书，也没有奖章，而是一张回外省老家的火车票，还附有一封信，求他永远不要再涉足巴黎。他们只颁过一次奖。在贝罗的建议下，大家一致同意把奖颁给《凡尔赛条约》的起草者。这些全都受到过战争影响的年轻人认为，这份和约以一种让人很不满意的方式结束了战争。

然而，在康蒂内里这件事上，记者们弄错了：那个图书馆馆员的要求完全是真的，资料证实，阿尔班·米歇尔面对这一诉讼曾感到很不安。但围绕这本书所产生的争论引起了大家的兴趣，书商们的运气来了："想看《肥胖者的苦难》吗？搭一本同一个作者写的《月桂酒》。"

就这样，亨利·贝罗在阿尔班·米歇尔的作者当中名列前茅。他甚至曾想跟皮埃尔·伯努瓦合作写一个剧本。文学报刊风闻这个计划后，马上大肆报道。"在文学的共和国里，人们多么激动啊！"1924年3月14日的《闪电》甚至这样指出，贝罗讲述了那个喜剧的细节："这个戏与帕里索[①]的《哲学家》风格相仿，揭露当代文坛的各种家伙，从虚荣的平庸者到性欲倒错者。"

这是否还是一则假新闻？总之，这个剧本没有问世，尽管关于它的一个小小预告就让不止一个粗制滥造的沙龙作家浑身发抖，那些赶时髦的家伙生怕自己成为这两位作者的目标。

这一切都让阿尔班·米歇尔很开心，他觉得这是文学创作之间的一次"课间休息"，是天才学生的游戏，他们不装模作样，这是一个优点。他讨厌那些自命不凡的家伙，摆出一副大人物的

[①] 1760年，夏尔·帕里索·德·蒙特努瓦导演了一个喜剧《哲学家》，滑稽地模仿《女学究》，指名道姓地抨击当时的一些思想家，无情和机智的揭露让这部作品大获成功。

样子，一定要出版自己的那些破东西。他就像一位慈祥的父亲，心满意足地看着自己的孩子，赞扬自己的"马厩"，他们都是荣誉常常惠顾的宠儿："首先，他们坚定地为文学和时代服务。他们之所以写作，是因为他们有话要说，他们手拉着手，一代代地精诚合作，而不像在学校里那样无理取闹。如果说荣誉向他们微笑，那是因为它愿意眷顾他们。他们就像那些勇敢的小伙子，先干活而不管其他，不学究，不做作。大家请不要惊讶他们取得辉煌的成就，只有这样，事情才会做得好。"

第六章

猎手的直觉

"我可以吹嘘说,我的出版社拥有的记者最多,有三千个,其中一千八百个会收到我出的每一本书。"1922年,阿尔班·米歇尔这样自豪地给他的作者亨利·贝罗写信。

确实,这位出版人在市场上占有优先的地位。从此以后,于让街的大楼已几乎全被改成办公室,没有地方放书了。屋子的内部结构也作了很大的改造,"于让街的新屋,隔成了一间间白色的小房间,标准、现代,就像一家工厂,书源源不断地从那儿出来,就像一台用来想象和思考的大功率机器。"《十字架报》的一名记者写道。

他觉得有必要在其他地方另找一个仓库。于是,1922年7月,他在十三区的格拉西埃路13号买了一套大屋,包括独立的屋子、车库、货仓和储藏室,面向铺着碎石的院子。其他大出版社许多年前就已经明显地倾向于把仓库搬到远离市中心的地方,因为首都中心地带的房产越来越贵。阿尔班·米歇尔也开始学他们的样。弗拉马利翁早已把自己的仓库搬到蒙苏里公园旁边,也是在十三区,接着,卡尔曼-莱维、阿尔泰姆·法雅尔、塔朗迪埃也选择了偏离市中心的地段,用来存放他们数量巨大的库存。第二年,即1923年,阿尔班·米歇尔买下了于让街的那座屋子和跟它相连的小建筑,那座小房子的梁已经到了要更换的时候。

107

阿尔班·米歇尔已正式跻身于最大的出版人的行列，充满热情地引领着文学青年。他的出版社有一个已经出名的作者，写过一本叫《耶稣鹌鹑》的小说，是战前在法兰西信使出版社出版的。弗朗西斯·卡尔科拥有一定的荣誉，喜欢描写蒙帕纳斯的小世界，写它的妓女、皮条客、凶恶的小偷和让人害怕的罪犯。事实上，从克里希广场到美丽城大街，一小群一小群脸色苍白的家伙从同性恋中获得力量和勇气。当时的蒙马特尔是犯罪和暴力的高发地带，每天晚上，匕首和手枪都在月光下闪亮。

甚至像"狡兔"那样的小餐馆也不能幸免于难。一天晚上，餐馆正要打烊，一个人突然进来，趴在吧台上，跟老板的儿子托托说了几句话。当时，饭店里一片寂静，只有一个女侍应和一条躺在壁炉旁边睡觉的母狗。托托弯腰到钱箱里找钱，陌生人从雨衣的口袋里掏出一把手枪，用枪对着年轻人的脖子，在很近的距离朝他开了一枪，打烂了他的脑袋……

永远没有人知道凶手是什么人，也不知道他的动机是什么，但在蒙马特尔，大家在很长一段时间里都在议论这起凶杀案。在这个艺术的心脏，街头的橱窗里到处可见马克斯·雅各布、巴勃罗·毕加索、莫里斯·郁特里罗和夏尔·迪兰的作品，但在这赏心悦目的橱窗后面，却藏污纳垢，生活混乱。

这是弗朗西斯·卡尔科喜欢的一个世界。1910年的一个冬夜，自从他从克里希广场的地铁站出来，发现了蒙马特尔之后，他便感到在这个小阿飞的世界里非常自在："一切都是白的：雪花蒙住了灯光。在公共汽车的顶层，游客们打着伞，哆嗦着身子，把大衣的领子竖得高高的，肥胖的佩尔什马的铁蹄都冒烟了，重重地敲打着路面。人行道的树下，行人络绎不绝，脚步轻轻,而在一个集市店铺前,五六个女人围着火盆在喝苦艾酒。这是德加喜欢的画面,她们涂脂抹粉,一动不动地坐在一个有柱子的露天咖啡座里。"

卡尔科被深深地吸引住了,他钻进了这个充满罪恶和卖淫的世界,把它作为文学作品的背景。有一段时间,他住在托罗泽路的一家小旅馆里,他非常高兴,因为紧挨着那些可疑的地方,他的灵感就来自那里。不远处,有一家面包店,气窗与人行道齐平,半夜里还亮着灯,面包炉红色的火光映红了湿漉漉的路面。稍一探身,就能看见正在发面的小伙计。当黎明初现的时候,姑娘们从布朗什广场上来,在面包店里扔下一条绳子和几个零钱……那个男子用绳子绑住一大块还热乎乎的面包,姑娘们拿起来,笑着走远了。这一情景,卡尔科观察了无数遍,每一次都深深地吸引着他。也许,他觉得埋头干活的人和饿了的年轻妓女就是蒙马特尔的象征,地位卑微的劳动者的形象和为了钱而出卖快乐的妓女的形象。他用自己充满诗意的热情丰富了这种回忆,用它来创作文学作品。

托罗泽路那个不知名的面包师成了《被追捕者》中的主人公,那是卡尔科的第一部小说,1922年,他把稿子送到了阿尔班·米歇尔出版社。当然,作者改造过这个人物,他把这个人物移到了蒙马特尔的市场里,把他变成了杀人犯,只有一个好心肠的低级妓女知道他可怕的秘密。人们在书中看到了一个让人不寒而栗的夜世界,那是卡尔科所喜欢的领域。作者感兴趣的是那个"阶层",那个生活在恐惧中、生活在大搜捕的恐慌中的秘密世界,猎手和猎物在那里不断地进行较量。《被追捕者》中的主人公,草木皆兵,在周围寻找告发他的人,寻找敌人和叛徒。在这种发狂的追逐中,那个妓女家里成了他唯一的避难所,她是这个边缘人理所当然的盟友,因为他们俩都同样痛恨集体规则,都害怕警察出现。凶手和妓女藏在一座大门紧闭的屋里，藏在床单皱巴巴的床上。在这个具有象征性的地方，所有的忧虑都平息了："他们就是在那里相逢的。他们感到有一种痛苦，这种痛苦迫使他们两人远离现实，一起躲在一个恐惧的世界里，总是胆战心惊。"

阿尔班·米歇尔欢迎卡尔科。两人都思想自由，不喜欢文学流派的教条，都从自己的专业角度，一心想着出版高质量的书，赢得读者。阿尔班·米歇尔和弗朗西斯·卡尔科建立了火热的关系，尽管在作者这方面，也许有策略方面的考虑，正如他在一次讲座中兴奋地说起的那样："跟出版人谈话时一点都不谈我，而是谈论他们。我能体面地知道他们的健康，他们的好恶，他们的个人生活，想到这些，我马上就改变了策略。说实话，这是个好办法，我向那些非常想出版的人推荐这个办法。"

从此，弗朗西斯·卡尔科进入了阿尔班·米歇尔的阵营，与多热莱斯和伯努瓦并肩作战。这三位作者都生于1886年，他们的年轻、才能和活力给他们打开了未来的大门。这是一辆三驾马车，两次大战期间，阿尔班·米歇尔的所有文学政策和商业政策都依靠他们。

卡尔科很快就给阿尔班·米歇尔提供各种各样的作品，小说、回忆录、评论，比多热莱斯多，比伯努瓦更多，以至于作者都觉得不得不预先通知出版人："我已经决定每年都给你大量的小说，你可不要被我的数量吓坏了。作品数量虽然多，但不会影响销售。有的作家一辈子都在写同一本小说。如果他们用这些时间来写一本完美的小说，那也很好，但如同奥龙特的十四行诗一样①，时间并不一定能保证你写出杰作……而且，每个人有每个人

---

① 指莫里哀《愤世者》中的贵族奥龙特，他以错误百出的诗向女子求爱。——译注

的方式，每个人的气质……"①

卡尔科选择阿尔班·米歇尔，是因为这个出版人名声好，但卡尔科是一个喂不饱的作者，他可不像多热莱斯或伯努瓦那么忠诚。他在其他地方发表了许多作品，然后每次又回到于让街来。因为，虽然人人都在说卡尔科是小酒馆的一根台柱，一个夜夜在外面游荡的人，事实上，他却是个工作狂，吃得少，产得多，作品数量之多令人吃惊。

他一开始写作，便远离众人，跑到一个陌生的城市，带着一沓纸，把自己关在旅馆的房间里。他的朋友安德烈·内吉斯讲过他在这方面的一件轶事，很说明问题。一天，他应邀到卡尔科家里吃中饭，卡尔科的太太接待客人，主人却不在家。他逃到巴比松去安安静静地写作了。吃饭的时候，电话铃响了，是卡尔科："喂，没问题吧？好好吃。我在干活呢！"

《被追捕者》下流的一面让他成了名，记者们纷纷拿这个文坛小丑开玩笑。罗贝尔·雷斯特朗热在《胜利》中写道："关于市场区之夜非常特别的专题著作。这个劳动者和妓女的特殊世界，这些天亮才开门的酒吧（如果它们还关门的话），出入其中的都是让善良的小资产者害怕的常客……"②然而，也有人从这嘈杂而美丽的外表看到了作品的真正价值。《国民声音》是这样评价的："简短而紧凑，几乎没有对地点的描述，像解剖图那样明了，这本书很美，有经典悲剧的味道。"③

---

① 1935 年 6 月 29 日的信。
② 1922 年 7 月 26 日，《胜利》。
③ 1923 年 1 月 14 日，《国民声音》。

很快，纯文学方面的东西占了上风，因为已经有人说，弗朗西斯·卡尔科要获一个什么奖。龚古尔奖？作者的另一本书曾经入围，但后来没有选中。现在，当人们在他面前提起饭桌上的那些院士时，他不禁冷笑起来。他毫不克制地爆发出自己对那些无情法官的怨恨，毫不留情地影射去年颁给了黑人勒内·马朗的这个奖："两年前，我把《团队》推荐给龚古尔奖，两个评委乐观地写信答应我要投它的票，但我一票都没有得。应该怎样看待这种方式，怎么看待一个只把奖颁给爵士乐队的黑人的学院呢？龚古尔学院不过是一个错误百出的低级组织，他们对文学的看法无足轻重，这已经是人们的共识。"①

仇恨绝不会一成不变，因为十五年后，这位作者自豪地坐上了龚古尔学院的交椅。不过，那个时候，他已经谨慎地离开了特鲁昂饭店的客人的选举，而摘取了法兰西学院小说大奖。孔蒂河堤路的四十位评委想向一位年轻作者表示友好，制止流言蜚语。许多人说闲话，把他看作一个教唆天真的年轻人犯罪的人，一个在文坛上靠妓女生活的人，一个写作上的皮条客。有人承认，这种选择伤害了他们的感情。在圆顶酒店，老历史学家弗雷德里克·马松召唤他的同事们说："难道你们不觉得，在判断你们所检查的书的时候，应该加倍小心和谨慎吗？难道你们不觉得公众应该得到尊重，学院里应该禁止某些经验吗？"

而另一些人却对那些绿衣者惊人的决定真的感到有趣。让·德·皮埃尔福在《论争报》上发表了这几行具有争议性的文字："法兰西学院昨天坚决排斥了埃米尔·左拉这个罪人，因为他让人类堕落。今天，它又奖赏了一个写工人和女孩的传记作

---

① 给皮埃尔·伯努瓦的宣言。《晚安》，1922年6月24日。

家，一个写罕见的邪恶的小说家，此人好像从心底里喜欢图书馆存放禁书的地方，喜欢法定社团的禁书目录。这预示着将要发生什么革命？社会基础是不是要发生震荡？别把这种开场太当一回事。弗朗西斯·卡尔科有足够的才能，我不能指责学院在它漫长的历史上就此一次证明自己在文学上是独立的。"

1923年，卡尔科出版了《不过是个女人》，这是一部关于作者本人的情感教育尤其是性教育的文学传记，人们可以在书中看到一大群可悲的欢场女子，卡尔科在书中忙不迭地描写那些迟钝而臃肿的外省妓女，她们趿拉着拖鞋，垂着发髻，地上满是化妆用的水桶、用过的毛巾、罐子、油纸……"对我来说，这只不过是一部小说，"卡尔科后来谈起这本书的时候说，"或者说，是一种忏悔，确确实实的忏悔……"

为了促销，阿尔班·米歇尔给这本书配上了一个很有诱惑力的腰封，用八个字综合了文坛对它的承认和围绕着卡尔科和他的这本书所产生的火药味："大胆……但懂得怎么写。"人们指责作者，说这种声明是一种挑衅，作者虚情假意地回答说："允许我的出版人大声地说出他的感情，别人会指责我吗？"

早在《被追捕者》成功之前，弗朗西斯·卡尔科就已经为阿尔班·米歇尔工作了。不过，是偷偷摸摸干的。1914年，他在一家鸦片馆遇到了维利，维利要他修改一部他很快就要向出版社交的稿子。维利在苏弗兰大道一个肮脏的小房间里接待了他。"我想你像大家一样需要钱，把这部稿子拿回去吧，好好读一读，如果你愿意，就把它写完（当然，必须完全重写），我给你两千法郎。"

卡尔科犹豫不决，他不擅长干这种活……但维利一定要他干。他提出先付五百法郎,显示了他喜欢讨价还价的性格:"五百法郎,这不是米歇尔路①,但就像替你的阿尔班·米歇尔干活一样……"

卡尔科接了这活儿。他靠写作从来没有得到过那么多钱,回到家里时,他高兴得要跳起来。然而,这次会面给了他一个很痛苦的印象。大师住的那间学生公寓里什么都没有:"皮靴扔在地板上,垂帘后面挂着刚刚熨过的衣服。我们当中的人再穷也有些小玩意,比如照片,或者是某个艺术杰作的复制品,某个朋友的旧书,一本小册子。但维利什么都没有,证明他什么都不喜欢,甚至连不怎么高雅的爱好都没有,这让我感到很伤心。"

卡尔科不知道的是,维利之所以住在旅馆的这个房间里,其目的是为了博得过于贪婪的"黑人"和太胆大妄为的债权人的同情。维利在附近还有一个住处,比这里要豪华多了。而且,这个年轻人看见了他不想看见的滑稽场面,有人"咚咚咚"地走上楼梯来敲门……维利一声不吭,轻手轻脚地用钥匙锁上门。旅馆老板的叫嚷声从一楼传来:"您找维利?他不在。他坐火车去布鲁塞尔了。"

"他去布鲁塞尔干吗?"陌生人问。

"他去找你妈……"维利轻声地说,露出一丝酸楚的微笑。

为了那笔人家答应给他的钱,卡尔科三下两下就改完了那部稿子。那本叫《西斯卡的朋友们》的书在战争爆发前的几个月出版了。事实上,根据维利的方式,稿子经过很多人的手,最后才交到出版社。罗兰·多热莱斯和特里斯丹·贝尔纳也参与过这种

---

① 这是影射巴黎人喜欢的一句俗语:"这是米歇尔路",意为"结算",因为巴黎有条米歇尔公爵路,而法语中 comte(公爵)与 compte(算账)发音相同。——译注

集体创作。一群杰作的天才联手，为了一碗稀饭。每个人贡献一部分，卡尔科写夜色中的蒙马特尔妓院，赞美当时刚刚出版的《耶稣鹌鹑》，没有人能写得比他更真实。特里斯丹·贝尔纳则写一群无恶不作的盗贼，他的那种幽默发挥得淋漓尽致。

维利没有对"自己的"小说的质量有任何影射，虽然太多矛盾的东西混淆在一起。重要的是，正如他本人所说的那样，要拿到阿尔班的钱。小说出版以后不久，他写信给朋友克洛德·法雷尔："我是故意不送你《西斯卡的朋友们》的。不要读它（你知道我不会假装谦虚）。我不得不匆匆忙忙弄完它，身体不适，债主们又在敲门，弄得心里很恼火。"

尽管有卡尔科和维利这样的作者来敲他的门，阿尔班·米歇尔还是不满足在于让街守株待兔，耐心等待陌生作者自动上门。他要把未来的作家从洞窟里赶出来，创造文学新人，培养有前途的小说家。

当阿尔诺·加洛潘向阿尔班·米歇尔介绍他的记者朋友克莱芒·沃泰尔的时候，出版人立即就要那个年轻人写一本小说。沃泰尔叫了起来："我写不了！那不是我的职业！而且，我一点都不感兴趣……"

沃泰尔是个怪人，长相滑稽，人们说他是"塌鼻子，尖嘴猴腮"，他生于列日，起初给彩色画报画插图，后来决定到巴黎去闯天下。他给《喧闹》杂志画漫画，受到了热烈欢迎。几年来，他用充满灵感的铅笔来勾画现实，很快就赢得了很大的名声，于是他便向《自由》投稿。那天，他看到主编愁容满面：负责每天写巴黎短评的记者没有交稿。老板懒得看摊在桌上的图画，抬起头看了客人一眼，目光中顿时出现了一缕希望之光："真的，沃泰尔，你很聪明，你应该像画画一样来写作。今天就看你的了……"

"您要我试试吗？"

克莱芒·沃泰尔就这样改了行。他成了有趣的专栏作家，尖刻地给时代作证。从此，他每天都写一篇文章，供给向他要稿子的报社。累人的工作，总是在重复。在新闻界，人们都在嘲笑这种每天填补空白的癖好，没完没了地写……于是，这个勤劳的比利时人成了大家眼里的"撒尿小童"。

阿尔班·米歇尔才不理睬这种讥讽呢！他知道沃泰尔可以成为一个通俗小说家。他坚持不懈，凭借自己的猎手本能去围捕自己的猎物。"我了解自己，只有别人逼我，我才会干活。"记者最后说。他被逼烦了："您得跟我签个合同，让我不得不写。否则，我什么都不会干。"

阿尔班·米歇尔抓住了机会。合同很快就拟好了，几个月后，克莱芒·沃泰尔的第一部小说《重开人间天堂》上市了。这部关于人类习俗的迷人作品，封面是阿尔贝·丢勒的名画，画的是一丝不挂的夏娃在伊甸园寂静的草地上。图书销售了几天以后，荣军院车站的书店惊慌地给出版社打来电话说，刚才有个军官骂了他们，因为他惊讶地看见封面上有张可怕的色情图画……"告诉那个军官，如果他连丢勒的名画和淫秽的明信片都分不清，那他就真是个大笨蛋了！"阿尔班·米歇尔大声说罢，挂上了电话。

继第一次尝试之后，其他书接着出版。虽然印数不是太大，但每本新书的销量都在稳步上升。六千册，一万册，一万五千册……1923年6月的时候，克莱芒·沃泰尔给了阿尔班·米歇尔一本新小说。阿尔班·米歇尔掂了掂稿子，他非常喜欢这样，几乎连翻都没翻,只漫不经心地扫了一眼书名,《我在富人家里的神甫》,就立即拿定了主意,必须在暑假之前出版:"马上就送去排版,我以后看清样就可以了……"

根据前面几本书的印数,他要求工厂准备印刷两万册。当印刷厂送来清样的时候,阿尔班·米歇尔终于可以好好看看他亲爱的沃泰尔的新作了……读完这本滑稽可笑的作品,他打电话给印刷厂:不是印两万,而是五万!他知道,他感觉到,这一次,他终于要大获全胜了,这个作者迟早会给他带来这种成功的。

不久,阿尔班·米歇尔在大街上遇到沃泰尔和贝罗。"你看见米歇尔了吗?"沃泰尔冷笑着对贝罗说,"他疯了……五万册!你会看到他将受到多大的惩罚……"

阿尔班·米歇尔什么都没说,只是微微地笑了笑。半个月后,又得重印五万……《我在富人家里的神甫》成了美好时期最畅销的小说之一,它在几年中卖了差不多六十万册,翻译成七种外文,改编成了戏剧,并被抄袭得非常厉害,书名也很接近:《我在富人家里的犹太教士》《我的牧师》《我的喇嘛》……有些朋友善意地劝沃泰尔去起诉他们,保护自己的作品,要求权利。他气愤地一挥手,否定了这些善良的建议:"那都是不值钱的东西……再说,大家都要活命嘛!"

最后,他决定给他的主人公写个续集,这就是后来的《我在穷人家里的神甫》,同样也取得了巨大的成功。

本身也是记者的沃泰尔,很看不起那些搞文学批评的同行。他有一本书出版时,阿尔班·米歇尔打电话给他:"你什么时候来签宣传样书的合同?"

"什么宣传样书?"沃泰尔假装天真,问道。

"给评论家的样书啊。"

"什么评论家!"

"你知道得很清楚,一直以来都是这样做的……"阿尔班·米歇尔坚持道。

"有可能,但我绝不这样做。我的新闻宣传最后将压缩成这么一句话:给个人朋友几本书。仅此而已!"

有一次,这位作家开玩笑地给我们开了这样一份书单,评论界无疑会感兴趣:

一、他自己的朋友、老板的朋友和他的出版人的作者的作品。

二、评论家的作品(准备报复)。

三、拙劣的作者参赛获奖的作品(龚古尔奖、法兰西学院奖)。

四、院士们最新的小作品(天知道!)。

五、六七个时尚作者的小说,应该谈谈它们,装出"时髦"的评论家的样子。

在若干个季节里,克莱芒·沃泰尔就属于这"六七个时尚作者"。而且,像他以前印数稳步上升的那些小说一样,他未来的小说印数将逐渐下降。作者改了路子,开始写巴黎那些卖弄风情的小女人的复杂爱情,但没有唤起公众的真正热情。1929年,《巴黎眼》发表了几行大胆的文字,当然,没有列举任何人的姓名,但人们一眼就能看出写的是活跃的阿尔班·米歇尔和克莱芒·沃泰尔:

某大出版社的老板有个成功的作者,既是记者又是作家,在世界上都很有名,他的小说一度达到很高的发行量。然而有一天,销量开始下降了,然后急转直下,怎么都止不住。那个出版人可一点都不喜欢这种事故，他把作者召到他的办公室里，对他说了好像是这样的一番话：

"我亲爱的某某（你自己寻找名字吧），你的新作好像要跟你的前几部作品一样失败。你知道，我每月付你工资。现在，这和情况不能再继续下去了。我现在决定，你必须再写一本小说，这次要跟某某人（别的全球闻名的记者或作家）合作。如果你们合写的书也卖不到二十万册以上，那一切都完了，在文坛上完全没有影响了。"

报纸的消息很灵通。克莱芒·沃泰尔真的准备跟人合作写几本书。他曾跟雷蒙·埃绍利耶合写历史小说，然后又跟一个名叫乔治·德·拉富夏迪埃尔的人合写情感小说……白费力气，他永远也不能再像他善良的神甫那样畅销了。于是，他干脆回去当他的记者了。稍后，《巴黎新闻》的一位女记者去采访他，他对自己那几年写了那么多各种各样的东西作了一个惊人的总结。

"为什么又从事新闻了？"女记者问。

"为了吃饭。我像大家一样干活，尽力干好。我给报纸写了三十年的文章，我想我写的文章超过三万篇。"

"每年一千篇。一天三篇！"

"不，有时，我一天写七八篇，有时一天写两三篇。"

"这样做的目的是什么？"

"没有任何目的。哪个记者真的相信自己的文章有什么用？"①

---

① 玛丽·拉尚的文章，《巴黎新闻》，1929 年 12 月 29 日。

第七章

弄到了雨果和罗曼·罗兰的书

"你父亲高兴地杀了三头大牛?"
"不,但我找到了妹妹的牙刷。"

这种超现实主义对话,曾是十九世纪中叶不学字母、直接学口语的成功学习法的基础,是奥伦多夫医生发明的。那些蓝封面的小册子在全世界都卖疯了。人们结结巴巴地说着这些荒诞的句子,轻松学法语、俄语、葡萄牙语。那位医生大声地宣称,这些惊人的例句能让学生把要学的东西深深地刻在记忆当中,永远不会忘记……

惊人的新教学法让它的发明者赚足了钱。为了到处播撒教育成果,给人们带来天赐的礼物,他很快创办了自己的出版社,保尔·奥伦多夫出版社。他儿子接管了出版社后,把它改造成世纪之交法国最大胆的文学出版社之一。

1881年,他出版了乔治·奥内的《冶金厂厂主》。凭这书名,书就好卖。在蒙马特尔著名的"黑猫"酒馆里,维利用一个好笑的小寓言来讽刺作者:

一天,有个心地善良的行人
遇到了乔治·奥内,
这个噬血的小说家
突然咬了他的手腕一口;

牙印十个月才消……

寓意：奥内咬人，痛的时间很长。

《冶金厂厂主》写的是大工业家，有钱人的家庭，他们在暗中决定国家的大方向。从来没有进入过这个神秘领域的人对他们的生活非常向往和好奇。小说非常畅销，然后又登上了舞台，在舞台上也取得了成功。评论家却奋起反抗这个作者，使他很快就成了反文学的代表。然而，记者越是叫嚷他格调低下，读者越是买账。可怕的儒勒·勒梅尔——后来成了法兰西学院院士——是反得最厉害的人之一。许多年以后，他这样解释他的愤怒："空气中真的回荡着乔治·奥内的味道。他的《冶金厂厂主》不断地让体育馆人满为患。在书店里，顾客的眼睛只盯着他的小说。看他流行的样子，舆论肯定都认为他是我们国家的头号作家。但你们也跟我一样知道得很清楚，舆论只根据作品的反响来衡量一个作家的价值。所以在公众眼里，乔治·奥内远远超过很多伟大的天才诗人、剧作家和小说家。即使一点都不感到嫉妒，也会觉得这太过分，甚至有点让人生气。"

继《冶金厂厂主》之后，还有一大批书获得了成功。奥内的新书一出版，全法国的书商便一片欢呼。在出版社的地下室，人们争着往车上搬书，每包二十五本，有时一百本。搬运工们用扫帚柄使劲地敲打着书，以便把书堆起来。奥内一直在写，但永远放弃了赞美的文章，并从此避免在公共场合出现。1913年，《吉尔·布拉斯》的一名记者偶然在街上遇到他，后来在2月12日的那期上面发表了他们的谈话："是您，确实是您吗，大师？"

"我理解你的惊讶：你以为我已经不存在了……评论家以为我死了的时候，便让我安静了，我也可以专心地继续创作了。我还在创作，并将一直创作下去。当我真的死了的时候，人们会不相信的。我的作品在死了以后要继续发表，让以为把我杀了的儒勒·勒梅尔先生更加后悔。"奥内神经质地爆发出刺耳的大笑，有点让人担心："非常完美，他杀死了我……"

奥伦多夫没有局限在乔治·奥内的成功上，他很快就成了已经老了的维克多·雨果和年轻的居伊·德·莫泊桑的出版人。几年过去，他出的书越来越多：乔治·费多、奥克塔夫·米尔博、罗曼·罗兰、科莱特的"克洛蒂娜"系列都是在奥伦多夫出版社出版的。以前发行教科书的地方书店现在变成了一个欣欣向荣的工业，在黎舍留路28号安顿下来，成了当时文学家的一个港湾。在这个可贵的小圈子里，有细腻的诗人卡图尔·芒代斯、可怕的评论家弗朗西斯科·萨尔塞和容易激动的奥克塔夫·米尔博。

第一次世界大战后，保尔·奥伦多夫不再打理生意，他的出版社变成了一家有限公司，试图继承旧老板的事业，但慢慢地破产了。1920年保尔·奥伦多夫去世之后，出版社只满足于出版以前的那些经典作品。

1924年，奥伦多夫出版社的情况变得难以忍受了：负债超过十万法郎。《剧场》日报的老板兼出版社社长加布里埃尔·阿尔方决定卖掉自己的股份，一方面想资助报社，另一方面也想在更扎实的基础上重办出版社。

阿尔班·米歇尔一个劲地往前冲，战无不胜。他花了一百八十万法郎，一下子拥有了许多著名作家的书。然而，奥伦多夫出版社不愿意消失，它在报纸上发表了这样一份声明："阿尔班·米歇尔先生买了我的一部分库存，并得到了相关作家的一些合同。仅此而已。奥伦多夫书店有权出版甚至处理旧作已出让给阿尔班·米歇尔先生的那些作者的新作。"这时，阿尔方是否意识到，他的生意已经空了，让他的竞争对手获得了新的生命？

阿尔班·米歇尔通过这一大胆之举，真的成了巴黎的头号出版人。确实，他的大部分同行在战后都经历了连续的经济萧条，在悲剧性地中断了四年后很难重新崛起。埃米尔-保尔兄弟的出版社曾因阿兰-傅尼埃的《大个子莫纳》辉煌了一阵，但这种成功很单一，不能让出版社抵御严重的困难。卡尔曼-莱维满足于出版上个世纪大作家的作品，并没有真正涉足新作品的出版。埃内斯特·弗拉马利翁从生意中摆脱了出来，把企业留给了他的两个儿子，当时，他的这两个儿子把宝押在通俗文学上。其他出版社想从危机中走出来，纷纷抛弃综合文学，走专业化的道路。普隆主要出版天主教的书，法雅尔出历史图书，法兰西信使出前卫的书。年轻的出版社要活跃一些：加斯东·伽利玛笼罩着马塞尔·普鲁斯特去世后留下的光环，在挖掘从纪德到克洛岱尔这样的著名作家，但放弃了综合出版。在这之前印数往往只有五千册的贝尔纳·格拉塞凭着路易·埃蒙的《玛丽娅·夏德莱娜》，大做广告，刚刚获得了巨大成功，然后又故伎重演，推出了雷蒙·拉迪盖的《魔鬼附身》。格拉塞一激动，宣布"十万册的时代"到了，阿尔班·米歇尔认为这是吹牛，嗤之以鼻，他评论说："说实话，我的出版社只有很少几本旧书能真正达到或超过十万册（我说的是十万而不是五万），能经常达到这个印数的作家就更少。他们太特别了，我觉得'十万册时代'这种说法太野心勃勃。有的出版社使劲夸张发行量，其数字往往是虚假的，这太常见了，我不赞成这种虚张声势的做法。面对封面上或广告栏中发表的数字，我想，出版社不可能公开真正的数字，也就是登记在账本上的数字，不过，这种虚张声势的办法是一道奇怪的伤口,有的出版人把这种法国很少见的习惯引到了我们的同行当中。为了人为地吸引和留住公众的注意力,他们编造有关作者、图书和出版等各方面的细节,需要什么就编造什么,夸大事实。"①

除了阿尔班·米歇尔,所有的出版人都谨慎地瞄准他们所擅长的领域,也就是他们几乎可以肯定能卖好的书。因为对出书来说,这个时候太艰难了。当然,停战协议签订以后,出版人联合会马上就高度关注,不提高书价,但这种原则立场维持不了太久。新的社会法规关于工作时间的限制、印刷厂的罢工和原材料的持续上涨——尤其是纸张——迫使出版人周期性和经常性地提高售价。

1919年,有的出版社已经把通行版本的定价固定在七法郎……新闻界、书商和作者都宣称文学已死,他们大叫这是丑闻,是绞杀。面对抗议的升级,他们很快就放弃了这种措施,报纸上自豪地发表了这一通告:"巴黎的出版人曾决定把三十二开的图书定价从原来的3.5法郎提高到7法郎,现在,他们收回了这一决定。他们一致同意,决定把定价调整到4.9法郎。这一消息将受到作者、已经不卖书的零售书商和所有读者的欢迎。"可是,到了1924年,三十二开的书已经卖到7.5法郎!

在这种经济混乱中,只有阿尔班·米歇尔敢继续自如地走自己的道路,能向四面八方扩大自己的选题。他不满足书店的发行系统,正如在于让街当了很久营销主任的伊夫·布伊苏告诉我们的那样:"用各种办法,通过各种渠道来争取所有的读者。"

---

① 在阿尔班·米歇尔出版社档案中找到的一篇文章草稿,文章回答了一系列叫做"文学事件"的观点,这些观点由贝尔纳·格拉塞发表于1929年的《日报》。

当罗兰·多热莱斯告诉他的出版人说,他在布列塔尼的罗斯科夫找不到自己的任何一本书时,阿尔班·米歇尔真的感到很遗憾:"我认为,在所有的法国文学作品中,我的书发行得最广。"但他马上弥补了这一缺憾,阿尔班·米歇尔的书应该在任何地方都能买得到:"明年,我打算让一两个代表开着车,访问所有的海边,从加来海峡到比亚里茨。无论在法国的什么地方,哪怕它再小,只要它能卖几本书,我就不愿意听到别人说卖得最好、最有趣的不是我的书。相反,我想听到他们说,阿尔班·米歇尔出版社比其他出版社强。"① 多热莱斯善意地讽刺阿尔班·米歇尔说,他总是想把自己的书发到最偏远的地方。他从印度支那给阿尔班·米歇尔写了这么一封讽刺信:"我到处都能看到阿尔班·米歇尔出版的书。然而,在吴哥窟的废墟里没有书店。应该跟那里的和尚们谈一谈。"

人们都说书发生了危机,但阿尔班·米歇尔总是耸耸肩:"没必要到那么远的地方去寻找理由。瞧,中午的时候,我在一家饭店吃了午餐。那里的鱼不新鲜,我以后再也不会去那家饭店。现在,有多少书不能让人消化啊!有什么东西让我们永远都不想看书了。"阿尔班·米歇尔给我们揭开了应该发生变化的一个行业的前景:"还有大量的工作要做。数十万人可能并应该对文学感兴趣……至于我的出版社,我想我将来可以涉足终端销售,组织专业队伍,比如推销员等。我觉得让某些行业发了财的办法也完全有理由能让书业发财。精挑细选、不断更新的优秀文学作品,健康的广告,具有远见和智慧的人,热爱自己的职业,价格合理,分期付款的形式。是的,我想过,我们为什么不会成

---

① 1929 年 8 月 13 日的信。

功呢?"

阿尔班·米歇尔不仅在书店和图书馆发展销售渠道,也通过经纪人来搞发行。他提出通过邮购的方式把精装书发到某个图书馆,并另送一瓶墨水。他后来还出版维克多·雨果的全集,预订这个漂亮版本的人可以得到这位国民大诗人的石膏胸像。他还推出了《悲惨世界》,每周出一个分册。全法国人都在满腔热情地追随雨果分成一小册一小册的巨幅画卷。

在收购奥伦多夫的库存的同时,阿尔班·米歇尔也得到了已经去世六年的乔治·奥内的全部作品。那一大批小说一直吸引着读者,直到第二次世界大战爆发。阿尔班·米歇尔不但成了那些早就荣誉加身的作者的出版人,有时还成了他们的朋友的密友,他对此尤其感到自豪。在他们当中,有剧作家乔治·德·波多-里奇,法兰西学院这位杰出的院士喜欢到阿尔班·米歇尔的办公室来,滔滔不绝地谈论艺术、戏剧和文学。

1930年,波多-里奇去世的时候,阿尔班·米歇尔给他的遗孀写了一封信,证明自己对这位作者及其作品是多么热爱。他写信往往很短,惜字如金,很少夸奖别人,所以,当人们发现他的这封充满热爱和赞美的信时,会感到很奇怪:"乔治·德·波多-里奇的逝世,不单是对戏剧艺术,对认识他和熟悉他的人来说也是一个重大的损失,他们欣赏这位伟大艺术家高深的思想和完美的质量。大师从奥伦多夫出版社转到我这里来之后,常常赏脸来拜访我。他身上有一种魅力深深吸引着我,他说话是那么智慧、那么生动,充满了年轻人的激情,而这种激情甚至在我们最年轻的作者身上都已经荡然无存。这样伟大的一位艺术家不仅能把我当作他的出版人,而且当作他的一个朋友,我为此深感自豪。我是那么崇拜他的杰出才能!"

还有一位大作家也落到了阿尔班·米歇尔的手里，那就是罗曼·罗兰。他们之间的亲密关系花了很长时间才建立起来。这位在整个欧洲都受到尊重的大师隐居在瑞士的乡间，联系非常不便，但阿尔班·米歇尔对他非常重视，为了发行他的作品，这位出版人制定了雄心勃勃的计划。1924年12月4日，从奥伦多夫那里得到罗曼·罗兰的书才半年时间，他就这样说："战后，尤其是最近两年来，人们开了许多家书店。许多书商也许并不是不知道您的作品，但当我的商务代表建议他们向读者推荐《约翰·克里斯多夫》《欣悦的灵魂》或者您的剧本时，他们显得非常谨慎。我得说，现在很少有严肃的书商能够把您的书当作常销书，也就是说，仓库里必须永远有备货……总之，我认为，我本人以及我要求商务代表所作出的巨大努力已经有了一定的结果。您的许多作品售空并立即重印，这难道不是证明吗？但我还要再加一把劲……我想在您的作品周围建立起一种给人以好感的气氛，不但唤起战前的读者而且要引起新一代读者对您的作品的兴趣。这个目的我觉得是可以达到的，但我手中必须有一张王牌。这张王牌就是您的一本新书，它要能够触动广大读者的神经，我指的是有思想的读者。如果有这样一本书，我将为它付出巨大的努力，这种努力也将带动您过去所有的作品……请原谅我的这种执著。但我觉得我在这个行业里的经验，我对那么多作家的成败的观察，使我坚信，自从阿纳托尔·法朗士去世之后，法国留下了一个需要填补的巨大空缺，那个位置是属于您的，亲爱的大师，它应该属于您。"

阿尔班·米歇尔对自己要求很严格，直觉很强，远离知识界的学究气，他所有的作者都喜欢他，罗曼·罗兰后来也不例外。慢慢地，两人之间建立起了一种深厚的友谊，罗曼·罗兰每次来巴黎都要到于让街来，披着朗德地区牧羊人穿的那种厚厚的大衣。为了他，阿尔班·米歇尔准备克服一切困难。

1926年，阿尔班·米歇尔第一次收到了罗兰的稿子，他首先被稿子的厚度给镇住了，他建议分两本出，先后间隔半年。但罗曼·罗兰坚决反对，阿尔班·米歇尔马上开始说服他："分两本出版不会对作品造成任何损害。我会好好安排，要么两本书套在一个腰封里卖，要么压缩在一本里出。我非常尊重作者的想法——尤其是像您这样的大作家，作者觉得为了保护自己的思想的完整性所要采取的必不可少的措施，我都会采取。应该先考虑艺术，再谈钱的问题。"

阿尔班·米歇尔需要把自己的作者变成自己的朋友。他明确地说："我很诚实地大胆承认，有时，出版人和他的作者之间存在着一种剑拔弩张的和平，我一点都不喜欢……我完全忍受不了怀疑和猜忌。我希望我所有的作者都是我的好朋友，希望我能和大家建立起一种最友好的关系。"

只有科莱特和阿尔班·米歇尔关系冷淡而疏远。她也许没有忘记阿尔班·米歇尔是维利的一个好朋友，维利是她的第一任丈夫，后来越来越让她讨厌。保尔·莱奥托曾在他的《日记》中讲过这么一件悲惨的轶事。一天，在社交界的一次午餐上，作家雷翁·德福谈起了维利。科莱特一听到这个名字，就摇晃着她蓬乱的头发，威胁说："那个老混蛋、老酒鬼、老蠢货。他做了些什么？"

"他做了些什么？可您呢，夫人？"德福非常镇静地回答说。

与维利恰恰相反，科莱特对自己的荣誉极其在乎，她首先要求自己的名字出现在"克洛蒂娜"系列的封面上，而当时这本书署的是维利和科莱特·维利的名字。起初，维利对这种要求还挺高兴——他希望关于小说作者的真实身份这种小小争论有助于图书的销售。后来,科莱特要求自己的名字出现他的名字之前,他也同意了。最后,她又要求曾给她以启发的人的名字从封面上消失。这下,维利不干了:"很多事情我都忍受了,但这件事……"不过,他却反对不了。今天,谁还记得那个教科莱特写作技巧的作者的名字呢?这一文坛新闻反反复复,在这过程中,阿尔班·米歇尔失去了维利,维利投奔了其他出版社,但阿尔班·米歇尔并没有因此而获得科莱特的友谊。

事实上,维利在生命中的最后几年,并没有把自己的书给阿尔班·米歇尔,尽管他已经从阿尔班·米歇尔那里得到了不错的定金。他在其他地方出版了《文学回忆》,虽然这是阿尔班·米歇尔热情鼓励他写的,这本回忆录影射他的两任妻子科莱特和玛格丽特·马尼耶:"你的回忆录如果能用一种善良的讽刺谈谈你的两位前妻,将会引起读者的巨大兴趣。"

虽然文学方面的关系中断了,他们却仍然互相尊重。1926年,当阿尔班·米歇尔被授予荣誉勋位的骑士勋章时,维利给他写了这么几句表示友好的话:"让别人去赞扬这个出版人勇敢、充满活力、鼎力支持作者吧!他们说的都对。但我感到高兴的主要原因是,那枚勋章在他的扣眼里闪耀,这个人对我很好,非常好。上帝啊,这种人屈指可数!"

阿尔班·米歇尔能够倾听作者们的心声,关心他们的写作,也关心他们的忧虑,然而,他不愿意成为一个只出文学作品的出版人。对他来说,出版是一个包含所有知识和娱乐领域的大概念。出版活动是不能割裂开来的。它包括与作者的关系,也包括图书的销售、关于广告的观念、图书的实际发行,很快也将涉及外国图书的翻译。他很高兴地看到，他的那么多同行都自愿把自己局限在某个领域："在选择作者的时候，我不关心他属于哪个流派，也不关心他是哪个组织的。我所希望的，是书要写得好，结构要棒，能让广大读者感兴趣。对我来说，出版的主要目的就是：打动广大读者。很少人知道，我的出版社的基础是一些像《梦的钥匙》《完美园丁手册》那样的书，或者是二十五个生丁一本的通俗读物。这些书的销售很稳、很持久。文学是一种奢侈。"

多热莱斯是一种奢侈吗？伯努瓦是一种奢侈吗？当然不是。阿尔班·米歇尔在此高兴地给那些亲爱的伙伴挠痒痒呢！他们高傲地蔑视纯文学以外的东西，而阿尔班·米歇尔却用同样的热情来迎接卡尔科的作品和实用指南，他首先要回应读者的期待。

他不但是文坛猎手，也是野外的猎手。他每个星期天都到枫丹白露附近的森林里去猎狐狸、小山鹑、野鸡或兔子。这是他唯一的消遣，也是他除出版以外的真正爱好。正是在狩猎时，他有机会认识了巴黎的一位药剂师，这位药剂师很快就成了家里的朋友，与现在已经二十一岁的安德蕾建立了友谊。药剂师有个侄子，在勒阿弗尔工作，他很想让两个年轻人成婚。

罗贝尔·埃斯梅纳尔是个医生的儿子，刚刚商校毕业，想给充满这座港口城市的哪个咖啡批发商或棉花批发商干活。安德蕾和罗贝尔相遇了，很快就相爱、订婚了。阿尔班·米歇尔需要一个助手，在事业上帮助他，他现在已经有一百名雇员。他把未来的女婿招进了出版社，但没有马上任命罗贝尔为哪个方面的负责人。半年来，他让罗贝尔干最粗的活，最低级的活。这个勒阿弗尔商业学院的年轻毕业生先是当包装工、发货员，后来负责撰写审读报告。岳父大人高兴地发现，这个年轻人很快就爱上了出版。但他的学徒期并没有结束，在相当长的时间里，阿尔班·米歇尔仍用非常残酷的办法来训练罗贝尔,动不动就当着作者的面无情地训斥他。然而,有一天,当他在罗兰·多热莱斯面前受到奇耻大辱时,他终于忍不住了,砰的一声甩门而去,气愤地留下了这么几句话:"如果您觉得我帮不了您的忙,那就马上说,我还能干其他事情!"阿尔班·米歇尔马上冲到走廊里,抓住罗贝尔,把他拖回办公室,好言相劝。

在几个月的时间里,这位毛脚女婿住在格拉西埃路仓库后面的一个小房间里,与他1927年结婚以后将要得到的财富还没有任何关系。而阿尔班·米歇尔自己这时也换了住处,和妻子搬到了加鲁瓦路30号王后镇的一座漂亮别墅里。他在那个安静的郊区住了十六年,直到去世。当他强烈地感到想逃离于让街的忧虑、嘈杂和骚动时,他便钻进那座爬满青藤、用石头砌成的屋子里。

现在,阿尔班·米歇尔成了巴黎的一个名人,尽管他不喜欢在公共场合露面,不大愿意参加社交界的鸡尾酒会。他很谨慎,埋头工作。然而,媒体会不时地来采访他,报道他的出版社,他的回答每次都很和蔼。通过那些五花八门的问题,这个出版人的一部分性格和他对出版这个行业的看法也凸显了出来:

您怎么看待评论?它在多大程度上有助于作品在法国和国外的发行?

我怎么看?评论是绝对需要的,非常宝贵。出版人往往要依靠评论,首先是替他做宣传,然后根据评论来提高或减少关于这本书的有偿广告。我认为评论有助于图书的发行,但这在很大程度上取决于评论家的名声。

杂志、报纸和期刊能更有效地帮助图书的发行吗?通过什么方式？在这方面，您有什么愿望？

杂志和报纸当然可以更有效地帮助图书在法国和国外的发行。怎么做？改变一下它们的办法：与其用一小块地方在同一个栏目里赞扬十本书，不如用一篇文章来评论某一本选中的书，值得评论的书。因为读者对这些排列在一起的书名往往一扫而过，他们不可能把这些全都被说得很好的书一一买走，他们没有从中获得什么有用的东西，所以犹豫不决，不知道该不该买，要么就乱买。发表了这样一些愚蠢的评论之后，往往感觉不到对销售有什么作用，我觉得应该用一篇好文章评一本书这样的方式来代而取之，这样才可能有用。①

您觉得为了让法国的图书卖得更好，是否应该有一家专业的、训练有素的书店，一家行业书店？

原则上，我完全同意为了法国图书的利益，需要行业书店的支持。但我要补充说，仅仅提高一部分书商的专业知识是不够的。尽管在这方面已经作出了很大的努力，销售图书所必不可少的那些辅助人员的素质仍有待提高。如果我们观察一下少数优秀的书商所得到的结果，我们会发现，销售在这方面无疑受到了影响。

您觉得采取哪种方式能保护专业书店的存在？

您提到了专业书店有可能消失的倾向。我承认，我不认为事情会这样发展。当专业的零售书店在自己的城市或街区里出了名时，事情就会有进展了。经常卖文具，这倒是一个增加营业额、满足顾客需求的办法，总之，他能活得很好，这是一个需要谋生的职业……比起其他职业来，它有一个很大的好处：没有风险，

---

① 答《蓝色杂志》的卡米尔·梅亚克，1926年8月。

因为它有一个很大的好处,就是书商们是卖掉书以后才给出版人回款的。在很少行业里商人能这样说:"我只需开个商店,店里马上就会有一万法郎的货物,也就是说分文不花。"①

出版某个名作家的书以宣扬某些理论和主张,对出版人来说,是不是意味着不能再出版与这个作家的观点相悖的作品?可以因此而中断双方之间的合同吗?

我认为,合同就是合同,双方在任何情况下都应该遵守……出版人是出版社的头,作者不能干预他的决定和他与其他作者达成的协议。不管他出什么书,也不管他出哪个作家的书,这都完全不能妨碍另一个作者的东西。和出版人签了合同的作者,他自己就不能改变主意和方式吗?他完全有自由这样做,他可以自由选择作品的主题和写作的方式。出版人不能命令他该怎么写,也不能拒绝出版,除非作品违法,比如说,含有诽谤的内容,伤风败俗,危害国家安全。同样,作者与他的出版人出版的其他作品和其他作者的思想也毫无关系。否则,就难以理解为什么天主教作者和反犹太作者不跟出版犹太作家的出版社中断合同,反之亦然。总的来说,这种体系会让大家互相原谅。②

您是否觉得,现在引起公众关注的关于德国战争的书超过了关于法国战争的书?在您看来,哪类战争的书最好,德国战争还是法国战争?

我想,比较关于法国战争和关于德国战争的书,评价谁更好一些,这似乎没有什么意思。法国出版的关于战争的书,显示了我们的倾向、我们的情绪、我们的特性,而德国出版的这类

---

① 在接受《剧场》的采访时答保尔·加尔辛,1929 年 4 月。
② 答《费加罗报》的安德烈·卢梭,1929 年 4 月。

书呢，反映的是德国人的倾向、情绪和特性。比较这两类书就是比较两个民族，这事留给风俗学研究者和哲学家去做吧……我觉得，迄今为止，德国出版的关于战争的书，最好的是雷马克的《西线无战事》。至于法国出版的关于战争的最好的书——由于我是多热莱斯的出版人，要我发表意见挺敏感——我只能这样说，广大读者认为《木十字架》超过同类题材的其他作品，用不着我告诉您我是不是同意这种观点。①

您的出版社里是怎么改清样的？作者是否往往都是蹩脚的校对者？

在我的出版社里，作者要看小样，进行校对，然后再排版，由于作者并不总是个好校对，所以我让专业校对进行二校。然而，这并不足以避免所有的差错。而且，我让作者修改了两遍之后，再让他校对，他可能会再进行润色，你们不知道作者的修改会让我们付出多高的代价。如果让作者自由地在清样上不断地修改下去，排版的费用会翻一番。这样，作品的成本就会大大增加，定价也将相应地提高，最后弄得读者不愿意买。②

应该让作者来起草广告词吗？

我觉得有两种广告：

一、图片广告，在我的出版社里，由职能部门独立承担，作者从不介入；

二、文字广告，原则上说，这也是同一个部门的任务。不过，广告的文字往往与作者的题材有关，这是很正常的。而且，它大多包含对作者的介绍。无论在什么情况下，作者显然都要了

---

① 答《共和的里昂》的保尔·加尔辛，1929年11月。
② 答《不妥协报》的费尔南·迪瓦尔，1929年10月。

解广告的计划——所以,他有时会被叫去修改。这就是他所扮演的角色。①

根据传统,文学大奖(龚古尔奖和费米娜奖)都在十二月份颁发,在文学年度的这一时期,无论是出版社还是书店,事务都相当繁忙。您不觉得,从商业角度来看,有必要把颁奖移到一个空闲点的时期,比如说二月份?

不瞒你说,我觉得在十二月颁发这些文学奖是最坏的选择。对所有的买书人来说,这似乎也是消费最多的月份:给家人(甚至给看门的女人)买礼物,这是不得不买的礼物,不是吗?这个月不也是年底探亲访友、互相写信的月份?对我来说,我觉得最好的月份是五月或六月初。这个时候,大家都忙着去度假、休息或看书。所以,在这个时候颁发文学奖肯定会刺激书商的业务,其影响将波及整个假期,也就是说,至少三个月。这是我的一孔之见。而且,一般来说,许多购书者,尤其是教员、法官、律师和医生,他们只有很少的空余时间来读书,除了假期。我还要补充说,以前,当汽车不像今天发展得那么快的时候,人们外出度假时会带上十来本书,现在,他们最多只带两本。然而,这两本书很可能就是被评为龚古尔奖和费米娜奖的书。②

但人们不单问阿尔班·米歇尔有关出版的问题,有时也问一些荒唐的事。

您喜欢里昂吗?

我喜欢笼罩在云雾中的里昂。我之所以喜欢它,是因为我是美食家,在那里吃得很好。我喜欢里昂人是因为他们很有性格,

---

① 答《不妥协报》的让·波尔塔伊夫人,1929年10月。
② 答《出版界》的约瑟夫·范·梅尔,1933年1月。

而在某些人眼里，这被当成顽固的表现。①

您有汽车吗？

你的问题真有想象力！谁会相信《肥胖者的苦难》的出版人，一个像他的作者亨利·贝罗一样肥胖的人没有汽车呢？放心吧！正如别人会这样说："我有汽车！"什么牌子？如果不是雷诺又能是什么呢？如果你想知道我这样选择的理由，那就别忘了，我这么肥胖的身躯需要一辆很宽敞、悬挂系统很完美、弹簧很足的车子。我非常感谢雷诺公司，它的车子使我能毫不费力地进行最劳累的远行。我还有一个理由：我曾想跟一位汽车制造商讨论一个专业问题，他已经名扬海外，在天国都有名声。我发现他在这方面没有遵守诺言。我从中得出结论，这位制造商的汽车应该也不会信守诺言。而雷诺和他的汽车说话算话……所以！……先生，你的采访会很有用，能让购买者明白一些问题，避免让他们走弯路。出于这个原因，我才真诚地向你赞扬一个我从来没有抱怨过的牌子。②

关于最后一点，罗兰·多热莱斯好像并不同意。1924年，他请求阿尔班·米歇尔在他的二十五万册新书中插入一张硬纸片，用来赞扬标致汽车。"作为这个广告的回报，多热莱斯先生可以从我们的巴黎分店提走一辆十匹马力的豪华标致。"厂商写道。三年后，作者觉得这辆车过时了，要求换一个新型号。他从贝鲁特写信给他的朋友阿尔班："我临走前忘了请您同意在我的下一本印数为七万五千册的书中，插入一张标致广告。那样我就

---

① 答《共和的里昂》的保尔·加尔辛，1929年11月。
② 答《倾听》，1923年9月。

能得到一辆敞篷车……车子像裙子一样,过时得太快了。"

当时,出版人已成了巴黎文坛的重要人物,以至于剧作家埃杜阿尔·布尔代决定把《刚刚出版》搬上舞台。1927年11月,这部喜剧在米肖迪埃剧院上演。幕拉开了:院子这边,是一个叫于连·莫斯卡的出版人的办公室;花园那边,是会客厅和仓库。出版人由雅克·博梅尔扮演,他声音严厉,目光尖锐,脸上挂着蔑视的微笑,演得非常出色。那天将颁发当年的文学大奖,出版社里一片忙乱……大家用一种非常快的节奏谈论阴谋、金钱、发行和抄袭,但显然没有一个人谈论文学。"夏利玛现在还不知道怎么发书!"莫斯卡开玩笑地说,"他现在还相信,要卖好一本书,只要作者有才能就够了!所以……"

格拉塞在场,他噗嗤一声笑了起来,对坐在他身边的女人说:"太有趣了,而且,活脱脱就是伽利玛的写照……"又过了一会儿,他跳了起来:"啊,不,现在,不是伽利玛了,是阿尔班·米歇尔了!"

也许是那句台词使他想起了于让街的那个出版人,因为真正的阿尔班·米歇尔只会这样说:"除非我一直比别人强,处处比别人强,否则,在这个行业里,我无法用现在这种方式坚持到底……"

在女婿罗贝尔·埃斯梅纳尔的辅助下,阿尔班·米歇尔继续发展。从奥伦多夫的仓库里转到他手中的库存迫使他寻找新的地方来存放。1929年,他在蒙特鲁日奥尔良门后面的瓦纳路45号买了一块十万零七十六平方米的地,在那里建了一栋七层建筑,最后一部分七年后才建完。精装图书区、展览厅、金属书架、平台，统统都根据新的工业建设理念来设计，给图书存放提供最佳的条件。

行政主管雷翁·帕基耶十分强调图书品种多、库存管理到位这一商业策略的重要性，"像我们这样一家出版社，力量来自丰富的图书品种。这好像无关紧要，但巨大的整体往往取决于小小的物质因素。举个例子：一家中等规模的出版社有本畅销书，一个书店要三本。运费是每本七毛五。他也向我们订三本书，查阅了我们的书单后，他利用这个机会另外进了一些他知道好卖的书，最后订了二十、三十或四十本书。总之，十公斤一包，运费是每本一毛五。你们不知道书店是多么在意这种事情。"①

阿尔班·米歇尔的上升在出版的各个领域都得到了证明。1931年，奥弗涅省的抒情诗人、《山中老鼠》的作者亨利·普拉，以其全部作品获得了法兰西学院小说大奖，迫使这个喜欢中央高原的作者离开他所居住的城市和藏身之处昂贝尔，专程来到于让街向他的出版人表示感谢。回到家里后，他写信给一个朋友，讲述了他在首都感到的恐慌："我回来时都快要累死了……我想跟你谈谈巴黎，谈谈那个巨大的社会喜剧，在那里必须建立自己的权威，显示自己的出身……要是我有一些年金，我就不会那么在意别人在说我些什么。"

园艺、法律、机械和技术方面的书籍也获准在阿尔班·米歇尔出版社出版，它们像小说一样，包着出版社著名的黄色封面。"我觉得任何种类的书都是平等的，不存在谁比谁强的问题，"阿尔班·米歇尔说，"只有好书与坏书之分。在我看来，认为小说死了的人大错特错。读者要求作者的，是陪伴他三个小时而让他

---

① 《白珍珠》，1929年4月19日。

事后不会后悔。你们看看我的书，它们涉及各个种类：旅行、政治报道、历史研究、传记和小说。我有时也失败，但我得到更多的是巨大的胜利。在这方面，我的销售曲线十分说明问题。一本不好的书，不管是小说还是散文，肯定不会有读者。好书最终肯定能得到成功。"

果然，阿尔班·米歇尔在挖掘好作者方面所作出的努力终于获得了回报。1929年，罗兰·多热莱斯进入了龚古尔学院。《木十字架》的作者才四十四岁，是十大院士中最年轻的一位。三年后，皮埃尔·伯努瓦也被选入了法兰西学院。阿尔班·米歇尔写信给他说："我的出版社就是您的出版社，是我们的出版社。是您给我奠定了基石，所有的一切几乎都建立在这上面。"

然而，三十年代所发生的全面经济危机仍使他感到忧虑，尤其是书业，受到的影响更大。1927年，他就已经这样写信给罗曼·罗兰了："是的，书业危机是存在的。在我看来，情况普遍不乐观，有的文学让人腻味。但作为一个出版人，他不得不迎合公众的趣味，而不是自己的口味。那种文学，一般来说既无聊又无用，却能带来利润，从而使出版人能够出版一些好东西。您对我说，一位大作家的出现，能克服书店的危机。我完全同意您的看法，经验告诉我，大作家的东西就是比别的作家的东西好卖。"

1930年，当出版业考虑再次提高图书单一价格的时候，他参加了当时在鲁昂召开的书商大会，向《中介》记者（2月20日）概述了自己的处境："我把最近出版的书，比如说阿尔贝·伦敦的《流浪的犹太人到了》和拉富夏迪埃尔的《母狗》的售价提高到十五法郎，而且就这一提价作出了非常认真的说明和解释：所使用的纸非常高级，里面含有百分之三十的细茎针茅纸；印刷比以前要干净得多。另外，要考虑到我们所有的原材料至少都涨了七个百分点，只有纸张没有这么高的涨幅，这样，书的涨幅就达到了四点二。印刷和包装上涨得非常厉害，自从书价涨到十二个法郎以后，我们每个季度的印刷、人工和包装涨了百分之二，现在，一个司机都要付每小时六点九法郎，天知道什么时候是止境！"

阿尔班·米歇尔还解释说，十二法郎一本只针对大印数的书。对于新作者，即使做了足够的广告，最初的作品也很少能销售五千册以上，这时，定价就要涨到十五法郎……"现在，你会问我，书商和读者在多大程度上欢迎这一决定？我可以告诉你，在现在为止，非常好：《流浪的犹太人到了》和《母狗》卖得非常好。如果说读者买了书，那是因为他们喜欢，书商希望自己的书店里只有畅销的书。"

阿尔班·米歇尔想在各个方面进行干预，当出版业受到攻击时，他毫不犹豫地拿起了笔。《日报》说，文学版权限期五十年的规定只考虑到出版人的利益，那样的话，所有的出版人都会匆匆忙忙地免费重版进入公共领域的作品，从而掠夺作家后代的利益。阿尔班·米歇尔严肃地回答说："你们反对作家去世五十年后版权进入公共领域，认为这是极不公平的法律，伤害了创作这些作品的作家的后裔的利益。难道你们认为出版人看到这些作品进入公共领域，马上就被自己的同行有时以低到几乎没有利润的价格出版会高兴吗？而在这之前，根据作者的意愿，只有他有权出版。你们不觉得他的权利也受到了侵害吗？"

阿尔班·米歇尔试图控制一切。制作、销售，与国外同行或电影公司洽谈版权。《懂得反抗》签订出版合同时，雷翁·都德对这一条款感到担心："米歇尔先生将在最有利于双方的情况下,负责继续开发版权而不必告知作者。"阿尔班·米歇尔向他解释说,他绝对不会随便把版权转让给什么人的:"我常常接待外国同行的来访,当然,我会建议他们购买我出版的某些作品的版权。谈话中,如果我显示出足够的说服力,让他们同意出版某本书,要是我不必请求作者的同意,事情可能马上就能定下来。反之,假如我首先要征得作者的同意,而作者刚好外出旅行半个月,外国出版人就将空手而归。当我再写信提醒他我们所谈过的事情时,他会回答我说,他好好地思考了以后,决定放弃出版这本书!关于这点,我可以向您保证,差不多两年前,当一个德国出版人前来购买我的某本书的版权时,我成功地让他购买了五本。毫无疑问,如果这五本书的转让不是当场拍板,他可能会只拿一本。如果是美国的出版人或者是电影公司,他们有时也会打电报给我,要我马上回答。如果我要先问问作者,我就不能在收到报价后马上回答,事情很可能就会泡汤。就在最近,我接到美国一家电影公司的电报,想把我的一个知名作者的代表作搬上银幕,出价很高,我马上就回电报说同意。如果我得咨询作者,而作者去了埃塞俄比亚或印度,您可想而知,那家美国公司很可能会放弃那个计划。"

可以看出,他有时很固执。必要的话对书商也是如此。三十年代,自传非常流行,有的零售商答应顾客让作者签名,然后向出版社订货,要求作家在空白的地方签名。这种做法让阿尔班·米歇尔感到很生气。他发表了一则声明:"这种做法如果普及开来,只会让作者失去很多的时间。而且,大家都知道他们一般都拒绝给不认识的人签名,不愿意让随便哪个读者都能拿着作者不经意签名的书到处夸耀自己与某某作家的关系。而我们也不愿意让作者牺牲宝贵的时间,去做这些烦人的事情。我们明确告诉有关人士,以后再也不要向我们提出此类我们不可能满足的要求。"

但最让阿尔班·米歇尔担心的,是读者的减少。1932年2月,他向《自由人》的皮埃尔·马罗说,爵士乐、汽车和报纸让读者远离了好小说。他解释说:"所有这些原因,加上危机所造成的真正破坏,让法国出版业滑坡了百分之三十左右。与某些方面灾难性的下降相比,这算是微不足道的……至于文学创作的导向,可以说受到了很大的影响。读小说的日子远去了,来往走动得少了,花边新闻占了上风,最后,小说——动作小说繁荣了。现在的读者不喜欢没完没了的描写(用两百页来描写一个花园的时代已经结束),他们投入到了生活的洪流之中。"

1933年6月,阿尔班·米歇尔在《法兰西图书通讯》上又对这个问题提出了看法:"这一严重的危机,比人们以为的要严重得多。它每天都在加剧,谁也不知道它何时能够结束。战争尤其是战后曾让我们的民众养成了阅读的习惯:首先是读日报,后来书也受益了。人们曾保持了这种阅读的'恶习',但它慢慢消退了,而且,人们读的不再是书。图书的危机,也就是期刊的胜利。"阿尔班·米歇尔警告所有想投身于出版的人说:"带上两百万,没日没夜地干。两年后,你身无分文……"

雷翁·帕基耶也从自己的角度证明说:"出版人如雨后春笋般冒出来,从各个地方涌出来。但他们如昙花一现……有的行业是不能持久的……你可以有一本好书,有一家好印刷厂……但还必须懂得销售的秘诀。在这方面……书店也一样。许多人以为自己能开一家书店,就像开一家酒馆一样……商品不是现存的吗?先拿货,以后再结账,然后只要给点笑容,按定价卖书不就行了吗?要这本,夫人?我有个儿子,干这行已经许多年了,有一天，我对他说:'哎,你什么时候自己出钱做生意啊?'知道他是怎么回答我的吗?他说:'我还有那么多东西要学……'真正的书商越来越少……像我们这样的出版社应该在法国所有的大城市都开几家书店。可是,去哪里找管理书店的人呢?"

然而,阿尔班·米歇尔尽管做了这么多悲观的论断,还是获得了许多巨大的成功。他继续出版小说,但也出导游手册和实用类书籍。在这个领域,有时是出版人去组稿,然后根据自己预测的需求印书。他预测得最准的是1928年那一次,他想组一部关于食谱的书稿,写得要具体、详细,烹饪的时间和所需的量都必须十分准确。

在于让街,出版社的对面当时是保尔-贝尔学院,现在是一所中学。阿尔班·米歇尔派了一名职员去拜访院长,建议教自然科学的老师编一本菜谱。这一决定好像很怪,但阿尔班·米歇尔希望出一本全新的书。他相信,只有科学家才能讲清卫生规则和健康食品的原则,那些新概念在当时显得十分前卫。院长想了一会儿,然后说:"不,我的自然科学老师肯定写不了……但他有个侄女在教家政学……她也许会接受这一工作。"

埃莱娜·德拉热当时在师范学校研究家政教学,她对这门学科不怎么感兴趣,所以认真考虑了阿尔班·米歇尔的建议,但她想起在书中罗列菜单就感到厌烦,于是请她的一个同学吉内特·马蒂奥帮她做这件事。吉内特并不想当厨师,而是想学医,但她父母不能给她交那么长时间的学费,所以,她只得伤心地跟家务、蔬菜炖肉和洋葱煨胡萝卜打交道。当她的朋友建议她帮忙编菜谱时,她觉得挺有趣,可以摆脱那种无精打采的生活了。于是,这个二十二岁的姑娘坐在了阿尔班·米歇尔面前。她后来回忆说:"对我来说,那是一位很年迈的先生,可他当时才四十五岁!他让我感到很吃惊,他甚至是一个非常智慧、非常活跃的人。他的眼睛盯着你,好像能看透你在想什么……我觉得这是一个满脑子主意的人。第一次见面后,当他要我给他一份提纲时,我马上就投身于这一工作了。"

阿尔班·米歇尔同时也问这个姑娘,希望怎么给她付酬。有两种办法:版税或一次性买断书稿。吉内特犹豫不决,但她的家人和朋友给她出主意说,这本手册根本卖不掉。菜谱?书店里有的是。他们一再这样说。于是,她决定以八千法郎的价格把稿子卖给阿尔班·米歇尔,这笔钱,她将与埃莱娜·德拉热平分。吉内特很高兴,四千法郎,这对一个年轻姑娘来说是个大数目,在这之前,她给人看孩子,每小时才挣五个法郎。

吉内特交稿后,阿尔班·米歇尔要求给他半个月的时间看稿,最后,他回答说:书写得很好,这毫无疑问,没什么要改的,但还缺少一点什么东西……缺什么?阿尔班·米歇尔直截了当地向这个感到很惊讶的女孩说,他是个狩猎爱好者,他很遗憾,没有在"猎物"那一章里找到黄油肉片卷的菜谱!吉内特当然也没有听说过这一菜谱,在巴黎的学校里,人们完全不知道这类特色菜……但既然老板要他的黄油肉片卷,那就得有。于是吉内特便到处打听,然后在厨房里试验,结果,就在书定稿交印刷厂印刷之前,阿尔班·米歇尔喜欢的菜谱匆匆加了上去。

1932年,《我会煮菜》第一版终于出版,阿尔班·米歇尔做了一则巧妙的广告来促销。"他真是个天才!"吉内特·马蒂奥后来回忆说,"他印了一份和书一样大小的传单,上面的广告语说,《我会煮菜》是第一本非常详尽的菜谱,连煮多少时间,需要多少量都有。背面是我很熟悉的菜单,非常好吃、非常独特的菜:

菠萝排骨。他把这页广告插到他出版的所有书中。"

《我会煮菜》很快就出现在许多家庭主妇的桌上，菜谱详细得可以让她们全都成为手艺高超的女厨师……这是一份理想的结婚礼物，各个年龄段的人都可以根据这本书学会做美味佳肴的本领。算上袖珍版，这本书的销量超过了四百万册！后来，关于糕点、罐头和异国菜肴的书也接踵而至……

八十七岁的时候，吉内特·马蒂奥还在宁静的养老院里，校对她这本畅销书的新版本。

"你问我有什么计划？"面对《出版界》杂志的记者约瑟夫·范·梅尔的提问，阿尔班·米歇尔叹了一口气，"要跟你一一道来得花很长时间，太多了，我得活上几百岁才能干得完！既然不可能，我就满足于出版一些我力所能及（我希望还能干几年）、不需要花太多力气的书……"

阿尔班·米歇尔想把所有的读者都抓在手里，但出版不是一门那么严密的科学，有时，出版社的主张并不得能到读者的认可。《我会煮菜》赢得了女读者之后，阿尔班·米歇尔又鼓励阿尔努·加洛潘重新写他二十年前曾经写过但没有获得太大成功的童子军。1932年9月14日，作者写信给阿尔班·米歇尔："我刚刚完成我的《童子军》的第一部，我想有些东西很动人，能震撼人心。"这本小说叫《童子军周游世界》，很快就分集出版了。可惜，到了第二年的4月份，阿尔班·米歇尔给作者写了一封信，像以往一样，他的信简洁明了。无论是说话还是写信，他都避免说废话，而是直奔主题："《童子军》是个灾难。"然而，书印刷了七万一千多册，但阿尔班·米歇尔显然还感到不满足，尤其是他清楚地感觉到每集的销售曲线都在下降，他非常担心，但仍想艰难地出到一百集。加洛潘马上回答说:"灾难?不,别夸张了,但我发现《童子军》确实没有符合读者的期待。在法国,童子军好像只有一万一千人。我原先以为不止这个数。而且,那些小孩很粗鲁,不读书。我认为我们还是能达到一百集的,现在已经卖了三万五千册左右。我现在相信了,那些小孩不喜欢旅行的故事。至于感情故事,他们也麻木不仁。他们喜欢的是狩猎的故事、海底世界的故事、飞机的故事,尤其是侦探故事,所以我想写一本《侦探杰克》或《小侦探》,如果这行得通,我就写下去。当然,我不会写那些黑暗的事,避免提到罪案、刀和血,而是讲述一些动人的故事,我的小侦探的历险故事,他像福尔摩斯那样高明。里面没有任何东西会让家长感到担心。如果你觉得还有更好的,那就请告诉我,但我相信我已经找到了问题的关键,因为我跟许多孩子谈过,他们都只对侦探感兴趣。这是时髦,它像其他东西一样会过时,但这是一个可以开发的矿。"

阿尔班·米歇尔的回答只有寥寥几行字:"我像你一样希望《童子军》能够出到一百期,但显然做不到。我觉得,像《侦探杰克》这样的书会更受欢迎,所以,你的想法是对的。好好考虑考虑,准备第一集。"

这部新小说最后定名为《小侦探》,次年分集出版。现在不再写遥远的旅行或异域冒险了,故事就发生在法国,一名侦探在一个年轻人的帮助下展开了一系列侦查。但几个月后,这个系列突然中断:六十九岁的阿尔努·加洛潘由于胃溃疡,在做一个外科小手术时去世了。1934年12月,加洛潘的死结束了这位作者和他的出版人长达二十多年的合作和友谊。

第八章

《黑与白》

"期刊消灭了图书……"阿尔班·米歇尔咆哮道,"你同一天能一连吃两顿午餐吗?一顿十法郎,另一顿在高级饭店里吃?我当然只吃一顿。太多了,它们会自相残杀。"[①]

事实上,这是文学杂志的时代。每家出版社都想有自己的杂志,哪怕它与自己的图书销售形成了竞争。1922 年,拉鲁斯出版社创办了《文学报》,法雅尔于 1924 年推出了《老实人》,法兰西出版社也在 1928 年推出了《格兰瓜尔》,伽利玛则在 1932 年出版了《玛丽亚娜》,次年,1933 年,普隆也推出了自己的杂志。

当然,这些杂志都有自己的特点。《格兰瓜尔》右倾,《玛丽亚娜》左倾,《文学报》比《老实人》的文化味更足……小小的比较没有太大的意思,市场越来越腻烦了。1928 年,当亨利·巴比斯建议阿尔班·米歇尔让他去创办《世界》杂志时,阿尔班·米歇尔这样回答说:"你的这个办杂志的计划如果是在别的时期提出来,可能会很有意思。可惜的是,我认为,我现在再出来做这种事已经为时太晚。大家都在办期刊,读者非常分散。很快,这些杂志哪本也活不长。我不相信我们会成功。"

然而,七年后,阿尔班·米歇尔虽然继续批评杂志,却也决

[①] 《不妥协报》,1933 年 10 月 15 日。

定自己也要办一本！1933年9月16日,《出版界》的记者来采访他,问:"那将是一本《玛丽亚娜》《文学报》《老实人》那样的周刊吗?"

"我没有抄袭的习惯……我的出版物将更加文学、更加活跃、更加快乐。它将进行辛辣的讽刺,极其无情。它将揭发滥用权力的恶习、偷盗、贪污、浪费,这些东西将成为它抨击的对象。它的口令是:'反对同志们的共和国',而不是'同志们的共和国万岁'!"

"怎么概括它的精神?"

"一句话:服务大众……同时也娱乐大众,有许多篇幅很有趣。"

这种愿望值得赞赏,但做起来好像并不那么容易。两年来,先后研究了许多模式,但都被一一否决了,最后也没有选定一个切实可行的版式,甚至连刊名都成了问题。唯一能确定下来的是这份杂志将为每周两期——每周三和周日出版。于是,人们想出了这个奇怪的刊名《双》。

1934年1月27日,宣布杂志即将出版的那篇文章发表四个月之后,记者仍没有看到任何动静,于是再次向阿尔班·米歇尔提出请求。"你想让我跟你谈谈我的杂志?"阿尔班·米歇尔开玩笑地说,"我希望给人一个惊喜……你就说我放弃'双'这个刊名了,尽管这个刊名也许并不那么糟……但在我这双刻薄的眼睛看来,它有一个缺点,就是不能保证未来。我的杂志将每周出两期,但现在市场艰难而且拿不准。就说我不得不修正它的出版期限吧……现在,我不得不改变刊名了,不改不行。"

终于,1934年4月22日,《黑与白》第一期出版了。这个刊名表明了创始人的计划:揭示所有的倾向,所有的观点。"欢迎一切有才能的作家都到我们这里来!"阿尔班·米歇尔说。在给罗曼·罗兰的一封信中,这位出版人提到了他简短的纲领:《黑与白》将十分大度,兼容并蓄,我将在杂志中既发表雷翁·都德的文章,也发表雷翁·布鲁姆①的文章。"②

　　杂志的领导工作当然由皮埃尔·伯努瓦和罗兰·多热莱斯承担。总之,这两人的名字出现在刊名底下。事实上,皮埃尔·伯努瓦很快就对这个计划失去了兴趣,所有的工作都由多热莱斯来负责。多热莱斯组织了编辑部:费尔南·迪瓦尔离开了《不妥协报》出任主编,法国笔会俱乐部未来的主席伊夫·冈东担任编务秘书,一个名叫伊夫·布伊苏的年轻人被任命为助理秘书。

　　关于阿尔班·米歇尔进行这一冒险的原因,伊夫·布伊苏是这样说的:"普隆创办了一份叫做《1933》的周刊,也许促使阿尔班·米歇尔做同样的事。而且,他清楚地感觉到,这个体系迫使他在当时创办一份杂志,许多出版社都已经有了!通过一本文学刊物,可以招募到一些作者或潜在的作者……"

　　伯努瓦和多热莱斯是这份杂志的宣传员,他们向电台的听众介绍了这份新出版物。多热莱斯在麦克风前强调了刊名的意义:"当我们的出版人阿尔班·米歇尔问皮埃尔·伯努瓦和我给这份杂志取个什么名字时,我们异口同声地喊道:《黑与白》!事实上,这不单是一个刊名,几乎就是一个纲领。它用三个字概述了一个理念,在一个人们被自己的政治、文学、艺术和社会热情弄晕的时期,宽容一切。我们决定要微笑地看到事情的两面。"

---

① 雷翁·布鲁姆(1872—1950),法国社会民主党人,人民阵线第一届政府获胜后曾担任政府总理。此处作者暗指两个同名但观点相反的人。——译注

② 1934 年 12 月 12 日的信。

皮埃尔·伯努瓦则强调一个纷乱的欧洲所发生的种种大事。意大利生活在法西斯的铁蹄之下；在德国，纳粹早在一年前就已经实行了恐怖统治；在法国，议会腐败闹得满城风雨：2月，巴黎发生了极右的游行，然后是左派政党的游行，虽然遭到了暴力镇压，但促使了达拉第政府的垮台。世界和平维系于艰难地保持着脆弱平衡。"那我们还寻找什么？《黑与白》寻找什么？非常简单：让你们开心。但别误会这个词的意思，它其实并不那么轻浮，并不那么浅薄。它不想让你睡着，而是想让你们来关心时事，没有一个法国人可以对此视而不见。相反，它想让你更警觉、更沉稳地面对它们，更有效地对付它们——我们希望大家彼此宽容，从而战胜它们。"

在创刊号的目录上，有两部新小说的第一章：皮埃尔·伯努瓦的《要塞先生》和克莱芒·沃泰尔的《安戈太太的孙女》，还有萨夏·吉特里的一首诗，特里斯丹·贝尔纳的一个中篇，保尔·里瓦尔的关于罗拉·蒙泰斯的一篇文章，关于时事的几幅漫画……总之，离开伯努瓦和多热莱斯描写的雄心勃勃的纲领相距甚远。

读者也感到了失望，杂志怎么也找不到自己的调子和读者。伊夫·布伊苏回忆说："我们把它办成了一个周二刊，这是一个天大的错误！无论对发行还是对编辑来说，这都是一个不好的周期。我们很快就意识到了，《黑与白》变成了周刊，但已经开了一个坏头……我们弄的东西有点太多了：幽默画、中篇连载、文学评论等等，从来就没有抓住过重点。我不知道是什么原因，但事实就是这样。"

杂志试图办下去，但没有成功。不到一年，1935年1月，阿尔班·米歇尔给编辑部助理秘书的办公室里打来电话："布伊苏，我的孩子，过来见我……"这个年轻人去了他的办公室，老板直截了当地向他宣布："《黑与白》，结束了。我把大家都炒鱿鱼了！"

现在，阿尔班·米歇尔对文学杂志比以前更苛刻了。当人们问他什么是书的敌人时，他毫不犹豫地回答说："首先是周刊。小说在周刊上发表之后，在书店里几乎再也卖不动，而且，许多读者的消遣就那么一点。如果他们花七毛五就能买到足以读一个星期的东西，他们就不会再去买书。"

《黑与白》消失之前几个月，出版社的作者第四次获得了龚古尔奖。阿尔班·米歇尔显得特别高兴，因为他以前曾这样说过："毫无疑问，重要的奖项无论对读者还是对作家都具有巨大的作用，它能激发作家的想象力，刺激他们的虚荣心，满足读者的好奇心。这是围绕着书在橱窗里面和报纸的头版做广告，能让获奖书进入文化程度不那么高的读者当中，以这种方式让某些懒鬼或无知者对文学事业感兴趣。"[1]

1934年12月的那个获奖作者叫罗歇·韦塞尔，是布列塔尼迪南中学的文学教师。校长专门给了他几天的假期，让他能够到巴黎去领奖。他一下火车，立即就被照相机的闪光灯包围了，他在嘈杂的人群中有点胆怯，说话的声音很小："生活很美好，我非常高兴……是他们拍电报到我家里告诉我得奖的消息的……"人们紧追不舍，这时，他露出了微笑："我出发的时候，五个孩子要我买很多东西。但愿我不会忘记玩具飞机，也不会忘记铝锅和'玩具世界里最快的'火车。我在这里只待很短的时间，星期

---

[1] 《自由人》，1933年1月22日，皮埃尔·马罗的文章《文学奖的影响》。

五我就得回中学上课去了。这个奖,给了我一个美好的证明,但它不会改变我的生活。我仍将待在布列塔尼那个角落,对我来说,那是世界上最美丽的城市,我已经多次拒绝离开那里,不想奔向更大的荣誉。迪南,离圣马罗最美的港口只有一步之遥!"①

而阿尔班·米歇尔则向《剧场》的费尔南·洛特这样夸奖他的这位作者的才能:"龚古尔学院没有比这更好的选择了。这对于文学,对于书店来说,都是一件很好的事情,因为这本书'非常大众化',它面向大家,而不是针对某些爱好天书的专家,所以我尤其感到满意。"韦塞尔好像是这样回应的:"我不愿意当学问家,绝不会写一些别人看不懂的书,你们知道,也就是心理描写和分析的书。对我来说,一个动作,比一个词或一个解释更能反映心灵状态,能更有把握地展示人类的本质。"

事实上,这本书赢得了大家的喜欢。《日报》的记者转了几家书店,发现:"这个奖颁发了还不到两个小时,但每家书店至少都卖了五十本……应该说,评论界已经为此铺平了道路,这次,他们是同心协力了。"

韦塞尔的小说《科南船长》,其成功不仅得益于媒体的赞扬,也多亏罗兰·多热莱斯在龚古尔学院内部行之有效的宣传。他完全说服了他的同事们:第一轮就把奖颁给了韦塞尔。多热莱斯如此卖力地想让韦塞尔得胜,也许更多是因为他们曾是战友,而不是因为他想帮助与自己同出版社的一位年轻作者。事实上,尽管有多热莱斯在,后来又有了韦塞尔,在二战之前,龚古尔奖两年后才又颁给阿尔班·米歇尔出版社的作者。1955年,当罗歇·伊科尔的《混合的水》获奖时,那两个作者的确还在。1964年,

---

① 与弗雷德里克·勒菲尔弗勒的谈话,《文学报》,1934年12月15日。

卡尔科去世了，多热莱斯成了学院的主席，他尽管已经七十九岁，但步伐轻盈，参加了给乔治·孔雄的《野蛮状态》授奖的仪式。

如果说多热莱斯在1934年支持《科南船长》，那是因为他从中找到了自己的灵感来源，因为那部小说揭示了战争中的掠夺、暴力和荒谬。不过，韦塞尔的从军经历非常特别：1918年停战协议签订的时候，他正在索菲亚，然后又作为负责实施"法国监督和影响"的军官跑遍了中欧。他从布达佩斯来到敖德萨，又从贝尔格莱德前往伊斯坦布尔。在多瑙河边，他指挥军队向企图控制该地区的苏军发起了进攻。

作者把自己对前线的回忆写进了书中，在人们又听到了靴子声的1934年，这部小说引起了强烈的反响。书中的内容引起了一种失望，它完全可以被当作一种警报。在罗马尼亚，科南船长率领一支游击队打得很勇敢，和平恢复之后他的处境却很糟糕。昔日的英雄如今成了狭窄的服饰用品店里的一个小贩，老婆整天吵闹，吵得他头昏脑胀，最后在悔恨中身体逐渐衰弱，慢慢死去。

"这个故事讲述的是在五年中放纵自己本能的人，也就是凶手、强盗、海盗，他们变成了野兽，停战协议突然命令他们停止射击，重新心平气和地当公民。"1934年11月12日的《秩序》这样写道。

韦塞尔想揭示战争能在多大程度上毒害一个人，改变他的人格，让他永远受到伤害。"没有战争，"作者评论道，"他会不慌不忙地穿着他的羊毛背心，早早地和穿着光鲜的蓝色制服的堂区教民一道去做礼拜。星期天，他会在广场上玩雪球，而且，谁知道呢，他也许会成为市政厅的顾问。但战争破坏了他生活中的平衡，所有的和平事务他都不适应了。"

人们当然会问韦塞尔，为什么过了十六年之后才把这些东西写出来。他回答说："那是去年发生的事。人们在问自己，那种噩梦是否还会发生。我曾在车站的售票窗口排在两个男人的后面，他们提起了往事。其中一个说：'我撂倒的第一人，像兔子一样滚倒在地。'说着，他还轻快地做了个相应的动作。这句短短的话让我回想起我听到过的其他对话。我常常想，如果战争重新爆发，那是因为有些家伙心里想打仗。"

《科南船长》不单是第一次世界大战的最后一部小说，也是第二次世界大战的第一部小说。1934年，韦塞尔再也不满足于像以前的许多人那样赞扬士兵的永恒和英勇……他发出了大叫，喊出了自己的绝望：死神那可怕的幽灵完全可能重新出现。

凭着这本书，阿尔班·米歇尔完全摸到了时代的脉搏。一般来说，这位出版人总是与当时的社会完全保持一致，他出的书总是非常贴近读者的思想。他是个顺从时代的人，为当下而出书。所以，许多曾获得过巨大荣誉的作者，如沃特尔、加洛潘，再或者韦塞尔，当他们获得灵感的世界消失在第二次世界大战的战火中时，他们也完全被时代遗忘了。

韦塞尔获胜两年后，马尚·范·德·梅尔什的《上帝的印痕》又为阿尔班·米歇尔出版社获得了一个龚古尔奖。没有人感到惊奇，因为这个年轻作者前一年险夺该奖，大家都许诺他来年补偿。1935年11月，阿尔班·米歇尔就已经觉得这位作者要摘取此项大奖了。他当时这样回答《剧场》的记者马克斯·弗朗泰尔的问题："你是否相信马尚·范·德·梅尔什……"

"他会获得龚古尔奖？这是不可能的。我的耳朵有时很灵，如果我相信自己的耳朵，阿雅贝、加斯东·谢罗、波尔·内沃、雷翁·埃尼克、拉乌尔·蓬雄、罗兰·多热莱斯和两个罗西尼在第二和第三轮中跟马尚·范·德·梅尔什完全有一拼。"

"这个马尚·范·德·梅尔什究竟是什么人？"

"他的名字大家不熟悉。他住在克鲁瓦，父亲是公共工程的承包商，他是次子，智力超群。十八岁时，他在中学高年级优等生会考中获得法语作文一等奖。他现在还不到三十岁。这是个精明、苍白的年轻人，留着时髦的胡须。非常淳朴！"

当这几句谁有可能得龚古尔奖的不小心的话出现在报纸上，马上就引起了轩然大波……这些话并不适合发表，或者是那位记者当时过于自由地阐述了阿尔班·米歇尔的题外话。阿尔班·米歇尔马上就发了一封汽传邮件："你无疑很聪明，不过想象力也太丰富了一点！我从来没有对你说过马尚·范·德·梅尔什会得到龚古尔学院某院士的投票支持。我都不知道他是否能得到一票，又怎么能够对你说那样的话？"马尚·范·德·梅尔什后来得了四票，这不足以得龚古尔奖。他还得再等一年。

阿尔班·米歇尔不单在法国小说方面看得很准。早在1922年，他的"外国文学大师"丛书已经让法国大众了解了各种各样的作家，如柯南·道尔、H. G. 威尔斯、艾米莉·勃朗特、鲁德亚德·吉卜林、马克·吐温等。阿尔班·米歇尔根据这一思路继续走下去，在各国寻找能够让法国读者感兴趣的大作家。

1927年，他决定出版一位专门给上流社会人士看病的瑞典医生的著作，此人先是在巴黎，后来在罗马给患有抑郁症的有钱人看病。阿克塞尔·孟特的《圣米歇尔之书》已经被许多法国出版社退稿，作者本人都不相信自己的小说能在法国出版了。他事先好心地给阿尔班·米歇尔打预防针："意大利版的巨大成功并不能让我改变看法，我仍然认为，英美读者比拉丁语族的读者更容易接受这本书。现在，这本书已经译成二十六种文字，到处都卖得很好。您向我保证您将尽最大努力让这本书在法国也取得成功，我非常感谢。现在，就看您能不能成功了。"

出版计划推迟了很久，因为阿尔班·米歇尔一定要做较大的删节：某某段落"对法国不太友好，这会让一个法国出版人出版困难"，某某段落只跟意大利有关，"肯定不会引起法国读者的关注"，还有最后几个章节"好像跟法兰西精神不合拍"！对他的作品进行这样"歪曲原意的删节"，阿克塞尔·孟特表示抗议。阿尔班·米歇尔没有让步，合同搁浅。

直到1934年，他们才签了合同，这回，合同允许出版社进行他们认为有必要的删节。格拉塞出版社译文部主任亨利·缪勒以前曾拒绝过这本书，他友好地写信给阿尔班·米歇尔："我看您比以前更勇敢了，您在进行冒险的尝试。我非常好奇地想知道这本书会不会成功……"

"在圣方济各的土地上歌唱的这一北欧题材，太让人惊奇了。"皮埃尔·伯努瓦在序言中这样写道。献给加百利和意大利大地的这一爱的赞歌，内容丰富，读者从瑞典、拉丁区被一直带到了拉波尼。这本书像在全世界一样，在法国也获得了成功。

几年后，1936年，爱尔兰人阿奇博尔德·约瑟夫·克罗南的《城堡》获得了新的巨大成功。这部具有人道主义思想的作品讲述的是加尔地区一位年轻医生为矿工们争取更好的生活环境的故事。后来，到了1939年，是英国女作家达芙妮·杜穆里埃获得了荣誉，她的《蝴蝶梦》十分畅销，这部情感小说影响了整整一代人，它想告诉读者，爱情比死亡更加强大。

这些作品都是阿尔班·米歇尔认真地阅读审读报告后亲自选择的,他轻易不授权,他把出版社抓在自己手里,什么都想管。出版社每天都会收到两三部来稿,每年几乎有上千部!

"在这些来稿中,坦白地说,三分之二都很差,"他说,"在剩下的三分之一里,又有十分之九仅仅过得去。所以说,如果总数中有二三十部稿子能出版,从某种角度来说是能够卖,这就已经谢天谢地了。而在这些作品中,勉强只有几本真正值得出版,能引起公众的注意。"

阿尔班·米歇尔也必须接受急于出版的年轻作者:"新作者往往都非常谦虚,他们天真地对我说:'我刚刚从您的某某朋友那里来。'嗯,嗯!如果对方没有给他至少一封信,那才怪呢……有时,新作者会受到某个政客的推荐。见鬼!出版社怎么会相信一个参议员或众议员的水平!"

阿尔班·米歇尔还必须睁着一只眼,时刻盯着他的团队。早上,他常常站在大门前,手里戴着表,抓迟到者,警告那些八点半不准时到的人,那些人将得到严厉的教训!

一天,他在走廊里遇到一个年轻的女雇员,穿着色彩鲜艳的裙子,根据当时的时尚,裙子有些短。"年轻人,到这里来!你就这样穿戴的?这是什么?化装舞会?你不能这样到我的出版社里来工作……你的裙子太短了!"

"可是,米歇尔先生……"那个女孩吓坏了,嗫嚅道。

"明天换条裙子来上班!"

"换条裙子?可我只有这条裙子!"

"那你就加块布,别人都是这样做的。你会缝纫吧?"

有时,他会走出办公室,默默地站在平台上,俯瞰着楼下的仓库,就像站在甲板上的船长,看着搬运工干活。如果书包得不好看，他会大吼起来："喂，你！不是这样包的！"他像个火球一样滚下小楼梯，抓住纸和绳子，用他在弗拉马利翁的书店里当小学徒时学会的办法，三下两下就把书给捆好了……"包应该这样打……好好记住……"

他也会做些善良的举动。他曾观察着当时还是个年轻秘书的诺埃尔·帕基耶，说："告诉我，孩子，你是不是不舒服？"

"什么？我不舒服？"

"我好像觉得你不舒服……你有什么要求吗？"

"我对自己的工作很满意，我没有任何事情要求你……"

"不管怎么说，我觉得你身体有问题。告诉我该怎么办……"

"什么都不必。"诺埃尔答道，她不知道老板究竟想干什么。

这时，阿尔班·米歇尔从钱包里拿出一张一百法郎的钞票："这是给你的。我觉得你的脸色不好。你一定没有吃饭。拿着，把这钱拿去……什么也别说了！"

这种慷慨，他有时也用到他的同行身上。杂志《1933》失败后，普隆出版社陷入了危机，阿尔班·米歇尔买了他的六万册精装书，那些小小说都是普隆的旧库存，应该是一套通俗丛书。"我不知道以后拿它们有什么用，"伊夫·布伊苏说，"从商业的角度来看，我真的无法拿它们派上用场。书写得太一般了……"

同样，一个很年轻的出版人勒内·朱丽亚尔在1929年前后创办了一家叫做瑟加纳的俱乐部，很快就遇到了巨大的财政困难。阿尔班·米歇尔以同行的身份支持他，给了他数额巨大的预付款。后来，他自然也接受了朱丽亚尔出版社未来的办公室主任来出版社里实习，友好地教给他出版的诀窍。

有些友好的举动是悄悄地进行的。阿尔班·米歇尔并不张扬，他说得很少，跟人交心更少，他跟雇员的关系往往只局限于几个象声词，必须懂得这些词的意思。当诺埃尔·帕基耶入社时，有个好心人给她打预防针："对于阿尔班·米歇尔，在他开口之前你就得知道他想说什么！"

伊夫·布伊苏也满怀深情地回忆起这个性情粗暴的男人常常在说话的时候伴随着动作和目光："他的思维非常快，语言跟不上……他脸上的表情非常丰富，所以人们可以知道他在想什么。"

在那个街区，大家都熟悉他威严的身影。当然，他的胡子已经变灰了，但目光仍明亮而有神，嘴角总是挂着温和的微笑。每天下午6点半，办公室关门后，他会去蒙帕纳斯车站对面的"大道"咖啡馆。他在那里抽着烟，笼罩在蓝色的烟雾中，和朋友们（印刷商路易·贝勒南、装订商于利斯·迪耶热、精装书装订商迪迪埃·德尼斯）一起玩纸牌。夜深时，他便开车回王后镇的家。有时，他会带一本要看的书稿，但在家里是禁止跟他谈论工作的。他的妻子和女儿一直远离企业，女人的位置是在家里。

"让我来管选题、作者的创作，经济问题以后再说……"阿尔班·米歇尔老是这样说，但没有用。1936年1月，他清楚地意识到，现在，他得找一个文学主编了，一个能吸引作者、策划丛书、判断书稿的人。出版的书越来越多，不得不分类了。他招收了安德烈·萨巴蒂埃，这是个谨慎的人，有点儿忧伤，虽然外表有些纤弱，但知识广博，判断能力很强。（安德烈·萨巴蒂埃在阿尔班·米歇尔出版社当文学主编一直到1964年退休为止，然后才被一个与他同姓的作家罗贝尔·萨巴蒂埃接替。）从此，萨巴蒂埃可以说成了"文学方面的秘书长"，这是他自己的原话。不过，他好像对知识界比对文学界更熟，如果说他对当时小说方面的信息不是很灵，对大学和社科方面的情况却相当了解。他熟悉重要的外国图书和能够进行分析和综合的爆炸性思想。

安德烈·萨巴蒂埃是七年前进入出版界的，起初在贝尔纳·格拉塞的出版社工作。当时，他联系了一个三十来岁的年轻作者，那是个出色的文学家，也是国际联盟驻日内瓦的官员。雅克·伯努瓦-梅尚当时正根据德语翻译埃内斯特-库尔齐乌斯[①]的一本叫做《论法国》的书。"几个月后，雅克·伯努瓦-梅尚给我送来了一个无可挑剔的译本，无论是在对原文的忠实方面，还是在法文的优美方面都无可挑剔。"安德烈·萨巴蒂埃说。

后来，那个年轻人又给格拉塞出版社翻译了卢·安德烈亚斯-萨乐美的一本书《尼采与女人》，并写了序。当人们建议伯努瓦-梅尚到南部去给贝尔纳·格拉塞松弛一下神经时，他还从来没有见过那位老板。一个是爱好文学的优秀知识分子，一个是深受精神衰弱折磨、判断力也因此受到影响的老出版人，两人之间的关系最后演变成一场撕心裂肺的情节剧。格拉塞指责伯努瓦-梅尚偷盗了他，这是一个有病的脑子里想出来的完全愚蠢的事情，它让人自我膨胀到极点，虚幻地想象出一个巨大的阴谋……此后，格拉塞便禁止伯努瓦-梅尚进入他的出版社！为了表示对伯努瓦-梅尚的支持，安德烈·萨巴蒂埃也辞了职，进入了阿尔班·米歇尔出版社。

9月，格拉塞回到了办公室，心理略微恢复了平衡，他发现"他的老朋友萨巴蒂埃"离开了出版社，感到非常遗憾："亲爱的阿尔班·米歇尔，祝贺你得到了萨巴蒂埃。当我不在的时候让他离开了我的出版社，确实是当时负责出版社的那些人犯下的一个大错。"

---

① 埃内斯特-库尔齐乌斯（1886—1956），德国学者，主要研究历史。——译注

萨巴蒂埃给阿尔班·米歇尔出版社送了一个大礼：雅克·伯努瓦-梅尚和他的一个宏伟计划：分成许多卷的《德国军队史》。这是一个了不起的重要项目，书名简单了一点，没有很好地表现出书稿的真正广度。第一卷于1936年7月出版。当大家都在担心给人带来灾难的纳粹的时候，雅克·伯努瓦-梅尚勾勒了日耳曼军队的历史……"他给我交了书稿的第一卷，从1918年停战协议签署到德意志国防军成立。"萨巴蒂埃后来说，"我读了，又让别人读。大家都感到很惊讶，惊讶作者在字里行间中表现出来的才能，因为我觉得我面对的仿佛不仅仅是一本历史大书（这就已经够罕见的了），而是一本短短的大书，我是说这是一个大作家的书。我回想起来，对我而言，没有一本书比它更透彻地分析了那支可怕的军队，它正在我们的边境增兵，而我们似乎还没有引起足够的警惕。我想——我希望——这本书将是一个警报。"

萨巴蒂埃后来在阿尔班·米歇尔出版社开发了许多思考性和分析性的书，创办了两套丛书："今日科学"和"活跃的精神"。在二战爆发前的那几年，阿尔班·米歇尔还从图书复兴出版社收购了亨利·贝尔主编的那套著名丛书"人道演变"，这位哲学家兼历史学家在1954年去世之前，一直想在丛书中把当时的知识都综合起来。他的想法得到了一个著名季刊《综合杂志》的支持。后来，又有其他丛书补充进来，一起关注这种针对人类活动的全面研究，比如"科教书屋"，其最重要的图书是让·佩兰的《物理基础》，作者因此获得了诺贝尔物理学奖。"今日科学"则出版了路易·德·布洛格里王子的《物质和光线》，这本书被认为是二十世纪最成功的科学文献之一。

如果说"米歇尔先生"——这是职员对他的称呼——从来没

有对政治感兴趣过的话,1936年6月掌权的"人民阵线"却让他感到了害怕和担心。那届政府在雷翁·布鲁姆的领导下,似乎想改变社会基础本身。每周工作四十八小时,带薪假期,增加工资,铁路国有化……法国刮起了一阵革命风。很快,成群的工人涌到了海边,开始了他们的第一次休假。但是,国家的经济崩溃了,被这股旋风破坏了。政府最后暂停了它的计划,对社会改革作出了限制。工会和共产党人的反击引起了新的罢工,一发而不可收。在工厂里,生产停止了……阿尔班·米歇尔像当时的许多老板一样发怒了。虽然出版社里一切都很平静,但他的朋友德尼斯的装订车间的工人停了机器,把老板扣在办公室里当人质……金融困境在加剧,票据失去了信誉,国家的经济发展停止了。"在那个时候,我看到了从来没有见到过的巨额支票……那是从阿尔班·米歇尔的私人钱箱里拿出来的,用来支付到期即付的款项。"伊夫·布伊苏回忆道。

当时,读者不再青睐小说。阿尔班·米歇尔向伊莱娜·内米洛夫斯基(他出过她的许多小说,其中包括《狗与狼》)抱怨说:"所谓的'虚构性'作品卖得越来越差。您知道是为什么:期刊,经济情况,文化人被迫对自己作出的限制,他们以前买很多书,现在,购买力越来越差……'人民阵线'政府曾向我们预言(还有其他事呢!),如果资产阶级不再买书,这些书会在工人阶级当中找到越来越多的知音。但这种预言远远没有实现!而且,还要预先想到……"①

罗兰·多热莱斯的书《当我是蒙马特尔人的时候》发行得不好。面对他的抱怨,阿尔班·米歇尔描绘了一幅凄惨的形势

---

① 1936年10月12日的信。

图:"朋友,请相信我,该做的都已经做了。但你要知道,现在,对出版社来说,卖书并不比樊尚·奥里奥尔①先生把钱收回法兰西银行容易!'人民阵线'把民众吓坏了——他们的恐惧非常显然——还有几个钱或几个金路易的人,把它们像宝贝一样藏好……大家都很担心,犹如困兽,目光中流露出仇恨。法国的百姓被他们搞成了这个样子!"②

几个月后,还是这个多热莱斯,来到阿尔班·米歇尔出版社的出版部,说他的新作装订太差。阿尔班·米歇尔让他发完火之后说:"你跟我说,许多读者告诉你,他们买到了漏页的《万岁自由》,这我一点都不感到惊奇。因为在人民阵线的统治下,人们工作的时间越来越短,越来越慢,越来越差。我对此毫无办法。更有甚者,我还得表示满意。现在就是这个样子!"③

左派造成的这种种变化让阿尔班·米歇尔感到了绝望。而且,在出版方面,他完全被国民教育部长、激进的社会党人让·扎伊于1936年8月13日向议会提交的法案吓呆了。

让·扎伊并不是一个煽风点火的人,而是一个现实、冷静的人。人们刚刚认识了他,因为他强制推行了十四岁以下孩子的义务教育,但他绝对没有想到他的新法案会引起那么大的抗议。

法案有五十多条,想左右出版合同和作者版权,并试图对作者的权利作出合法的界定,填补某些司法空白。它还想修改——这是最让阿尔班·米歇尔和他的许多同行担心的——之前在出版

---

① 1947—1954,法兰西第四共和国总统。——译注
② 1936年10月23日的信。
③ 1937年9月3日的信。

人和作家的关系中往往有利于前者的条款。让·扎伊建议，出版人就一本书所得的版权以十年为限，之后，作者可收回自己的著作版权，另投他方。还有一条，打算把作者去世后作品的开发期也限定为十年，十年之后，继承人可将作品另投他社。而这种"死后"权利以前为五十年（半个世纪，还得另加战争年份）。

许多作家非常振奋，儒勒·罗曼宣布，这个法案将"为让·扎伊先生赢得赞扬，今天的争吵被人遗忘之后，这种赞扬还将持续很长时间"。相反，大多数出版人却感到了愤怒。在这个行业，人们有时是着眼未来和作者死后的日子，所以合同期限是必不可少的因素，而"扎伊法案"却要取消这一期限。法案如果通过，将让出版人永远得不到回报。大家可以理解，部长的这一计划会让一个像阿尔班·米歇尔这样的人多么惊慌，他总是对某个作者的整个创作生涯而不是某本单独的书感兴趣。所以，他需要时间，作者要成熟，要让读者接受，往往需要好多年。

贝尔纳·格拉塞领头，组织出版人起来斗争。他利用职业之便，以此作武器，出版了狄德罗的《就书店业致某行政官的信》，强调说，"期限是出版的关键词"。这位十八世纪的哲学家不是认为书商能永远得到专有权吗？阿尔班·米歇尔像大多数出版人一样，但他的反应要更强烈一些，他支持格拉塞。这种猛烈的批评让越来越脆弱的布鲁姆政府感到了恐慌，被迫做出了让步。在教育部里，人们开始犹豫了。应该再延长几十年？……还是保持老办法？……人们犹豫不决，而这对出版社来说已经是一个胜利。贝尔纳·格拉塞从加尔什写信给阿尔班·米歇尔说："您如此热情、如此迅速地支持我，捍卫我们的行业，让我非常激动。而且，我相信，根据从巴黎传来的消息，在期限问题上我们已经取得了部分胜利。我本人也想坚持这一点，因为这是我们在这个世界上的职业。所以，我们应该比过去更加团结，才能真正捍卫我们的权利。"[1]

阿尔班·米歇尔没有罢休，他认为有必要继续斗争下去。他马上给格拉塞回信说："在期限问题上赢了，这很好。但我们还得在翻译版权和电影权方面取得胜利。我们的事业是正义的，所以必须在每个方面都取得胜利。如果我们综合了大家的力量还不能取得完全胜利，那就见鬼了。"

修改合同条款和部分取消了出版社的电影权（在这之前，出版合同中关于电影权的条款都指出，电影权将平分，作者一半，出版社一半，现在还是如此）当然让阿尔班·米歇尔感到了恐慌，因为他的许多小说都已经改编成电影。他写信给专栏作家米歇尔·乔治-米歇尔（此人写过许多迷人的小说）："现在，亲爱的朋友，如果我们的合同中关于电影权方面的条款让你感到害怕，让·扎伊的计划应该会让你得到安慰。只是，如果法案通过，作家们只好让起草法案的人来替他们出书了……"

为了强调此事，他在9月18日回答了《剧场》的保尔·穆鲁西的提问。他流露出深深的失望，宣布出版业要死亡了："让·扎伊计划？这是想让作家失业。只有出版人和对出版业非常熟悉的人才能意识到这样的法案是多么错误。让·扎伊先生在给作家带来福音的同时，也将给他们造成不幸。我们往往必须等上二十五年才能让一本我们花了巨款的书得到大家的承认，从而给我们带来回报，电影也一样。我有时出某本书，仅仅是因为我知道它能被改编成电影剧本。而且，电影制片人能从我为小说所

---

[1] 1936年9月18日的信。

做的广告中获得好处，也就是说，得益于我的发行。你希望我辛辛苦苦而只有制片人和作者得到好处吗？这是不可能的。这样的一种法律是在摧毁出版业。"

当这位记者问他有什么计划时，他举起双手："我的计划？不再介入，不再要书稿。我要出的书已经很多了。往年，我每个月出两本书，今年冬天，我将每两个月只出一本书……我再也不出有前途的年轻人的书了。好书多得很。可以说我什么都不出了。我要付的印刷费很多，却又不能提高书价。发行量大的文学周刊给我们造成了影响，读者已经在犹豫了！"

一年后，1937 年 10 月 25 日，他已经不生气了。他写信给皮埃尔·伯努瓦说："出版的困难并没有减少。可惜啊！纸张、装订和印刷等，每个月都在提价，现在比去年 6 月提高了九成，到了年底，印制的价格肯定会达到百分之百。在这种情况下，我决定只出老作者的东西，所有交给我的书稿我都要拿放大镜来看。最需要抱怨的，当然是那些年轻作者！"

由总体改革和经济形势所引起的提价让他非常生气。当负责给阿尔班·米歇尔出版社配备和维护灭火器的公司通知他要涨价百分之十时，他回了几句话："我谨通知你们，我不同意这一提价，因为我本人也没有提高我的书价。如果我们不能达成协议，请派人把你们的器械拿回去。"

他一方面担心在现有的条件下推出新作者的书会遭到失败，另一方面也制定了许多计划来开发库存。现在，工人们已经有了假期，对劳动阶层的关心使他把目光转向这一新的顾客群。他向罗曼·罗兰详细地解释了自己的想法："在常销书方面，我准备推出一套叫做'大众娱乐'的丛书，它将由五十多本书组成，都是奥伦多夫的旧丛书里面的……这五十多本书将用硬皮精装，包上一个带勒口的封面。介绍要写得漂亮,我建议这些书与书架一起卖,价格定在两百九十法郎,按十二个月次支付……我的目的是在做这个书架的同时,让工人、小职员接受这些书,我要把他们从小酒馆老板的魔爪下解救出来,让他们全家品尝阅读的快乐。"

让·扎伊法案后来成了大家批评的对象,来来回回又修改了三年。人民阵线的垮台和随之而来的战争让这个法案彻底地被历史遗忘了。让·扎伊本人后来也因参加抵抗组织,被维希政府投入监狱,1944年被法奸组织的保安队谋杀。

第九章

在德国人的铁蹄下

1938年9月,人们已经开始谈论战争,但阿尔班·米歇尔仍相信理智会取得胜利。皮埃尔·伯努瓦从大西洋岸边的比利牛斯省的比达尔写信来说,他准备马上回巴黎。阿尔班·米歇尔以快乐的口吻回答朋友说:"我已经收到你的信,得知你将在10月1日回巴黎,假如希特勒在此期间败退的话,我非常希望你不要冒险到这里来挨炮弹的炸。我相信那个狂人没有疯到那种程度来进行这种冒险,因为他知道他不会凯旋而归。在我看来,他所有的威胁都是吹牛,可往往都如愿以偿。但这一次,考虑到可能恶化的局势,他的牛皮要吹破了……"

两天后,慕尼黑协议让大家都以为和平终于得救,为了避免世界末日般的灾难,人们付出了退让和耻辱的代价。又过了几个星期,暴风雨降临到欧洲。1939年3月,希特勒的军队无视协议和条约,侵入捷克斯洛伐克全境。纳粹的疯狂让世人发抖,战争似乎已无可避免。伯努瓦、卡尔科和多热莱斯在希特勒五十岁生日那天,给他发了一份电报:"如果这是你的最后一个生日,我们便祝你生日愉快。"

4月,阿尔班·米歇尔出版社出版了伯努瓦-梅尚的一本小书:《解读〈我的奋斗〉》。作者在序言中解释了他这样做的目的:"如果这本书(这里指的是希特勒的那本书)对我国的前途有影响,我们就不但有权利而且有义务去认识它。现在,这本书已经改变了某些国家的边界，有的国家还被它从欧洲的地图上抹去了。它可能还会造成令人难以置信的动荡，它计划深远的行动远没有结束。这是一本怪书，爆炸性的书，烫人的书，疯狂的书。在法国，由于缺少一个文本（它仍被禁止），我想尽量真实、清楚和准确地勾勒出一个缩影。"

这本书怪怪地配上了"卐"标志，如果今天这样出版，肯定会让人大吃一惊。其实，书里的一系列文章都是记者皮埃尔·拉扎雷夫约的，发表在《竞赛》杂志上。当然，在被占时期，它们被大大地用于宣传第三帝国，但在它们发表的时候，作者只是想给内心不安的读者提供一个信息。除了地下版本，法国读者无法得到《我的奋斗》的全译本。

安德烈·萨巴蒂埃强调说，伯努瓦-梅尚的作品，尤其是《解读〈我的奋斗〉》非常受人欢迎。合作还没开始："读者就在报纸上看到了作家、记者和评论家，无论是左派还是右派，无论是平民还是军人，都一致对它表示欢迎。在报刊众多的文章中，没有一个杂音，最近，我还在查阅这些资料——可惜的是，我手头没有那份报纸，但好像是《欧罗巴》创刊号——《德国军队的历史》被认为是一部具有预见性的作品。当时我们的读者就是这样认为的。"[1]

8月28日，战争爆发前的一个星期，阿尔班·米歇尔知道世界已经在荒谬中倾斜了。从此，一切都不一样了，疯狂和仇恨将大爆发，昨天还被认为理所当然的价值观很快就将被踩在脚下。在这个黑暗下来的世界里，要站得直，忠于朋友，信守诺言。他写信给伊莱娜·内米洛夫斯基说："此时，我们正经历着

---

[1] 1944年9月21日给出版界清算委员会委员艾蒂安·雷佩塞的信。

让人担忧的时刻，它随时会变成悲剧。而您是俄国人，是犹太人，也许那些不认识您的人——不过，鉴于您是位知名作家，不认识您的人应该很少——会找您的麻烦。所以，应该未雨绸缪，我想，我作为出版人给您出的证明对您应该有用。我准备证明您是一位才华卓著的文学家，而且，您的作品在法国和国外的成功可以证明这一点，您的一些作品已经被译成外文。我也随时准备对大家说，自从1933年10月，您在我的同行格拉塞那里出了几本书（其中包括《大卫·格德尔》，它引起了巨大的反响，并拍成了一部很好的电影），转到我这里来出书之后，我们之间除了出版人和作者的关系以外，我和您以及您的丈夫一直保持着非常友好的关系。"

不久，他又通知内米洛夫斯基说，他将继续向她支付月薪。当然，他们之间没有签署任何东西，但"米歇尔先生"的话比合同更管用。第二年，为了让罗贝尔·埃斯梅纳尔知道此事，伊莱娜在部队里与他见面时告诉了他这一安排："那是在1939年11月或12月，反正是在我们1939年的合同到期之前。我问阿尔班·米歇尔先生准备怎么办。他毫不犹豫地回答我说，他将继续给我支付一年的月薪……我们没有用文字把谈话的内容记下来。自从我认识阿尔班·米歇尔先生以来，我们一直严格地遵守合同，互相信赖。我从来没有怀疑过他的任何话，他也没有怀疑过我的话。我过去（现在还是如此）对他非常信任，以至于觉得当他答应我什么东西时，我要他书面确认，都会是一种侮辱。"

三个星期以后，即9月17日，《瑞士的犹太人》的作者里昂·孚希特万格的妻子来求他帮忙。人们当时还没有指称她丈夫是犹太人，仅仅因为孚希特万格是德国人，就成了法国当局的敌人，被关到了一个特别集中营里。在界线的这端，五年前就剥夺了他的国籍的法令毫无价值。孚希特万格是位小说家、戏剧家,在魏玛时期的德国曾起着重要的作用,他的不少作品都在许多国家出版了。1933年,希特勒上台时,他正在美国,德国大使劝他不要回慕尼黑,于是他选择了法国。"今天,我听说我丈夫将被押往埃克斯附近的集中营。"玛尔塔·孚希特万格写信给阿尔班·米歇尔说。"他的健康状况很差,所以我们一直住在南方。您可以理解我有多么担心。我和我丈夫都有美国签证,如果我们愿意的话,我们可以离开亲爱的法国。我很抱歉打搅您,但我希望您能理解我的忧虑。请允许我补充一句,当纳粹的宣传部门得知,侥幸逃脱屠夫之手的里昂·孚希特万格被法国人关了起来,他们会高兴得大叫起来。"

阿尔班·米歇尔马上就寄出一份证明,提到这位著名作家的作品,也说明了他和"这位才华横溢的作家所保持的密切关系"。他试图向孚希特万格夫人解释这一关押措施:"法国政府不得不采取一个普遍的措施——如果不能把有价值的人弄出来,因为事实证明,所有的移民,除了极少数例外,都在给德国人当间谍,他们以为这样就能得到希特勒的恩宠……"

第二年,里昂·孚希特万格终于离开了法国,前往美国,在那里一直待到1958年去世。

这是历史的讽刺,也表明了纳粹的疯狂,当作者只因为是犹太人就被迫逃离德国,当他的小说在公共广场和其他被禁作家的书一起被焚烧时,国家社会主义的宣传部门却受到《瑞士的犹太人》的启发,拍了一部极其暴力的影片。小说讲的是十八世纪的一个犹太银行家,符腾堡的行政总裁,人们像恨征税员一样恨他。他的保护人死了之后,愤怒的民众把他也绞死了。而电影却巧妙地把故事做了改动,用来发泄针对犹太人的仇恨。戈培尔向年轻人推荐这部电影,"具有艺术价值,服务于国家政策"。而几年前,这本书也曾被洛塔·孟戴斯改编成电影,导演是一个反希特勒的人……

战争爆发时,出版社的每间办公室几乎都空了,只留下阿尔班·米歇尔一人。出版社最早的合作者雷翁·帕基耶一年前就去世了,罗贝尔·埃斯梅纳尔上了前线。阿尔班·米歇尔在寂静的办公室里给罗曼·罗兰写信:"天气潮湿,对身体脆弱的人不利!我也感到很不舒服,但现在,我没有权利生病,因为只有我一个人。我曾和几个要好的合作者一道,试图让这家您所喜欢、它也能回报您对它的爱的出版社运作起来!当然,对于所有的出版社来说,9月都是一个灾难性的月份,我的出版社也不能幸免。当然,这用不着感到奇怪,因为在这个时候,大家都已经没有兴趣看书了。我自己也同样,我硬逼着自己看稿子,但我可以说,我的眼睛盯在纸上,思想却飞到了别的地方……"

12月,双方军队在互相观察。由于什么都干不了,阿尔班·米歇尔很生气。这时,他想起了1914年出版的书,支持前线鼓励后方的书。时年六十六岁的阿尔班·米歇尔热情地投入了一个巨大的计划,并请求著名哲学家亨利·贝尔帮助他:"我过去经常跟您谈起一个名叫'抗敌宣传与行动中心'的组织在1914年所起的重要作用。当时领导这个组织的让纳内现在是参议院院长。我越想越觉得有必要创办一个这样的中心,我觉得您也许可以利用您在公共权力部门的影响——尤其是曾领导过1914年那个组织的现任参议院院长——使这个计划能够得到研究。我认为,这样的一个委员会能符合三个方面的要求:

"一、出版一些合适的小册子,发行到某些领域,用无可辩

驳的证据来反对共产体制;

"二、让所有的国家都知道盟国想告诉他们的一切;

"三、通过寄赠图书、小册子和各种出版物来鼓励士兵的士气。1914年,就是为了这种宣传我才出版了埃皮纳尔的图画书。《爸爸的部队》讲述的是英勇作战的故事,每个部队都被点到了。士兵们因属于某个出色的部队而感到自豪,纷纷把这些图片寄给家人和所有的朋友,许多人的家里现在还能找到这样的图片,用镜框挂在客厅正上方。

"我不怀疑跟我们一样头脑灵活的领导人会认为创办一个对敌宣传中心是当务之急。"

法国被入侵的半年前,阿尔班·米歇尔还认为能像第一次世界大战那样发行他的宣传册。他当时还把很快就要与盟国联合起来与纳粹作斗争的共产主义当作一个巨大的敌人。

1940年1月,阿尔班·米歇尔完全沉浸到他的计划中去了。他写信给皮埃尔·伯努瓦说:"我设法让《伊甸周围》在逾越节前一个星期出版。我已让人把印刷你的小说要用的纸留在一边,倒霉得很,因为像你的前几本书碰到的情况一样,我现在弄不到印书的纸了。"5月,他在给特里斯丹·贝尔纳的一封信中抱怨更多的是自己的健康而不是战争。"我的健康不坏,甚至越来越好。就像局势一样!但我深信局势会变好,比我的健康状况变得更快……"

这种幻想存在不了多久。法国军队到处溃败。罗贝尔·埃斯梅纳尔参加了比利时的战斗,然后又撤到敦刻尔克附近一片海滩上,他和数千名被包围的法国士兵上了船前往英国。卡尔科来要钱,阿尔班·米歇尔给他寄了一张一万五千法郎的支票:"我还得叮嘱你'要小心',我们这边已经开始受到限制了,这还刚刚开始呢……"

1940年6月14日,德国人准备进入巴黎,法国政府溃散了,撤到了波尔多。在大撤退的路上,到处都是寻找藏身之地的避难者,逃亡的队伍一眼看不到尽头。于让街22号前停着一辆小卡车和一辆小汽车。人们匆匆忙忙地把重要的资料装上车,两小时后,德国人就要来到这里。得走了。但没有人开小卡车,还有,去哪里呢?出发之前,阿尔班·米歇尔、他的妻子乔治莱特、女儿安德蕾和两个外孙让-皮埃尔和弗朗西斯在吃最后一顿中饭。突然,印刷厂老板伊冯·贝尔纳来了,他是家里的一个朋友。

"我来看看你们是否有罗贝尔的消息……"

"什么消息都没有……你呢,你打算怎么办?"

"我去洛特省古尔东我的堂兄家里。"

"怎么去?"

"走路去!你还要我怎么去?我没有别的办法!"

"那好,听着,"阿尔班·米歇尔说,"小卡车停在门口,上面装着出版社的档案,我没有司机……你想开走吗?"

于是,那辆小车和小卡车颠簸在拥挤的道路上,朝古尔东开去。这是一趟艰难的旅行,经常因轰炸而停下来。晚上,听到飞机阴森可怕的嗡嗡声时,必须关掉汽车的车灯。阿尔班·米歇尔不得不常常熄灭他的高卢牌香烟,他感到很气愤。

到了古尔东,他们发现城里尽是逃亡者,有荷兰人、比利时人,也有法国北部的人,大家都到这个省里来寻找避难所……阿尔班·米歇尔和妻子凑合着在一家旅馆里找了一个小房间,安德蕾和孩子们则住在伊冯·贝尔纳家里。几个星期后,一名法国军官从出租车里下来:是罗贝尔。他从英国回来了,在布雷斯特下的船。他在土伦复员后，经过长途跋涉，来找他的妻子和孩子们。

9月份，阿尔班·米歇尔急得团团转，犹如困兽。他再也坚持不住了。他在这个偏僻的角落里苦苦等待，他从来没有这么久地离开过出版社。他不知道那里会发生什么："必须马上回去看看出版社变得怎么样了！"他不断地这样说。

罗贝尔提出来他先回巴黎……在于让街，成堆成堆的书被德国当局"枪毙"了。凡是有"德国佬"这三个字的书统统烧掉，犹太作家写的书也是如此……特里斯丹·贝尔纳、伊莱娜·内米洛夫斯基、埃利昂·芬贝尔的书。芬贝尔写了一系列关于动物生活的书，还有一些小说写的是他童年时期的东方。

伊夫·布伊苏根据命令，在认真重读皮埃尔·伯努瓦的书。在《雅各布之井》中，他找到了赞扬犹太人的一句话："大师啊，您不觉得这句话有点危险吗？重版时是不是应该把它删掉？"

作者犹豫了一会儿，然后露出了一丝微笑："啊，不，不管怎么说，让我冒冒险吧……以后可能会有用的……"事实上，他对德国永远的爱使他瞎了眼，并促使他与德国上流社会进行了合作，所以解放后受到了严厉的谴责。

弗朗西斯·卡尔科和罗兰·多热莱斯则显得独立多了。根据当时的精神，1940年10月26日的《费加罗报》问《被追捕者》的作者，作家是否应该在政治生活上起重大作用，他不假思索地回答说："不应该，他不应该起任何作用，那不是他的事。但愿他满足于和自己保持巨大的和谐，他的作用将比你提到的那些人更大。一位名副其实的作家，靠的是自己精湛的艺术，这样，他才能在这个世界上生存下去。"

11月9日，还是这份报纸问多热莱斯：重振文学的日子是不是已经到来？"重振文学？为什么？它受到了折磨？"《木十字架》的作家这样问道。"战前的评论家们没有这样对我们说过。相反，二十年来，他们很欣赏那些文学。好了，让他们继续吧，或者，如果他们不承认，让他们悄悄地继续吧！不能因为我们的军队战败了，就要否认我们曾经热爱过的作家。"

1941年，罗贝尔·埃斯梅纳尔独自领导着出版社。阿尔班·米歇尔无法离开古尔东，他的哮喘病拖了几年，弄得他的身体很虚弱。现在，他又得了肺气肿，不断地咳嗽，浑身无力。他和妻子及外孙们待在这个未受战争蹂躏的外省，不时还能得到一些新鲜的农产品。至少，安德蕾、爸爸和孩子们不会挨饿。

1月9日上午，罗贝尔从出版人联合会主席勒内·菲利蓬的嘴里得知，一个雅利安行政官将很快被任命为阿尔班·米歇尔出版社的社长。事实上，德军最近的一道命令已经正式允许剥夺犹太人的财产，在经济上实行雅利安化。犹太人企业主靠边站了，取而代之的是特派员，其作用是"永远消除犹太人在法国经济中的影响"。同时还要弄清和确认犹太人的企业。于是，德军命令，有步骤地清点"犹太人的经济实体"。为了达到这一目的，什么手段都可以使用，尤其是告密。他们认真倾听那些子虚乌有的小报告，饶有兴趣地阅读匿名信。阿尔班·米歇尔刚刚被一个陌生人告发了：米歇尔……这是一个名，却被用作了姓……据说，这是犹太人的习惯。

有个叫韦尼埃先生的人，是隶属劳工部的临时行政办公室的成员，他去找菲利蓬，要求得到他的许可和工会的许可，派一个叫布瓦索的人任阿尔班·米歇尔出版社的特派员。菲利蓬发誓说阿尔班·米歇尔不是犹太人，但他的发誓和辩护无济于事，必须有印花公文纸来证明阿尔班·米歇尔不是犹太人出生。

罗贝尔·埃斯梅纳尔很快就给联合会主席写了一封信，对即将实行的财产保管提出了正式抗议。"我郑重指出，这一措施，也许是一个错误造成的，它没有任何根据。你们必须明确宣布取消。我要求你们这样做。正如我多次向你们解释过的那样，米歇尔先生在他的血统中没有任何犹太人的成分。他和他的父母、祖父母、曾祖父母一样是个天主教徒。"罗贝尔弄到了打印的公文纸，仔细研读家庭资料，找到了弗朗索瓦·米歇尔老爹、祖父让-巴蒂斯特·米歇尔和他自己的父亲和祖父的出生日期。

反犹太人的行政机构当然不干，说这种草率的证明不能说明问题，必须提供原件。所以，罗贝尔得继续活动，他得找到一些原始文件，到上马恩省找岳父的，到荣纳省找自己的，证明他们不是犹太人。他必须到教堂布满尘土的档案中翻找，要求得到副本，不断地恳求，因为时间紧迫。为了拯救出版社，他独自斗争，什么都没有对阿尔班·米歇尔说，最重要的是不要让身体不好的岳父再为出版社担心。

安德烈·萨巴蒂埃口袋里揣着资料，来到克里希广场附近的佛罗伦萨路5号临时行政机构办公室。他想打听一下怎样才能永远消除对出版社的威胁。他走进大厅，发现里面挤满了吵吵嚷嚷、忧心忡忡的人：差不多有四百多人在里面挤来挤去，每个人都想得到一则消息、一个允诺、一份保证……萨巴蒂埃拨开人群，走到一名官员前面，向他解释起阿尔班·米歇尔的情况来。"这里不受理个人情况。"那个官员很不客气地回答说。

"那我能不能约一下……"

"这是不可能的。"

这时，韦尼埃先生出现了。大家安静下来，那位代表简单地介绍了一下新的行政法：为了执行德国方面1940年10月18日的命令，特派员将负责管理犹太人的企业，直到企业在不超过一个月的时间内卖给非犹太人。他还强调说，无论在什么情况下，犹太人都不能成为有限公司的主席和总裁，犹太股东的注册资本不能超过三分之一。一般来说，犹太人不能以任何形式在管理或经济方面占优势……

接着，韦尼埃说，有问题可以问。萨巴蒂埃于是问道，如果一家企业根本就没有犹太人的影子，特派员去那里干什么？"那特派员的作用就很简单，他只需在报告上详细说明这一情况。"

埃斯梅纳尔到处奔波，希望事情不要弄到那个地步。他知道得非常清楚，特派员一旦任命，再撤销就很难了。阿尔班·米歇尔出版社的墙上已经贴出了通知，证实出版社将由一个非犹太人的特派员来领导，出版社也将进行拍卖。

1月11日，埃斯梅纳尔请求皮埃尔·伯努瓦的帮助："亲爱的朋友，您能不能让某个高官干预一下，让这一决定尽快撤销？因为，情况太紧急了，不是吗？"几天后，16日，事情好像往好的方面发展了。他又给伯努瓦写了一封信："我真的很生气，尽管我岳父一直勤勤恳恳地工作，做事总是小心翼翼，人们还是毫不犹豫地这样粗暴对待他，一点都不尊重他的劳动！那些成功人士，也就是懂得发挥其特长的人，往往都百折不挠，不惜作出最大的牺牲，所以也就容易引起那些坏人的嫉妒……我之所以急于提示您，是因为事实上谁也不知道这件事后面隐藏着什么阴谋。不管是什么情况，我都不愿意看到报纸上宣布阿尔班·米歇尔出版社被任命特派员的消息。而且，亲爱的朋友，尤其是在我岳父不在的情况下，我认为我有责任把出版社将会遇到的大麻烦告诉您。根据德国当局向我做出的担保，尤其是如果您进行强有力的干预，我想这些愚蠢的行为会很快结束。"

除了皮埃尔·伯努瓦，还有审计法院的一名顾问也进行了干预，向阿尔班·米歇尔出版社委派特派员的事终于搁浅。

然而，另外三家出版社的运气就没这么好了，他们直到占领结束才得以摆脱。费伦奇出版社，其领导人都逃到非占领区去了，资产被托管，并由德国宣传部的温特梅耶上尉和柏林的一家出版社收购。出版社被改了名字，成了现代图书出版社，由亲德的儿童文学作家让·德·拉伊尔主持工作；纳唐出版社则被一个纸商、印刷商和出版人（其中包括阿歇特、拉鲁斯和阿尔芒·科兰）联合集团收购，他们保证战争结束后把企业归还给它真正的主人；卡尔曼-莱维出版社也被拍卖了。出版人联合会想在行业内寻找一个解决办法，以保护这个同行的利益，他们不想看见一个这么重要的出版社落到德国人手中。阿尔班·米歇尔和伽利玛都曾出面收购，但这一慷慨的做法后来不了了之。卡尔曼-莱维出版社后来在犹太问题管理总局的控制下进行了"雅利安化"，并改了名字，叫做"巴尔扎克出版社"。

尽管发生了战争，或者说，由于发生了战争，人们的阅读需求加强了，好书供不应求。1941年8月，罗贝尔·埃斯梅纳尔写信给皮埃尔·伯努瓦说："我们的生意好得不得了。领头的是皮埃尔·伯努瓦的书，出库的速度快得惊人，我们不断重印还赶不上趟。纸张消耗得太厉害了，我的天哪！"

安德烈·萨巴蒂尔在回答一名记者的提问时说："卖得最好的，是英文小说，长河小说，长海小说。① 不过，这是个敏感问

---

① 长河小说，指篇幅很长的小说，如罗曼·罗兰的《约翰·克里斯多夫》，这里的"长海小说"系一种夸张的说法。

题，所以我们也许最好还是谈谈我们自己国家的书……伯努瓦-梅尚的《四十年的收获》好像最受媒体的追捧，不单是笔头，还有口头……很快就要卖到三万册了。这太好了！不过，不管销售怎么好，这毕竟是本论著，不是小说，不像皮埃尔·伯努瓦、韦塞尔、范·德·梅尔什的小说卖得那么好……战争爆发之前，人们就已经发现一个非常明显的倾向：在卖不好的一般图书当中，质量高的书最后总能突出重围。战争爆发后，所有的出版人都发现，书又重新好卖起来，我觉得很难具体弄清读者到底喜欢哪类书。喜欢阅读的人，我好像觉得他们不加选择地扑向所有种类的书，这话我们自己说说，不管是好书还是坏书，优秀的书还是平庸的书，甚至包括很差的书……出版业处在一个欣喜的时期，谁都没有想到……今天，我们的顾客比我们希望的——或更准确地说——比我们能满足的顾客多得多。然而，只要我们没有因物质困难而停工，我们就会加倍努力，这是我们此时'效劳'的唯一办法。"

1941年10月，伊莱娜·内米洛夫斯基求救了。反犹太法限制了她的活动范围，她想知道她的出版人要怎么办，希望占领当局能允许她出版新作。埃斯梅纳尔回答她说："我和萨巴蒂埃常常想起出版您的书的事，在考虑如何保护您的利益。必须等待有利时机。只要机会来临，萨巴蒂埃很快会采取有利于您的新措施，当然，得十分小心。"

当然，埃斯梅纳尔无法向她允诺什么，他也不能做出决定，但这封友好的信对伊莱娜来说，已经是黎明前的曙光了："今天上午，我收到了您的信，非常高兴，不仅仅是因为您表示会尽可能地帮助我，而且因为它让我感觉到你们在想着我。这是一个巨大的安慰。就像您能猜到的那样，这里的生活非常让人忧伤，如果没有工作……如果不知道明天会怎样,这种工作本身也会成为一种痛苦。"几天后,阿尔班·米歇尔明白自己再也无法出版犹太作家的作品后,在他隐居的地方做出一个决定,在物质上支持伊莱娜·内米洛夫斯基。罗贝尔写道:"正如我对您说过的那样,米歇尔先生要求我们尽可能让您高兴,他请我在1942年仍给您三千法郎的月薪,这笔款与他能够出版并销售您的作品的时候应付您的月薪相当。"

1942年7月15日,伊莱娜·内米洛夫斯基被捕了。安德烈·萨巴蒂埃试图让已经成了国务秘书的伯努瓦-梅尚去做政府首脑皮埃尔·赖伐尔①的工作:"我们的作者和朋友伊莱娜·内米洛夫斯基从她所住的伊西-勒韦克被押到皮蒂维耶。她丈夫刚刚把这消息通知给我们。她是个白俄(正如您所知道的那样,她是个犹太人),从来没有参加过政治活动。这是位很有才能的小说家,一直给收留她的国家带来很大的荣誉。她有两个女儿,一个五岁,一个十岁。我请求您尽力帮助她……"可惜,他没有成功。

在皮蒂维耶,伊莱娜看见了惨不忍睹的东西。集中营里关满了从巴黎大搜捕抓来的犹太人。法国驻伦敦的流亡政府收到的一份报告中称:"他们把两百个人关在一间破屋里,让他们睡在草垫上,几乎谁都没有被单。不单是囚徒染了虱子,孩子们的身上也布满了跳蚤。他们的母亲没有任何办法保护他们。"不久,伊莱娜的丈夫也被捕了,两人被流放到奥斯维辛,再也没有从这趟恐怖之旅中回来。

---

① 皮埃尔·赖伐尔(1883—1945),法国政治家,曾任总理,二战期间主张与德国合作,战后被处死。——译注

阿尔班·米歇尔放心不下伊丽莎白和德尼丝那两个无依无靠的小女孩。他作了安排,让她们能不断地得到版税,找到藏身之地。德尼丝后来说:"我化了名,但一点都不习惯。当人们喊我的时候,我从来就没有答应过。不过,并不是所有的修女都知道我们的情况,于是我便受到了惩罚。我很难过。我从来不外出。知道我们身份的那位修女命令我绝对不要乱说,并对我说这是生死攸关的事情。当德国人抓住我们的时候,我得在半夜里和喋喋不休的伊丽莎白设法逃走。后来,我在一个地窖里藏了两个月,而伊丽莎白却可以每天上去,到藏我们的那户人家的屋里去,因为他们家有一个和她同龄的女孩。就这样,我在地窖里待了两个月。从这以后,我再也不愿下地窖了,所有的东西都堆在阳台上。"①

在那几年里,阿尔班·米歇尔出版社一直顶着压力。然而,德国方面要他们出大量的翻译作品。当德方的秘书拿了一本戈林元帅的传记让他们出版时,他们借口说没纸,没人……尽量拖延。安德烈·萨巴蒂埃后来这样证实:"在那四年中,对于德国当局竭力强迫我们出版的东西,比如说关于戈林的书,独裁者的秘书奥托·迪特里希的书,我总是进行消极抵抗,为此,我们受到了巨大的威胁,但我们一天天拖延,最后成功地拖掉了。"

安德烈·萨巴蒂埃有时也咨询雅克·伯努瓦-梅尚。"他说话总是直来直去,不让我们出版可能会被当成宣传手册的书,直接的不行,间接的也不行,间接的就更加危险。"萨巴蒂埃后来说。

然而,对于一家不与占领者同流合污的出版社来说,要与赖

---

① 1992年《新手册》,108期。已经嫁给吉勒的伊丽莎白借母亲的名义发表了一部传记,书名叫《瞭望台》(1992年,文艺复兴出版社)。

伐尔政府里面的某个人保持联系，显然是越来越难。他们的关系后来严格限定在工作上。萨巴蒂埃很怀念过去的日子："当然，我从内心里很怀念过去，那个时候，我可以跟他进行有趣的交谈，什么都可以谈，听他讲莎士比亚和歌德，讲但丁和劳伦斯，也就是那位伟大的英国小说家……"

在那些黑暗的岁月里，阿尔班·米歇尔出版的最成功的书是《维亚马拉》。约翰·克尼特尔的这部小说是一部充满感情的史诗，语气悲壮，背景是瑞士的高山峡谷和激流，与时代十分贴切。作者是个讲德语的瑞士人，既用德语写作，也用英语写作，他为自己与戈培尔共进晚餐而自豪，也为自己与利奥泰元帅[①]一道吃饭而感到光荣。他一个人身上好像集合了当时所有的矛盾。

诺埃尔·帕基耶还记得阿尔班·米歇尔是如何出版《维亚马拉》的。战争爆发前不久，她把一部已经在国外出版的稿子放在老板的办公桌上，书中夹着一些热情洋溢的审读报告……但老板的事情太多了，忙晕了头，根本就没有在意。一天，就在吃午餐前，来了一个身材高大的男人，衣冠楚楚，纽扣眼里插着石竹花，蓝眼睛，圆脸，长着小胡子。他要求见老板。这就是约翰·克尼特尔。人们请他等一等……阿尔班·米歇尔趁这时候匆匆地翻了翻那些报告，然后满脸微笑地打开办公室的门："进来，亲爱的朋友……"诺埃尔明白了。那天，她没有吃午餐，立即就拟合同去了。他们马上就签了合同。

1941年11月，罗贝尔·布拉西拉去了魏玛，国家社会主义统治的德国像往年一样，把作家聚集在那里，还特别邀请了一些

---

① 利奥泰元帅（1854—1932），第一次世界大战的法军名将。——译注

外国观察家。布拉西拉发表在《小巴黎人》上的报告[1]显示出作者按捺不住的激动:"约翰·克尼特尔,那个用德语写作的瑞士大作家,也就是正在我国畅销的《维亚马拉》的作者,只见他站起来,举起酒杯,就说了一个词:

"'Frankreich'[2]。

"于是,大家都开始鼓掌,纷纷站起来,举着酒杯,热烈地跟身边的法国人握手。我们没说话,激动万分,什么话都说不出来。这时,机灵的翻译提高声音,说:

"'我想这就用不着翻译了,大家都能听懂。'

"全场一片长时间的寂静,好像谁都不想打破这种沉默。"

在这期间,阿尔班·米歇尔还是待在古尔东。不过,他没有停止工作,而是尽可能地与出版社保持联系。出版部的一名年轻女职员法妮·布莱歇是犹太人,受到了反犹太法的威胁,决定到非占领区去找她丈夫。她辞职了,阿尔班·米歇尔从古尔东给她写了一封很友好的信:"亲爱的小法妮,如果说我很高兴地得到你的消息,却也很伤心地得知你将离开我的出版社。在出版社里,你的工作和你的智慧让与你同龄的女孩们都羡慕你。我理解你做出这样一个决定的原因,但我觉得这只能是暂时的,因为我认为并且希望,你如此热忱和忠诚地所做的工作,你将来还能回来接着做,这是我最大的心愿。在这之前,你肯定要在图卢兹找一份新工作,你当然可以提到我的出版社作为找工作的依据。而且,你一提我的出版社,就足以马上让别人雇用你。"

---

[1] 1941年11月5日,"魏玛大会"。
[2] 德语,意为"法国"。——译注

1942年4月29日，弗朗西斯·卡尔科从里昂给他寄来一部稿子，还有一封信，上面写道："萨巴蒂埃先生告诉我说您在古尔东，我急于把这本稿子寄给您。作者是个叫弗雷德里克·达尔的年轻人，他可能会成为西默农第二……这是一个真正的年轻人，很有才能。"

那些艰难岁月里，阿尔班·米歇尔根本没有心思推出新作者，所以卡尔科的推荐没有得到回复，结果，弗雷德里克只能到其他地方去发挥他的"西默农第二"的才能了。

其实，在那个时候，阿尔班·米歇尔一心想着回巴黎。从身体上来说，他觉得好了一些，已经在认真考虑要动一动了。然而，从行政手续上来说，目前去巴黎的可能性似乎更小了。只有安德蕾得到了通行证，可以从占领区的巴黎到非占领区的古尔东来。阿尔班·米歇尔想了许多办法，想从小城的市政厅得到必不可少的证件，但人们对他说，市政厅无法做出这样的决定……

由于安德蕾行动更加方便，他便让她设法去弄宝贵的证件，于是年轻姑娘开始了漫长的历程。她首先去了维耶松的"指挥部"，德国人告诉她说，他们无能为力，因为人在非占领区，所以必须找法国当局。但当她的通行证要被收回去时，事情就变得复杂起来——事实上，她的证件是一次性的，必须交回。她不能再回非占领区了。"于是我开始装傻，装傻大姐……"安德蕾·埃斯梅纳尔回忆说，"我假装以为占领区是从城门口开始的，所以可以自由地在维耶松来来去去……"

幸亏，她遇到了一个有同情心的德国人。那是马克西姆饭店的一个前膳食总管，长得酷似喜欢法国的费南代尔。"我在这里待三天，"那个"费南代尔"说，"所以你有三天时间可以自由出入非占领区……"

于是，安德蕾没有正式证件就去了穆兰。11点半左右，她来到了法国人的办公室，发现里面有一大群人在失望地大喊大叫……一个妇女死了儿子，却弄不到证件去另一个区埋葬儿子……12点整，窗口关闭了。"法国人太可恶了，"埃斯梅纳尔夫人说，"他们根本不帮自己的同胞，我气得都快要吐血了！我要求他们带我去见德国人，德国人在现场也有一个办公室。"

"夫人，"德国人对她说，"如果您能证明您父亲能在出版业帮助我们，我们可以给您这张通行证，但我们需要巴黎指挥部的证明。"安德蕾打电话给她在出版社的丈夫，罗贝尔马上就去了德占当局的宣传部，声称父亲必须来巴黎。他很快就得到了证明。这时，安德蕾已经在半路上，来取这份证明了……当晚7时左右，她到了巴黎，但已经两天过去了。次日上午，他必须去维耶松，否则"费南代尔"就不在了，她也就去不了非占领区找父亲了。她又坐了一夜的火车，第二天筋疲力尽地在维耶松下了火车，马上跑着去找"费南代尔"。"我准时到了！"她自豪地说。

那个德国人让她上了开往非占领区的火车。他的一个同伴过来检查证件，被他打发走了："不，你别管了，已经查过，一切合格！"

凭着那张宝贝证明，阿尔班·米歇尔很快就得到了通行证，于1942年夏天回到了巴黎。但他已经是个病恹恹的人了——他的垂体瘤恶化了，出版社他去得越来越少，是罗贝尔·埃斯梅纳尔在掌管出版社。罗兰·多热莱斯写信给他："我一直不知道最后是否能得到允许重版我写的关于战争的书。你的意见如何？"他回答说："在我们共同采取了措施之后，该做的我都做了，但直到现在没有任何结果。我想，现在再提出这个问题不是时候。"①

阿尔班·米歇尔回到办公室,是为了和过去曾一起共度美好时光的老朋友们见面。一天,吃午餐的时候,他和他的朋友、综合书店的前经理卡尔文去蒙帕纳斯大道的一家饭店。他让伊夫·布伊苏给他送一份材料,当这位营销主任到达的时候,阿尔班·米歇尔友好地让他坐下来,大家一起喝香槟,回忆往事……阿尔班·米歇尔讲起很久以前,他如何紧急坐火车去马赛,带着一份重要的合同让人签,否则,出版社就有可能遇到灾难……说着,阿尔班·米歇尔停了下来,看着卡尔文,看着布伊苏,想起自1902年的那天以来,他所遇到的种种困难。那天,他想跟一个名叫尚索尔的小说家签一份合同。他用有气无力的声音说:"你们知道,我在想,是否要重签……我不知道我是否要重签!"

但阿尔班·米歇尔大部分时间都待在王后镇的家里。罗贝尔给他送来了账本,他还是老板,什么都要检查,详细了解所有的计划,发号施令。这个人习惯一切都亲力亲为,这么多年来,为了让自己的出版社生存下去,他不得不努力奋斗,事无巨细什么都要管。1942年底,他检查了罗贝尔发放的奖金,批评了女婿几句……但当他发现罗贝尔给了邮递员一百法郎的新年礼物时,他跳了起来!他大发雷霆,像过去一样责备罗贝尔,好像罗贝尔还是一个从勒阿弗尔到"米歇尔先生"的出版社里来当学徒的年轻人。一百法郎!你疯了?

一天晚上,有人敲别墅的门。灯已经灭了,他没有理睬,来人走了……安德蕾说,那天晚上,肯定是盖世太保来找父亲了。有人说他提供由一个好心医生签署的假证件,过于大方地分发给

---

① 1942年10月21日的信。

被迫招到德国去干活的员工。根据这些证明，阿尔班·米歇尔出版社的人全都健康不佳：心脏病、梅毒、肺结核，全都具有破坏性……

阿尔班·米歇尔不无遗憾地发现，战争不但让他的作者四散，而且分裂了他们。雅克·伯努瓦-梅尚积极与德国人合作；亨利·贝罗，也就是过去曾以《肥胖者的苦难》获得龚古尔奖的那个"善良的胖子"，在亲纳粹的报纸上写文章，煽动反犹太人，鼓励反对英国，反议会民主。罗兰·多热莱斯在他的卡西斯隐居地等待胜利，整天都在重复："他们真该死，他们真该死……"他最后也就这样相信了。

弗朗西斯·卡尔科也躲在日内瓦等待美好时光。特里斯丹·贝尔纳隐居在戛纳，后来很快就被逮捕，送往特朗西集中营，这使他产生了灵感，想出一句妙语："我们现在生活在恐惧中，但我们将生活在希望里。"

特里斯丹的儿子让-雅克·贝尔纳也是个作家，被送到了贡比涅集中营，那是通往永久流放的第一步。他受了伤，吃了很多的苦，后来和几个无法走路的囚犯被德国人扔到了城里的大街上，其他犯人则被送往中欧的死亡集中营。

原籍安的列斯群岛的勒内·马朗待在巴黎继续写作。前一年，即1941年，阿尔班·米歇尔出版了他的《丛林野兽》。一天，盖世太保到他位于波拿巴路的住处来搜查，马朗满脸微笑地迎接他们："怎么？你们赏脸来看一个黑人？我是半人半猴！"

"可是，先生，我不明白……"那个德国人结结巴巴地说。

"因为我读过《我的奋斗》……"

不过，占领当局还是想尽力争取到这个人，让他为他们的事业服务，因为二十年来，他一直在控诉法国的殖民制度。负责劝说他的那名军官给他列举了一些与德国合作的作家的名字。"对那些为我们服务的人，你有什么看法？"

"我的看法跟你完全一样。"马朗盯着那个纳粹分子的眼睛，回答说。

可惜，为了让出版社继续运作下去，有时需要屈服。所以，阿尔班·米歇尔也出版了一个叫吉贝尔·梅尔的阴险作家的书。《好斗的民主》想告诉大家，民主不过是一种"集体疯狂"，所以，当然必须加以预防。

但与德国合作的最重要的图书是由其他出版社出的，发行范围小一些的出版社。博谢纳出版了《反民族的以色列》，这本论著"当着我们的面分解犹太人的宣传机制，告诉读者犹太人是如何制造和左右舆论，如何制造恐慌，如何引起和发动战争而又不抛头露面，如何脚踏两条船，不管胜利还是失败都不吃亏，如何通过各种拐弯抹角的手段，达到犹太人肮脏的目的，这些都是危害我们的财产和血统的"。新法兰西出版社则出版了《如何辨认犹太人》，其分析受到塞利纳和特鲁蒙的作品的影响。让·德·拉伊尔在现代图书出版社出版了他的《新欧洲》，表明了自己亲希特勒的观点；在法兰西出版社，法兰西学院的一个成员乔治·克洛德在《从敌对到合作》中有趣地描写了近阶段的事情。

1943年初，阿尔班·米歇尔的健康恶化了。他的呼吸越来越艰难，一场严重的支气管炎加重了他的哮喘。眼下，他喘气非常困难，离不开氧气瓶了……他要罗贝尔写信给罗曼·罗兰夫人，因为她丈夫的病跟他的病非常相像，同是科尚医院的皮埃尔·阿默伊博士替这两位著名病人看病。阿尔班·米歇尔好奇地想比较两种治疗办法。

事实上,阿默伊博士对罗曼·罗兰的病更担心。2月3日,这位医生通知作家的太太说:"罗曼·罗兰病危了……"

"没办法了?"

"还没有到那个地步,但差不多没办法了。我们将尝试最有效的措施:早上注射士的宁,晚上注射樟脑油,使用麦角碱……"

罗曼·罗兰夫人写了一封共有十页的长信,详细解释了她丈夫不得不接受的治疗:"如果他能喝牛奶(由于肠胃不好,他忍受不了),最好给他喝奶……医生没有再说心脏的事,现在,主要的危险突然转移到了肺部:他不再是支气管炎,而是肺结核。医生对我说罗兰已经不能自己呼吸了,肺部表面再有一点损伤,他就没命了。"她在信的末尾这样叮嘱道:"人们说,如果病到了肺部,心脏就危险了。如果心脏不好,则必须非常小心肾脏。尿毒症的威胁……用樱桃梗熬的汤剂很管用,尤其是如果病人喝得很多(不是喝酒、喝水,而是喝汤剂,尤其是喝牛奶!)。"

罗贝尔在3月1日感谢了她。这么多药、医嘱和饮食疗法,对阿尔班·米歇尔来说当然没必要,他比罗曼·罗兰年轻,不像这位老文豪那样有肺结核。"阿默伊博士发现我岳父患了传染性和弥散性支气管炎,说他的情况很严重,但还没有到太悲观的地步。肺部方面好像有一点点好转,但要特别警惕感染……眼下,心脏虽然疲劳,但情况还不错,肾的情况也还可以。但我们的病人渐渐地虚弱下来,我们在想,自从十来天前他卧床的时候起,他只喝过几杯牛奶,不知道能不能支撑下去……"

可是,1943年3月2日,这位老出版人的心脏停止了跳动。七十岁的阿尔班·米歇尔在家人的簇拥下离开了人间。当时的报纸都在关心国际时事,只用了一行字来报道一位出版家的去世。一个月来,德国人在所有的前线都后退了,战争发生了新的转折。

四天后,许多人到王后镇的墓地去悼念。和阿尔班·米歇尔出版社有关的人都列队经过尚未覆盖泥土的墓穴跟前:作家、印刷商、出版人、于让街的全体人员……在那个苍白的三月,人们埋葬了一个在铁与血中倒塌的世界。前几铲土下去,人们眼前就络绎不绝地浮现出一个个抹不去的影子:世纪初上流社会的女人、喜欢冒险的童子军、看破红尘的年轻士兵、被撒哈拉沙漠烤灼的军官……阿尔班·米歇尔的精神活在某本漂亮的彩色书中,书中的所有人物都在疯狂地跳着法拉多舞①。

---

① 法国普罗旺斯地区的一种舞蹈。——译注

第十章

一个出版人的精神

"我们要操心的事多着呢,因为现在任何小事都会酿成大问题,但我毕业于一所很好的学校——你们都知道米歇尔先生是一位无与伦比的大师,我懂得什么是失望。"罗贝尔·埃斯梅纳尔在给布朗什·卡巴内斯的信中这样写道,后者要他重版她丈夫的作品。

从此,罗贝尔要独自掌舵了,他忠于岳父的办社精神。他是在极其困难的时候接班的。在经济方面,纸价从战前的每吨两百五十法郎涨到了现在的每吨七百五十法郎,而出版社里库存的纸每月只有三吨半,只能印一般厚度的书一万五千册,仅占正常需要量的三十分之一!在文学方面,严厉的书刊检查使出版周期越来越长,限制越来越多。

1943年3月25日,当罗兰·多热莱斯给他寄来《热带之路》时,他回信说:"我首先得把您的书稿交给法国书刊检查委员会,然后由它转给德国的书刊检查机构,以便得到一个印刷号。不过,书稿只能在每个月的前五天递交,即使所有的手续都齐全,不到五六个星期是绝对得不到回答的,而只有得到这种许可证之后我们才能出版。您看这把我们搞成什么样了!"显然,作品在1944年底之前出不来。

但问题并不总是来自新书。1943年,罗贝尔·埃斯梅纳尔把伊夫·布伊苏叫到办公室里。年轻的出版人脸色苍白,十分沮丧——他只有四十岁,他通知营销主任说自己的处境十分困难:

布鲁塞尔的德国当局通知巴黎的德国当局关闭阿尔班·米歇尔出版社，并立即逮捕出版社的头。为什么？他们刚刚在安特卫普一家书店的橱窗里发现了一本名叫《十二岁的士兵》的样书，作者是阿尔努·加洛潘。封面很漂亮，画的是一个德国士兵，头上戴着尖头帽，正在用刺刀捅一个法国小孩！在占领期间，这本旧书是怎么出现在比利时一家书店的橱窗里的呢？让人百思不得其解。但德国人把它当作一个挑衅，要杀一儆百。

"要向布鲁塞尔的德国当局解释，说这是二十五年前的旧书，我们这里的书早就销毁了……我们是完全无辜的。不能因为某个书商不小心而判我们的罪……"布伊苏很激动。

于是，布伊苏怀里揣着通行证，搭火车去布鲁塞尔。比利时发行公司的代表来车站接他，并送他去见德国人。当时，布伊苏左眼戴着单片眼镜，出色地扮演了受冒犯的绅士的角色："你们要求严厉惩罚我们，可我们的出版社有一百五十多名员工，你们想采取的措施完全是不公正的……"

在他陈述的时候，那个德国人点点头："我明白……我明白……既然这样，我写信……给巴黎方面，告诉他们说我们取消这个决定。"

于是，他们在发行公司的办公室里开了一瓶从黑市买来的香槟酒。布伊苏胜利地回到了巴黎："行了，一切都解决了！"

几个星期后，埃斯梅纳尔又来找布伊苏："事情复杂了。我刚刚收到巴黎的德军司令部的严厉警告……他们没有收到布鲁塞尔方面的任何东西，没有你拜访过那里的任何痕迹，他们要执行命令……"

所以，又得马上去比利时。要得到新的通行证需要很长时间，而在得到之前，出版社早就被查封了。布伊苏看着旧通行证上的日期，是一个"8"，只要在前面加个"2"字就可以了，证件可以再用一次。诺埃尔·帕基耶有一台打字机，打出来的字跟证件上的字差不多。她精确地定好位，把数字打了上去……布伊苏又出发了，这回，他用的是一份假证件。"我害怕极了，"他回忆说，"我那时已经有一个刚出生的婴儿，而且刚刚加入'北方解放'，那是一个抵抗组织……如果海关官员认真一点，他们是能发现作假的。不过，一切都非常顺利。"

在布鲁塞尔，布伊苏找到了那名德国军官。很幸运，他没有问布伊苏是采取什么方式从巴黎回来的。"我会给巴黎写信的。"他答应道。

"不，请原谅，我得带着您的信回去。"

那个德国人举起双手，做了一个听天由命的动作。现在，他不再是昨天那个和蔼的英俊军官了：他刚刚得知，他马上要调到俄国前线去……所以，他对这种关于出版的争论已经完全没了兴趣。他马上就让人打了一封信，交给布伊苏。被阿尔努·加洛潘在1918年停战协议签订之后出版的一部儿童小说拖入危险的阿尔班·米歇尔出版社终于得救了！

埃斯梅纳尔一直忠于岳父做出的选择。有人曾要出版社重版夏尔·莫拉的《佛朗哥时期的西班牙》。1943年5月3日，出版社的一位审读员匿名写了张条子，塞到罗贝尔·埃斯梅纳尔的办公桌上："我已经说过，夏尔·莫拉的那部东西强烈反对苏联。现在，欧洲的媒体都在报道卡廷大屠杀①和敖德萨大屠杀，

---

① 1943年4月，德国人在苏联的这个村庄里发现了被苏联警察杀死的4 500名波兰军官。

这本书会被各种报纸和各类记者大加利用。出版社的名字被如此利用，我就不说是介入论争了（关于自由的论争），有这个必要吗？我觉得没必要。我甚至认为这样做很危险。如果是我，我一定会尽量拖延这本书的出版。"

在战争期间，罗贝尔·埃斯梅纳尔接待了从贡比涅释放回来的让-雅克·贝尔纳。在这个国家里，他的任何活动都被禁止，无法靠自己的笔养活自己。但他有个计划：一旦解放，他就准备讲述他在集中营里的经历，书名都已经想好了：《缓慢死亡的集中营》。阿尔班·米歇尔出版社当然会出版这本书，但在出版之前，为了让这位作者能够维持生计，埃斯梅纳尔跟家里的一个非犹太人朋友签了一份合同：路易·诺埃尔每月将收到五千法郎作为《阿根廷和巴西的棉花文化》的稿费，当然，这本书并不存在。幽默和讽刺确实不能失去其用途！为了避免占领者的检查，话说得很明白，书在"敌对状态结束半年后"才能出版。

1944年8月，巴黎解放了。戴高乐将军凯旋归来，来到了香榭丽舍大街，人们热泪盈眶、兴高采烈地围在他身边。大家终于又看到公共建筑上飘动着三色旗了。阿尔班·米歇尔出版社马上开始出版《缓慢死亡的集中营》，这是见证纳粹恐怖的一本书。当然，几年后，人们还发现了其他丑恶的事情，但最先把这个世界从噩梦中击醒的，是让-雅克·贝尔纳的这本书。弗朗索瓦·莫里亚克在1月10日的《费加罗报》上这样写道："一个没有强制劳动、没有虐待室、没有毒气室、没有焚尸炉的集中营，一个外表上看起来很健康的集中营，甚至可以说是一个给人休息的集中营，见不到刽子手。那个刽子手掌控了整个巴黎。他的命令很简单，别去打扰受害者：让他们慢慢地饿死。几乎不给他们吃东西：一碗汤，一点人造奶油。不许外面送任何东西进来。让-雅克·贝尔纳让我们看见了原先很旺的火慢慢地摇曳起来，最后熄灭。"

1945年2月，新闻局额外给阿尔班·米歇尔出版社分配了两吨半纸——当时纸是定量供应的物资，让他们能够重印《缓慢死亡的集中营》。这是给推介民族精神的优秀图书的"奖赏"。

负责清算的法庭在检查出版社最近出的图书。出版咨询委员会负责向新闻局提供有可能被跨行业清算委员会召见的所有出版社的资料。在这种充满仇恨和复仇的紧张气氛中，被控出版了塞利纳和勒巴泰的书的罗贝尔·德诺埃尔，在开庭前几天神秘地被人杀死了。三年后，法院才宣布他的出版社无罪。

贝尔纳·格拉塞也被捕了，出版社暂时被人接管。清算委员会判他的出版社停业三个月。他的主要罪状有：他自己写了一些东西，并出版了德里厄·拉罗什的一些作品。

阿尔班·米歇尔也成了清算委员会的目标。他们调查以后，认为阿尔班·米歇尔出过伯努瓦-梅尚的书，这是罪过。这个作者的问题更多是他在占领时期的态度而不是作品的内容本身，当然，吉贝尔·梅尔的书也是反民主的……清算者没有太多的收获，"罪证"不足，当然也就没能把诉讼继续下去，所有的行动都停止了。

在这期间，罗贝尔·埃斯梅纳尔仍然为伊丽莎白和德尼丝的命运担心，阿尔班·米歇尔曾答应绝不抛弃伊莱娜·内米洛夫斯基的这两个女儿。1945年7月，他写信给奥梅尔·恩格勒贝神甫："伊莱娜·内米洛夫斯基在法国把两个女孩留给了一个朋友照顾，这两个女孩也是我们出版社所要帮助的……我刚刚见到了照顾她们的那个女人，她说她曾让格兰德镇的锡永修道院接受那两个女孩寄宿，协议都签了，但到了最后一刻，修道院院长反悔了，借口说没有位置了。负责照顾她们的那个善良女人非常失望和担心。亲爱的神甫先生，您是否知道他们是不是真的没有位置？您能不能对那些修女施加一些影响，是否让伊丽莎白和德尼丝至少能在开学的时候进入锡永修道院？您知道，我们很关心那两个女孩的事。"

奥梅尔·恩格勒贝神甫是阿尔班·米歇尔出版社的作者，写过《圣人的花朵》和《阿西西的圣方济各》，在文坛上是个人物，在宗教界也很有影响。几天后，他给罗贝尔·埃斯梅纳尔回信说，一切都解决了：锡永修道院会接收那两个女孩。于是罗贝尔·埃斯梅纳尔着手筹集维持她们的生计所需的资金。12月，他参加了一个会议，讨论如何凑齐这笔款子，然后把它交到公证人手中。至于他本人，埃斯梅纳尔保证每月给她们汇钱，这"当然与伊莱娜·内米洛夫斯基的版税没有关系"。

在阿尔班·米歇尔出版社里，生活恢复了原样。多热莱斯的《热带之路》和罗曼·罗兰的《佩吉》终于出版了。吕佩侯爵也写了一本关于梅里美的传记，雷蒙·里特写了关于贤君亨利四世的小故事……但物质方面的困难太多了，1945年1月，罗贝尔·埃斯梅纳尔在写给皮埃尔·伯努瓦的一封信中强调说："尽管生产方面困难重重，但出版社出的书一直很多。纸张的匮乏让我们感到非常头疼。你知道，我从来没有在黑市买过一张超出常规价一毛钱的纸张，眼看马上就要熬到头了，我更不愿意改变自己的办法。"

清算往往针对出版人，但也没有放过作家。亨利·贝罗被捕了，在占领期间，他写了许多书，获得了一大笔财富，过上了梦幻般的生活，住城堡，坐豪华轿车……他被判死刑，但引起了许多人的反对，弗朗索瓦·莫里亚克在《费加罗报》上写道："谢天谢地，我们大家的荣誉没有被玷污，亨利·贝罗并没有背叛。"多热莱斯也写信给贝罗："要知道，老朋友们没有一个忘了你，我们大家都盼你回来……你的作品已经卖空了，人们在旧书店里高价争抢……如果你重新拿起笔，你的新作肯定会取得巨大的成功……你的痛苦经历会给你灵感，让你写出一本杰作。"戴高乐将军把他的死刑改成了在雷岛强制劳动二十年。五年后，贝罗得了脑中风，瘫了，以健康不佳为由得到了赦免。但这个善良的胖子，过去是那么宽厚、快活，才华横溢，现在却未老先衰，神志不清，再也写不出一行字来，整天关在家里。想到一跨出小屋的范围就会被送回苦役犯监狱，他就吓得半死……他死于1958年。

至于罗兰·多热莱斯，有人在《格兰瓜尔》上写了一些无聊的文章攻击他，他得进行自我保护。他回答说，自1941年9月起，他就已经认清了那些亲德报刊的实质，与它们终止了一切联系。出于正义，他在清算法庭前替《格兰瓜尔》原主编贺拉斯·德·卡布西亚进行了辩护："他从来没有向我施压，让我支持他的某些作者执行的政策。他多次向我表现出宽容，允许我鄙视维希政府的政策，甚至向占领者提出挑战……他给他的作者和编辑以极大的言论自由。"多热莱斯也提到，他没有向德国人屈服，拒绝修改书里的某些细节，宁可不出。当然，这位第一次世界大战的老战士也曾被元帅的星星闪了眼，但他很快就醒悟过来："我没有像很多人那样，看到德国有失败的迹象时才采取这样的态度。"

胜利以后，他同样不能忍受人们把疯狂的仇恨发泄到某些记者身上，反对判《处处有我》的编辑们有罪："叛徒、投机分子甚至给德国军队效劳的人保住了性命,而记者却被判有罪,一个个受到惩罚。正是为了抗议这种极不公正的事情我才挺身而出……他们没有权力判那些没有用好笔的人死刑而原谅那些在希特勒的阵营里拿着武器的人。"

1945年3月7日,卡尔科从瑞士回来后在特鲁昂饭店找到了多热莱斯,当时龚古尔学院的成员正在举行战后的第一次午餐会。学院内部分裂了。怎么可能在同一张桌子周围让这些人达成协议呢,既然他们已被局势弄得四分五裂?

战后还在龚古尔学院担任职务的亲德分子有让·德·拉瓦兰德,这是一个谨慎、保守的作家,隐居在乡村。他曾说:"城市生活是一种寄生的、浪费的生活,我们的才能、工作和时间不应该受这种浪费的影响,人只有在孤独中才能发挥出最大的价值。"这个人在最艰难的时刻从隐居中走了出来,他的名字出现在亲德的报刊中。他知道院士们会开除他,于是先下手为强,向学院的秘书多热莱斯提交了辞呈:"我已经感觉到我会让你们感到为难,我肯定会在学院里妨碍大家……"面对媒体,他试图替自己辩护:"四年来,我在《处处有我》中发表了十一个中篇,况且,我还得违心地答应某个朋友的要求。我生活在远离众人的地方,怎么能了解巴黎的媒体?"

勒内·邦雅曼由于进行了有利于维希政府的宣传,被处以行政拘留,他后来便像让·阿雅贝一样靠边站了,被国家作家清算委员会中止工作两年。萨夏·吉特里在这之前一直是个热情的院士,1943年,他在拍卖行以一万零一百法郎的价格得到了埃德蒙·龚古尔的遗嘱。他曾答应把自己的藏品和私人公寓捐献给龚古尔学院,但现在,他也被同僚们冷落在一边,再也没有人咨询他,也没有人招呼他。罗兰·多热莱斯说的还不算是最激烈的:

"吉特里？1914年离德国人太远，1940年又离得太近了！"

大家想逼这些替罪羊辞职，但他们不甘就范。卡尔科冷笑道："如果那些讨厌的人不辞职，别的人可以辞职，重新组织龚古尔学院……摆着一瓶白葡萄酒……在更远一些的地方。能不能成为不朽者，我们不关心。"

阿雅贝不久以后就死了，龚古尔学院的正义和复仇行为就此罢休。1948年，邦雅曼的去世引发了吉特里的辞职："你们折磨过的勒内·邦雅曼是一个值得赞赏的纯洁的人，他的死，结束了我与你们这个团体的最后关系。所以，我向你们提出辞去龚古尔学院院士一职的请求，并对你们说：永别了……"

暴风雨降临到了龚古尔学院头上，好多年以后才完全平息。多热莱斯很快就成了学院里最老的院士，是维护龚古尔传统最积极的人之一，他为了恢复这个古老社团的威望而努力斗争。

现在让我们来看看那些不朽者吧：皮埃尔·伯努瓦遇到了很大的麻烦。他在巴约讷与一个叫玛塞尔的女子编织了一段完美的爱情。这个年轻女人是当地的一个有产者，很快就与丈夫离了婚，嫁给了他。1944年9月16日，伯努瓦被捕，被送往达克斯监狱，然后又以严重的坐骨神经痛为由，保外就医，两个月后，回家监视居住……次年1月，他又被送回监狱，关在弗雷斯内的单人牢房里，但他的律师成功地把他弄到了诊所里。

他被捕半年多以后才释放，洗刷了被控的所有罪名，他的案子也就此了结。从监狱里几进几出，监视、诊所、释放、定案……媒体当然就《亚特兰蒂斯》作者的不幸遭遇做了大量报道。伯努瓦跟萨夏·吉特里一样，被捕、被关进医院、受指控，然后洗清了罪名，但在这些关押和媒体的宣传之后，他仍然是一个面孔模糊的"合作者"——人们不知道他究竟犯了什么罪，但大家都在传说和重复小道消息，好像某些作家必须承担集体犯下的错误。因为人们可以指责伯努瓦——吉特里也同样——在国难当头的时候无忧无虑，指责他有时跟德国人的友谊太过明显，还可以指责他在德占时期写了很多作品。但在那段时间里，别的作家也在写作和发表，演员在演戏，歌手在唱歌。大家觉得原谅某些人是很自然的事，谁会指责让·科克多在1941年出版了《打字机》，指责阿尔贝·加缪在1942年出版了《西西弗神话》，指责让-保尔·萨特在1943年出版了《苍蝇》？没有人。因为这些作家以自己的观点洗刷了别人对他们的怀疑，不会被当作卑鄙无耻的人。在大家的印象中，他们没有跟纳粹同流合污，他们都是声明反对法西斯主义的人。伯努瓦是一个公认的保皇派，一个右派分子，现行的反革命分子，崇拜贝当元帅，狂热地捍卫路易十六死后的名声。像他这样的人，在那个清算行为十分草率的时期，肯定会被当作一个罪人，人们会毫不留情地揪住这个在此前处处顺利的人。他在那四年中，对世界的命运无动于衷，只管自己过幸福的生活，人们现在要他为此付出代价。而他却不明白人们为什么要这么狂热地侮辱他，毁灭他："什么？为什么是我？为什么要这样？我其实拒绝了与德国人的所有合作，不管这种合作能带来名还是利。难道，路过维希、拜访元帅就要被判绞刑吗？然而，我觉得，除了他是国家元首之外，我们俩都是法兰西学院的成员，当然，我的地位要低一些，不跟他打招呼至少是不礼貌的！"

他在监狱里给媒体写了一篇东西，说关于自己的那些材料完全是子虚乌有："可惜的是，只有预审法官、我的律师和我自己知道这一细节。但是，有些人完全不知道内情，只是道听途说。而公众舆论每次都想通过媒体，加上一些巧妙的评论，精心策划,让我入狱。我的羁押期越来越长,媒体对我的攻击就越来越猛,他们根本不知道这是很不公正的。"

罗贝尔·埃斯梅纳尔对友谊表现得十分忠诚。他在动荡中支持伊莱娜·内米洛夫斯基和让-雅克·贝尔纳,解放后,他又到处奔波去救其他朋友。他寄了一份证明,说他完全相信伯努瓦是爱国的,提到伯努瓦曾在1939年和多热莱斯与卡尔科给希特勒发了一封电报:"如果这是你的最后一个生日,我们便祝你生日愉快。"他还解释说:"许多人通过阿尔班·米歇尔出版社邀请皮埃尔·伯努瓦先生参加电台的座谈和谈话,请他写一些和政治多少有些直接关系的文章,他全都拒绝了。"

他还给监狱里的伯努瓦写了一封充满感情的长信:"一个像你这样伟大的法国人,一个像你这样如此正直、具有如此罕见才能的善人,遭到这种对待真让人伤心。请相信,你经受了这么久的噩梦很快就会结束,你回到朋友身边的那一天,我们将在一起庆贺。不可能什么厄运都落到你头上。名望肯定会引起很多人的嫉妒。很多人常对我说些这样不严肃的话:在占领期间,皮埃尔·伯努瓦多次去过德国;皮埃尔·伯努瓦发动了游行示威,或者说他参加过一些可疑的组织,应邀参加过纳粹军官的宴会,写过宣传那部电影的文章,有德国人的照片,等等。所有这些都是无稽之谈,一派胡言,可笑之极。当然,那些匆匆地向我提出这些问题的人,他们总是闪烁其词,借口说是听别人说的。就是那些人在传播令人不安的谣言……你会在罗兰(多热莱斯)那里找到最坚强的支持。为了你,他有什么事不会做呢?……萨巴蒂耶也在努力,想方设法,请相信,他是目前最好的顾问。"①

---

① 1945年1月10日的信。

皮埃尔·伯努瓦于1945年4月4日出狱。他被禁止出版两年，所以，他的下一部小说《让罗丝》是在加拿大出的。这是形势所逼，第一次背叛阿尔班·米歇尔出版社。后来，他又在于让街22号找到了自己的位置，作为一个迷途知返的朋友。但他永远不会忘记监狱："在五十八岁的时候，当你觉得自己在这之前一直有尊严地活着，按时缴税，在巴黎的什么地方有所公寓，正如警察局的报告里所说的那样，房租能按时交，衣橱里好好地挂着绣丝边的漂亮院士服，突然间，谁也不知道是怎么回事，漂亮的粗毛呢小囚衣，木制的马桶，窥视孔半夜里突然亮起来，一道电光向你迎面照来，开心的狱卒对前来探望你的那个不幸的年轻女人说：'只有你这种婊子才会来看这样的无赖'，这些话我们俩之间说说吧，这些事情可一点都不让人开心……"

在所有亲德的作家中，雅克·伯努瓦-梅尚无疑是最活跃、最直接的人之一。1947年5月29日，高级法院在凡尔赛宫金碧辉煌的拱顶下对他进行了审判。正当人们要就这个作家的行为和作品进行判决的时候，临时政府的一个秘书打电话给阿尔班·米歇尔出版社："为了给驻德国的军官们提供资料，我们需要雅克·伯努瓦-梅尚的一本书《德国军队的历史》。我们没有任何东西可以提供给我们的军官，只有这本书符合我们的要求……"

审判引起了巨大的轰动，因为雅克·伯努瓦-梅尚不认罪，他为自己辩解。他的一名辩护律师让-路易·奥约尔是这样解释这场论争的重要性的："在那个时期，其他主角都沉默了或者死了：贝当元帅被判了刑，高傲地保持沉默，不开口；达兰上将被人暗杀了；赖伐尔无法出庭为自己和布里农辩护，便主动放弃了辩白。而雅克·伯努瓦-梅尚则相反，他觉得澄清事实的时候到了,认为他的祖国应该为他的行为做出公正的判决。"

对雅克·伯努瓦-梅尚的指控当然主要集中在他的政治行为上,他曾为维希政府工作过。但人们也在法庭上提到了他的文学作品。他对法官的详细陈述也从某个角度揭示了战争期间的某段出版史。"我想向法官先生们指出一个鲜为人知的事实,"伯努瓦-梅尚说,"《德国军队的历史》,起码是第二卷,在德国遭到了禁止……我写过一本关于《我的奋斗》的书,它在德国也被禁了,《我的奋斗》的出版社曾想告我,说该书的出版是非法的。别忘了德国当局禁止在法国出版这本书的法译本。我还写过一本关于乌克兰的书,它的运气更不好,因为它在德国两次遭禁……我还写过《四十年的收获》,在德文版中我删减了文字,因为我不想全文在德国出版。有些事情我是想说给法国人听的,我觉得没有必要让外国读者知道。我被当作一个全心全意为德国人服务的人,有些人如愿以偿了,可我写的五本书中有四本在德国遭到了禁止,你们要承认,你们把'屈从'这个概念扩大化了。幸运的是,我还没有到那个地步。"

关于《解读〈我的奋斗〉》,庭长指出,这本小书有利于纳粹的宣传。档案中,有一封某个全科医生1941年从突尼斯写给伯努瓦-梅尚的助手的信:"这个国家如果没有陷入反民族的猜忌,就会有美好的前途。这种猜忌是建立在激进的偏见之上,尤其建立在来自国外的一种邪恶的宣传之上。我已经发现,在这里,《四十年的收获》和他对《我的奋斗》的解读是多么有利于真正的爱国主义的崛起和发展啊!他们终于不再被动地求救于人,而是要恢复自身的法兰西意识。"

在文学方面,伯努瓦-梅尚也进行了自我辩护。他提到了他的《尚存者》,那是第一次世界大战的战士们的书信集:"有人要我从书中抽掉某个战士的信,因为他的文章在书中出现得太多了。那个战士叫马克·博松,是个犹太人。德国人来找我,对我说:'他的信最好还是不要出现在集子里。'我回答说我不可能把它们抽掉。我对他们说:'这本书要么连同这些信一起出,要么就不出。'当人们要我修改某篇文章时,我总是这样回答的。德国人曾想让我从《德国军队的历史》中抽掉 1934 年 6 月 30 日那一章。① 我回答说:'不行,这是作品的组成部分。'还有一次,他们想让我从《四十年的收获》中删去一个对德国当局不利的场景描写,我回答说:'这是不可能的。'他们也想让我抽掉马克·博松的信。马克·博松写了许多非常好的信,这位战士在第一次世界大战中牺牲了。我保留了那些信。"

安德烈·萨巴蒂埃也来给他作证:"一天晚上,伯努瓦-梅尚要我去他位于瓦莱讷路的国务秘书办公室看他,谈谈他的《尚存者》。于是我在约好的时间去了那里,发现他非常沮丧和恐惧。发生了什么事?如果我没记错的话,那是在枪杀第一批人质也就是南特人质的时候,当时,那里有很多被人说成是共产主义分子或犹太人(在那几年里,这是两个高贵的头衔)的法国人倒了下去。当时,雅克·伯努瓦-梅尚——我好像觉得——想方设法,试图解救其中一个人质的儿子——他也在监狱里。那是个独子,将是未来的寡妇唯一的支柱。后来,伯努瓦-梅尚又设法制止很可能发生的新一轮屠杀。就在我们谈话时,他的一个办公室随员当着我的面把电话递给他,是一个德国将军打来的。我不懂德语,或者说只懂一点点,听不懂他们究竟在讲什么,但'南特'

---

① 指的是《长刀之夜》一章,根据希特勒的命令暗杀纳粹冲锋队参谋长恩斯特·罗姆和冲锋队的首领们。

这个词常出现在他们的谈话中，总之，我记得——我得强调这一点——雅克·伯努瓦-梅尚回答这个电话时，干脆、坚决，不失尊严。

"我离开他，来到瓦莱讷街时，脑海里迅速浮现出两个人的形象：一个是我昔日在他位于克里希大道的小办公室里认识的工人；另一个人呢，在总理府豪华的办公室里被那么悲惨的事情纠缠着。我说他，抱怨他，但没有居高临下地抱怨他，而是以我们的友谊的名义。但我想，不管怎么样，在那个时候，如果他们真的觉得他们可以，用当时伦敦电台常说的话来说是'避免最坏的情况'，或者可以制止纳粹的暴行，为此而作些妥协和牺牲，这也许是对的、必要的。希望渺茫，但在我们当时所处的情况下，这毕竟是一种希望！"

雅克·伯努瓦-梅尚后来被判死刑。判决宣布时，他大喊："好像我们的话全都白说了……"有个法官只轻轻地说了这么一句："我们要为死者复仇……"

死刑后来被共和国总统改成了终生强制劳动。雅克·伯努瓦-梅尚被关了许多年后，终于可以出狱、重操旧业了。他找到了通往阿尔班·米歇尔出版社的道路。大家还是朋友，尽管有过误会。他继续写他的《德国军队的历史》，并以《从失败到灾难》为题出版了一些回忆录。1961年，当《战斗报》一名记者说雅克·伯努瓦-梅尚决定离开他的出版社另投他社时，作者不高兴地回答说："把我与阿尔班·米歇尔出版社连接起来的东西比合同牢固得多，那就是我曾有幸享受的三十年牢不可破的友谊。"

所以说，被推上最高法庭的不是出版社，而是个人。不久，1948年，维尔高尔离开了午夜出版社。经过连续两轮增资，他已经成了小股东。他要求在出版社里拥有否决权,这家地下出版社是他在被占时期协助创办的,但年轻的董事会拒绝给他这一权力,于是作者决定离开这家出版社。在黑暗的岁月里,《海的沉默》就是在这家出版社出版的。这位作家是抵抗运动的象征性人物,他当然要找一家与德国人不同流合污的出版社。罗贝尔·埃斯梅纳尔德后来说,是路易·阿拉贡建议维尔高尔来找阿尔班·米歇尔出版社的。"那是唯一一家运作良好的重要出版社。"这位诗人说。

有时,在阿尔班·米歇尔出版社通往办公室的木楼梯上,雅克·伯努瓦-梅尚、让-雅克·贝尔纳、皮埃尔·伯努瓦和一个前来为伊莱娜·内米洛夫斯基的两个女儿寻求帮助的怯生生的老妇人会偶然相遇,他们不认识或认不出来了……"我爱我的作者就像爱我的家庭成员……"阿尔班·米歇尔曾这样说过。

在于让街,新书已经采用压膜的封面,在书架上挤掉了黄色封面的旧小说。电脑代替了墨水瓶,人们再也听不到拉着灵柩去墓地的马车声。这个街区失去了它外省的气氛,但白色墙壁的出版社依旧,它的线条直直的,这幅画好像出自一个儿童之手。人们都觉得自己会在什么时候不期而遇地见到一个圆胖的身影,他头戴礼帽,嘴里叼着香烟,一只手拄着拐杖,另一只手夹着一袋稿子。他步履匆匆地沿着小路往前走,十分有力。他来到出版社前,走进拱门,消失在弯弯曲曲的走廊里……

参考文献

最重要的资料——主要是书信和合同——当然来自阿尔班·米歇尔出版社保存的档案。

谨允许我在此感谢接受我的采访并向我回忆其往事的人,首先是阿尔班·米歇尔的女儿安德蕾·埃斯梅纳尔夫人,然后是与阿尔班·米歇尔一同工作过的人:秘书诺埃尔·帕基耶夫人,《我会煮菜》的作者吉内特·马蒂奥,营销主任伊夫·布伊苏先生和出版部主任夏尔·泰西耶先生。

手稿

《犹太问题办公室档案》,法国国家档案馆。
《乡镇议会报告,1871—1915》,布尔蒙镇政府。
《布尔蒙人口出生名录》,路易·约里收集的资料。

主要报刊文章

《法国图书之家会刊》,1928年3月:《出版与书店浏览:阿尔班·米歇尔》,乔治·吉拉尔。

《被人需要的人》,1971年6月:《围绕阿尔努·加洛潘的作品》,让·勒克莱克;《阿尔努·加洛潘的侦探作品》,安德烈·雅纳克。

《闪电》，1923年1月11日：《在善良的胖子家里》，马塞尔·埃斯比安。

《书店》，1923年9月：《我推荐的马厩》，阿尔班·米歇尔。

《文学报》，乔治·夏朗多对阿尔班·米歇尔的采访，1923年1月1日。

《巴黎晚报》，1924年3月20日：《我为什么要出版〈拉扎尔〉》，阿尔班·米歇尔。

《小香槟人》，1915年12月12日：弗朗索瓦·米歇尔医生的悼念文章。

《新闻》，1959年6月23日：《阿尔班·米歇尔只需30个苏和一个好书名就可以征服巴黎》。

《法兰西杂志》，1931年4月18日：《书的危机存在吗？阿尔班·米歇尔的观点》，莫里斯·拉波特。

《巴黎第14区的历史》，1983年，28期：《第14区的出版人：阿尔班·米歇尔出版社》，罗贝尔·埃斯梅纳尔未署名文章。

《出版界》，1932年10月22日：《〈快乐阅读〉庆祝20周年》；1934年1月27日：《出版人的计划：阿尔班·米歇尔》；1934年6月16日：《阿尔班·米歇尔先生的抗议：文学版权有必要延长至50年后吗？》；1935年5月11日：米歇尔·德鲁瓦耶对阿尔班·米歇尔的采访。

著作

皮埃尔·阿苏里，《加斯东·伽利玛：半个世纪的法国出版史》，巴朗出版社，1984.

让-路易·奥约尔，《雅克·伯努瓦-梅尚诉讼案》，阿尔班·米歇尔出版社，1948.

雅克-亨利·博内克，《魔术师皮埃尔·伯努瓦》，阿尔班·米歇尔出版社，1986.

让·博托雷尔，《贝尔纳·格拉塞，一个出版人的激情与生平》，格拉塞出版社，1989.

弗朗索瓦·卡拉代克，《已故的维利》，卡雷尔出版社，1984.

弗朗西斯·卡尔科，《20岁的蒙马特尔》，阿尔班·米歇尔出版社，1938.

夏泽尔和马尔尚，《勒克勒佐》，汝拉新闻印刷厂，多尔，1936.

皮埃尔·德斯卡夫，《我的龚古尔奖》，卡尔曼·莱维出版社，1949.

雷翁·德福，《龚古尔学院的日程安排》，菲尔门·迪多书店，1929.

罗兰·多热莱斯，《流浪的花束》，阿尔班·米歇尔出版社，1947；《蓝色地平线》，阿尔班·米歇尔出版社，1949.

莫里斯·杜普雷，《保尔·布鲁拉》，法国艺术与出版公司，1922.

米什琳娜·杜普雷，《罗兰·多热莱斯，一个世纪的法国文学生活》，文艺复兴出版社，1986.

阿兰·富尔芒，《青年报刊和儿童报纸的历史》，埃奥尔出版社，1987.
安德烈·阿里米，《占领时期的歌曲》，奥利维尔·奥尔班出版社，1976.
安德烈·内吉斯，《我的朋友卡尔科》，阿尔班·米歇尔出版社，1953.
伊丽莎白·帕里内，《弗拉马利翁书店，1875—1914》，IMEC 出版社，1992.
乔治·拉冯，《十副餐具的龚古尔学院》，爱德华·奥巴奈尔出版社，1946.
雅克·罗比雄，《龚古尔的挑战》，德诺埃尔出版社，1975.
乔治·维里埃，《维希时期的黄星星》，法雅尔出版社，1973.

合集

《阵亡作家的选集》，埃里松图书馆编，亚眠出版社，1926.
《亨利·普拉，高山中的加斯帕尔世界》，娱乐与相聚中心编，克雷蒙-费朗出版社，1972.
《法国出版史，1900—1950》，普罗默迪出版社，1986.
《向勒内·马朗致敬》，非洲存在出版社，1965.
《皮埃尔·伯努瓦，时代的证人》，法语作家联盟组织的报告会会刊，阿尔班·米歇尔出版社，1991.

在埃内斯特·弗拉马利翁（右）的领导下，阿尔班·米歇尔在奥德翁剧院的走廊里学会了卖书。"所有的出版人都应该在零售书店进行实习，以了解读者的口味。"这个后来成了出版人的书商如此说。（IMEC 收藏）

费里西安·尚索尔，这个声名显赫的通俗小说家是许多漫画家讽刺的目标。阿尔班·米歇尔出版社 1902 年出版的第一本书就是他写的。他的小说《野心家》中有许多内容轻浮的插图，加上大胆的广告宣传，取得了巨大的成功。（Sirol-Angel 收藏）

1910 年，阿尔班·米歇尔在巴黎第十四区一条僻静的小街——于让街 22 号的这座旧仓库里安顿了下来。一名记者把这地方形容为"一家工厂，书源源不断地从那儿出来，就像一台用来想象和思考的大功率机器"。（Albin Michel 档案）

从那时起，阿尔班·米歇尔经常在蒙帕纳斯游荡。人们经常看见他每天下午 6 点半，办公室关门后，去蒙帕纳斯车站对面的"大道"咖啡馆。他在那里抽着烟，笼罩在蓝色的烟雾中，和朋友们一起玩纸牌。（©ND-Viollet）

继尚索尔的《野心家》之后,阿尔班·米歇尔出版了一系列轻松的小说,让陷入爱情的女人唏嘘不已,使第三帝国美好时期在沙龙里猎艳的冒险家们想入非非。(Albin Michel 档案)

他还用廉价的活页形式,以实用和便于携带的开本(口袋书的雏形)出版了乔治·库尔特林纳的幽默作品。(Jean-Loup Charmet 的照片)

维利是科莱特的丈夫和启蒙者,他把自己的名字变成了一个真正的公司名称,出版了一系列由"枪手"参与的作品。(私人收藏,Jean-Loup Charmet 的照片)

奥古斯特·卡巴内斯医生写了六十来本书,这是一位天才的多面手作家,创造了一种新的形式来处理历史题材。(Albin Michel 档案)

罗兰·多热莱斯是第一次世界大战的老兵，他穿着天蓝色的制服，蹲在泥泞的战壕里。那段生活使他写出《木十字架》，也决定了他的文学生涯。（R. Dorgelès 收藏）

1919年，罗兰·多热莱斯获得费米娜奖之后成为著名作家，陆续给了他的出版人二十五部作品。（R. Dorgelès 收藏）

左图：阿尔班·米歇尔（右）和阿尔努·加洛潘（左）。这位儿童文学作家曾说："文学有许多种：令人厌烦的（最常见），摆出一副权威样子的，福音式的，通往法兰西学院的，有时让我们发笑的心理分析式的，最后，还有我这种有趣的文学。"（Albin Michel 档案）

上图：雷翁·帕基耶。从 1910 年起，他就开始担任阿尔班·米歇尔出版社的行政主管，并负责面向年轻人的周刊《快乐阅读》。（私人收藏）

下图：皮埃尔·伯努瓦。《亚特兰蒂斯》大获成功之后，他又陆续写了四十一本小说，由此进了法兰西学院。"是您给我奠定了基石，所有的一切几乎都建立在这上面。"阿尔班·米歇尔写信给他说。（Albin Michel 档案）

上图：弗朗西斯·卡尔科。阿尔班·米歇尔这样推举这个在妓女、皮条客、小偷和罪犯中寻找创作灵感的作者："大胆……但懂得怎么写。"（©Harlingue-Viollet）

克莱芒·沃泰尔。这个比利时记者写了许多散文,有个绰号叫"撒尿的小于连",他一心想着文学。阿尔班·米歇尔鼓励他写通俗小说。他写出了一系列成功的作品,其中《肆无忌惮的小姐》和《我在富人家里的神甫》成了最受欢迎的连载小说。左上为《肆无忌惮的小姐》封面。(Jean-Loup Charmet 的照片/©Harlingue-Viollet)

右页:1912 年到 1938 年期间,每个星期四(这是学校放假的日子)《快乐阅读》都给孩子们带来欢乐。在这本周刊的连载小说中,有写童子军的,有写小侦探的,有写穿短裤的冒险家,也有写小战士的。(Albin Michel 档案)

1924 年,阿尔班·米歇尔收购了保尔·奥伦多夫出版社的资产,许多作家从此进入了他的出版社,其中包括整整一代人的指路明灯式的作家;还有乔治·奥内,其情感小说在第二次世界大战之前取得了巨大的成功。上图为罗曼·罗兰,右图为乔治·奥内《参加婚礼的人》封面。(Jean-Loup Charmet 的照片/©Harlingue-Viollet)

PREMIER SEMESTRE 1933

le bon point
amusant et instructif

AVENTURES DE DEUX ENFANTS EN AMÉRIQUE

Par André BONNEVAL

阿尔班·米歇尔发掘的作家多次获得龚古尔奖。从左到右：拉乌尔·蓬雄、加斯东·谢罗（站立者）、雷翁·埃尼克、罗兰·多热莱斯（站立者）、大罗斯尼、波尔·内沃（站立者）、让·阿雅贝。（©Harlingue-Viollet）

勒内·马朗（中），1921年以《巴图阿拉》获龚古尔奖，马尚·范·德·梅尔什（右下）1936年以《上帝的印痕》获得了龚古尔奖。（©Harlingue-Viollet）

亨利·贝罗（左下），1922年以《肥胖者的苦难》获龚古尔奖。（Albin Michel 档案）

罗歇·韦塞尔当着阿尔班·米歇尔的面,在他1934年获龚古尔奖的作品《科南船长》上签名。"龚古尔学院没有比这更好的选择了……这本书'非常大众化',它面向大家,而不是针对某些爱好天书的专家!"阿尔班·米歇尔后来说。(Keystone 的照片)

"外国文学大师"丛书中瑞士作家约翰·克尼特尔的《维亚马拉》是德占时期读者最多的小说之一。(Albin Michel 档案)

瑞典人阿克塞尔·孟特根本不相信自己的《圣米歇尔之书》会在法国取得成功。(Albin Michel 档案)

左上图：从贡比涅集中营回来的让-雅克·贝尔纳，即特里斯丹的儿子。1944年，阿尔班·米歇尔出版了他的《缓慢死亡的集中营》，这是揭露纳粹暴行的第一本书。（Albin Michel 档案）

右上图：雅克·伯努瓦-梅尚，一个迷路的朋友，后来成了维希政府的国务秘书。（Ph.Tallandier 的照片）

下图：女小说家伊莱娜·内米洛夫斯基。阿尔班·米歇尔想帮她，但没有成功，她后来被押到奥斯维辛集中营，再也没有回来。（©Harlingue-Viollet）